grafit

Chemnitzer Str. 31, D-44139 Dortmund
Internet: http://www.grafit.de
E-Mail: info@grafit.de

Umschlaggestaltung: Peter Bucker
Umschlagfoto: © Jürgen Krüger
Druck und Bindearbeiten: CPI – Clausen & Bosse, Leck
ISBN 978-3-89425-363-9
1. 2. 3. 4. 5. / 2011 2010 2009

Frank Bresching

Der Teufel von Grimaud

Psychothriller

grafit

Der Autor

Der gelernte Kaufmann Frank Bresching, 1970 in Lahnstein geboren und als angestellter Vertriebsleiter in einem großen Unternehmen tätig, trat in den Neunzigerjahren erstmals als Autor in Erscheinung. Bei Grafit legte er 2007 mit *Das verlorene Leben* einen außergewöhnlichen Psychothriller vor.

Frank Bresching lebt mit seiner Frau und seinen beiden Kindern am Stadtrand von Koblenz.

Selbst die geringste Unwahrheit verdirbt den Menschen,
wie ein Tropfen Gift einen ganzen See verdirbt.

Mahatma Gandhi (1869–1948)

Prolog

Der alte Mann schwitzte. Trotz der Schwüle drang ihm kalter Schweiß aus den groben Poren seiner tief gebräunten Gesichtshaut. Sein Puls schlug viel zu schnell – ein simpler Ausdruck für seine Erregung, die von Sekunde zu Sekunde wuchs.

Er verkrampfte unwillkürlich, was nicht nur daran lag, dass er hinter dem handgefertigten Schrein mit den kunstvollen Verzierungen kniete und sich dabei so klein wie möglich machte. Nein, vor allem trug diese unbeschreibliche Angst Schuld daran. Eine Angst, die sich wie ein Parasit in ihm ausdehnte, als wollte sie ihn völlig verzehren. Dabei verspürte er keine Furcht vor den Konsequenzen seiner Tat. Vielmehr graute ihm vor dem Augenblick, in dem er seinem Opfer in die Augen sehen musste. Er glaubte, dass er zu lange zögern könnte. Dass ihn vielleicht noch im allerletzten Moment Zweifel heimsuchten. Oder dass ihm das Monstrum entkommen würde, wenn er nicht sofort den Abzug der *Unique*-Pistole betätigte, sobald es vor ihm auftauchte. Dann hätte er den inneren Kampf, der in den letzten Tagen all seine Überlegungen, all sein Handeln beeinflusst hatte, umsonst ausgefochten. Wenn er versagte, wären das Mädchen und er nicht mehr zu retten. Niemand würde ihm glauben.

Demnach durfte er nicht scheitern. Er musste es zu Ende bringen.

Aber Clement Saver hatte noch nie in seinem Leben auf jemanden geschossen. Er hatte niemals zuvor auch nur einen einzigen Gedanken daran verschwendet, einen Menschen zu töten, ein Leben zu vernichten. Nicht einmal als Angehöriger der Police Municipale hatte er je eine Schusswaffe in den Händen gehalten. Es war zwar ohnehin nicht üblich, dass die Ortspolizei über Handfeuerwaffen verfügte, aber es gab immer Ausnahmeregeln. Allerdings nicht für Clement. Er war nie in eine Situation geraten, in der er den Wunsch verspürt hatte, eine Pistole ziehen zu können. Sein gesunder Menschenverstand und sein ausgeprägter Scharfsinn waren ihm stets nützlicher gewesen als jede Waffe.

Er wünschte, er hätte auch jetzt eine Wahl. Doch er sah keinen anderen Ausweg. Er musste seine Bedenken beiseite wischen und durfte sich nicht von der Unsicherheit beeindrucken lassen, die seinen Entschluss ins Wanken zu bringen drohte.

Ein Schweißtropfen perlte von seiner Stirn und lief in seinen linken Augenwinkel. Er verspürte ein Brennen auf seiner Netzhaut. Mit dem Handrücken wischte er über sein Auge und atmete tief durch. Sein Herz hämmerte inzwischen wie ein Trommelfeuer in seiner Brust und seine Muskeln begannen zu schmerzen.

Clement verharrte schon lange in seinem Versteck, viel zu lange. Doch er konnte es sich nicht erlauben, ungeduldig zu werden. Er musste sich auf seine Aufgabe konzentrieren. Nur auf seine Aufgabe. Das war wichtig. Verdammt wichtig.

Er schloss die Augen. Er war hierher gekommen, um ein unschuldiges Mädchen aus einem grausamen Martyrium zu befreien. Er war hierher gekommen, um weitere schmutzige Erniedrigungen zu verhindern, die einem dunklen Trieb entsprangen. Seine Verantwortung wog schwer, viel schwerer als die Pistole, die er fest umklammerte, während er sich an den breiten Schrein lehnte, der zwischen einer Fensterfront und der gekippten Terrassentür stand.

Er öffnete die Augen wieder. Es dauerte ein paar Sekunden, bis er sich erneut an das allmählich fahler werdende Licht der Sonne gewöhnt hatte. Die langen Schatten der Palmen, die den Garten in Richtung Westen begrenzten, fielen bedrohlich in das große Zimmer, berührten ihn. Er vernahm den lauen Sommerwind, der über das weitläufige Grundstück wehte. Ein Geräusch, das sich mit dem schwachen Rauschen des Verkehrs auf der Schnellstraße vermischte, die in weitem Bogen um das Anwesen verlief.

Dann schweifte sein Blick durch das Büro und über die drei mit Bildschirmen, Unterlagen und Akten bedeckten Schreibtische zu der halb offen stehenden Zimmertür. Der Flur dahinter lag im Dunkeln, doch Clement wusste, dass von dort aus eine kostbar marmorierte Treppe mit einem filigranen, vergoldeten Handlauf in das obere Stockwerk führte. Vor einigen Stunden war er sie heruntergelaufen. Nicht zum ersten Mal, denn er war schon einmal hier gewesen. Er kannte das Haus und die Menschen, die darin lebten. Und er kannte den Mann, auf den er in tödlicher Absicht wartete. Aber erneut kamen Zweifel in Clement auf: Vielleicht würde der Mann heute Abend gar nicht mehr in sein Büro kommen, vielleicht hatte er noch etwas anderes vor.

Er geht fast jeden Abend in sein Büro, sogar am Wochenende. Also auch heute. Bestimmt. Zunächst holt er eine Cognacflasche aus seiner Minibar, nimmt ein Glas vom Tablett und schüttet sich etwas ein. Nachdem er den Weinbrand getrunken hat, nimmt er auf seinem drehbaren Sessel Platz und fängt an, sich mit seinen E-Mails, der Auftragsliste, den aktuellen Ausschreibungen und mit seinen persönlichen Terminen zu beschäftigen, die Andréa Guilline, seine Sekretärin, ihm in einem Kalender notiert hat.

Diese Information hatte Clement von Camille. Sie hatte es ihm verraten, zugeflüstert wie ein finsteres Geheimnis, das sie nun miteinander verband, am selben Tag, an dem sie ihm den Schlüssel in die Hand gelegt hatte. Sie hatte nicht gefragt, wozu er ihn benötigte, denn sie wusste es. Und deswegen war sie seiner Aufforderung nachgekommen. Camille vertraute ihm, das wiederum wusste er. Und er würde sie nicht enttäuschen. Bald würde sie nicht mehr leiden müssen. Ein leises Versprechen, das er ihr gegeben hatte, ohne es in klare Worte zu kleiden.

Als er Schritte im Erdgeschoss, direkt über dem im Souterrain befindlichen Bürotrakt hörte, blickte Clement spontan zur Decke und rutschte ein Stück weit nach hinten, bis er den Heizkörper in seinem Rücken spürte. Er verstärkte den Griff um den Lauf der Pistole und fing an, mit den Zähnen zu mahlen.

Die nächsten Sekunden zerrannen. Clement fühlte sich elendig. Ein unartikulierter Laut entwich seiner Kehle, als er bemerkte, dass die Geräusche von oben klarer und lauter wurden.

Jemand kam die Treppe herunter.

Clement entsicherte die Waffe. Dann rieb er über seine Beine, die sich taub anfühlten. Jetzt konnte er nur beten, dass seine Muskeln und seine ohnehin entzündeten Knie ihn nicht im Stich ließen und er nicht stürzte, wenn er aufzustehen versuchte.

Behutsam beugte er sich ein wenig nach vorn und lugte um den Schrein herum. In dem fensterlosen Flur wurde das Licht eingeschaltet. Es flackerte zweimal auf und verströmte daraufhin eine milchige Helligkeit, die bis in das Büro drang.

Schließlich war es so weit. Er sah den Mann, der das Zimmer betrat. Mit dem stolzen und aufrechten Gang eines Menschen, der von sich selbst vollkommen überzeugt war und glaubte, dass er sich alles nehmen könnte, wonach er seine Hand ausstreckte. Ein großer, kräftiger Kerl mit einem markanten Gesicht und wachsamen Augen, die eine besonders eigentümliche Cleverness zum Ausdruck brachten. Er hatte seine Kleidung der Temperatur angepasst, trug eine dünne Leinenhose und ein veilchenblaues Polohemd.

Clement hielt die Luft an und richtete sich mühevoll auf. Dabei ließ er den Mann nicht aus den Augen, der erst stehen blieb, als er die Minibar erreicht hatte. So wie es Camille vorausgesagt hatte.

Clements Knie schmerzten plötzlich höllisch, und sein Herz pochte so heftig in seiner Brust, dass es ihn regelrecht durchschüttelte. Doch er widerstand dem Bedürfnis, die Waffe einfach fallen zu lassen und zu fliehen.

Ich kann nicht anders handeln! Es muss sein!, dachte er inbrünstig, bevor er aus seinem Versteck trat.

Teil I

Eine durchdringende Erschütterung

1

Vier Wochen vorher. Ein Samstagabend, Ende Mai.

Camille entdeckte den Fremden zuerst. Er stand völlig regungslos am äußersten Rand der alten Burgruine und sah ins Tal hinunter, wobei er die Hände wie einen Schutzschild über seine Augen legte, um nicht von der tief stehenden Sonne geblendet zu werden. Es war ein schlaksiger Mann mit halblangen, blonden Haaren, die verfilzt wirkten. Bekleidet war er mit einer verblichenen Jeanshose, einem weißen, kurzärmeligen Hemd und ausgelatschten Sandalen aus Leder, wie sie auch die einheimischen Angler in Sanary trugen. Camille schätzte ihn auf um die dreißig, vielleicht auch ein wenig älter. Sie war von Natur aus neugierig und hätte gerne mehr von seinem Gesicht gesehen, aber dafür war die Entfernung zwischen ihnen zu groß. Hinter dem Mann erkannte sie einen verbeulten grauen VW Transporter, der ziemlich verstaubt war und durch dessen Lackierung sich an etlichen Stellen enorme Rostflecken gefressen hatten.

Camille bremste ihr Fahrrad spontan ab und hüpfte vom Sattel herunter, ohne im ersten Moment eine Erklärung dafür zu finden, warum der Fremde ihre Aufmerksamkeit auf sich zog. Wahrscheinlich lag es daran, dass er nicht aussah wie ein gewöhnlicher Urlauber.

Oceane kam mühevoll hinter ihr zum Stehen. Der mit Schlaglöchern übersäte Weg, der sich durch ein violettes Lavendelfeld bis kurz vor Grimaud schlängelte, war schmal und ließ kaum Platz zum Ausweichen.

»Verdammt, Camille, du kannst doch nicht einfach abbremsen, wenn ich so dicht hinter dir herfahre!«, fluchte sie. Ihr Vorderreifen streifte scheppernd das Schutzblech von Camilles Fahrrad.

Camille wischte eine dunkle Haarsträhne aus ihrem Gesicht und kniff die Augen zusammen.

»Wer ist das?«, ignorierte sie den Protest ihrer gleichaltrigen Freundin und sah stirnrunzelnd den Hügel hinauf.

»Keine Ahnung. Vermutlich nur ein Tourist. Aus dem Dorf ist er jedenfalls nicht.« Desinteressiert zupfte Oceane das luftige Sommerkleid zurecht, durch das ihr kirschroter Bikini schimmerte.

»Er sieht aber gar nicht wie ein Tourist aus.«

»Mein Gott, Camille, man merkt, dass du noch nicht lange in Grimaud wohnst! Natürlich ist das ein Tourist! Die Burgruine zieht jeden Sommer Hunderte, wenn nicht Tausende von Besuchern an. Sie genießen von dort oben die Aussicht auf die Bucht von Saint-Tropez.« Sie seufzte hörbar auf und schüttelte ihren brünetten Lockenkopf. »Jetzt komm schon! Ich will wirklich nach Hause! Papa macht sonst wieder Theater, wenn ich nicht pünktlich um acht daheim bin.«

»Er sieht aber gar nicht zur Bucht!«, ließ Camille sich nicht beirren. »Er blickt eher ins Landesinnere. Findest du das nicht seltsam?«

»Was soll denn daran seltsam sein? Irgendeinen Grund wird er dafür schon haben.« Oceane wippte ungeduldig auf den Zehenspitzen hin und her. »Lass uns endlich weiterfahren!«

»Wonach hält er wohl Ausschau?«

»Camille, mir reicht's! Ich fahre jetzt los, und mir ist auch egal, ob du mitkommst oder nicht!«

Oceane setzte sich wieder auf den Sattel, hob trotzig ihr Kinn in die Höhe und trat kräftig in die Pedalen. Nach ein paar Metern winkte sie ihrer Freundin noch einmal zu, eine Aufforderung, die Camille jedoch nicht weiter beachtete. Vielmehr registrierte sie, dass der Fremde sie inzwischen bemerkt und seinen Blick in ihre Richtung gelenkt hatte.

»Er schaut zu uns runter«, rief sie Oceane aufgeregt hinterher. Diesmal war es ihre Freundin, die sie ignorierte. Eine kleine Revanche.

»Er starrt uns regelrecht an«, fügte Camille nach ein paar Sekunden hinzu, diesmal allerdings leiser, fast flüsternd.

Im Grunde genommen hatte Oceane natürlich recht damit, dass sie ihre Heimfahrt nicht unterbrechen wollte, nur weil irgendein Fremder an der hohen Ringmauer der Burganlage stand und suchend ins Tal hinabstierte. Ein langer, vergnüglicher Tag lag hinter ihnen. Sie waren heute Morgen gegen neun Uhr aufgebrochen und hatten einige Kilometer nach Cavalaire zurückgelegt, um den reichlich überfüllten Sandstrand zu erreichen. Dort hatten sie mehrere Stunden damit zugebracht, inmitten einer Schar von Touristen und Einheimischen in der Sonne zu brutzeln oder im Meer zu baden. Es wurde mittlerweile höchste Zeit, nach Hause zu kommen. Sie waren müde und erschöpft. Die Hitze und der stetig ansteigende Rückweg, der eine echte sportliche Herausforderung darstellte, hatten sie ausgelaugt. Außerdem war Oceanes Vater immer sehr besorgt um seine Tochter. Am liebsten hätte er sie den ganzen Tag eingesperrt, um sie vor den Widrigkeiten des Lebens zu schützen, wie er es ausdrückte. Im Hause Guilline gibt es klare Regeln, und diese Regeln hat Vater nur für mich aufgestellt, hatte Oceane ihrer Freundin einmal spöttisch erklärt.

Camille wusste, dass das keineswegs übertrieben war. Sie hatte schon selbst ein paar Mal erlebt, wie Yves Guilline seiner Tochter eintrichterte, stets wachsam zu sein und sich niemals mit irgendwelchen Jungs vom Campingplatz *Les Prairies de la Mer* einzulassen, der im Sommer völlig ausgebucht war und ausländische Besucher wie ein Magnet anzog. Das wichtigste Gebot von allen war jedoch, dass sich Oceane an fest vereinbarte Uhrzeiten halten sollte. Die schlimmste Sorge ist die um das eigene Kind, erklärte Yves immer zum Schluss seiner Litanei, woraufhin Oceane ihm stets einen beruhigenden Kuss auf die Wange drückte und versprach, jede einzelne Vorschrift ernst zu nehmen.

Camille riss sich endlich von dem Antlitz des fremden Mannes und ihren Gedanken los. Sie sah auf die Uhr. Oceane, die schon längst aus ihrem Blickfeld verschwunden war, hatte noch eine halbe Stunde Zeit. Sie würde es pünktlich nach Hause schaffen. Schließlich waren es höchstens noch fünf Kilometer bis ins Dorf.

Wie unglaublich gehorsam sie doch ist, dachte Camille und musste unwillkürlich lächeln. Dann schwang sie sich ebenfalls auf ihr Rad und fuhr los, ohne sich noch einmal umzudrehen.

Oceane stieß einen leisen Seufzer der Erleichterung aus, als die ersten Häuser Grimauds in ihr Blickfeld gerieten. Ihre schlanken Beine fühlten sich bereits ziemlich schwer an, zudem war sie durstig. Sie hatte zu wenig zum Trinken mitgenommen, die beiden Wasserflaschen in ihrer Umhängetasche waren schon seit geraumer Zeit leer. Sie nahm sich fest vor, am nächsten Tag eine dritte Flasche einzupacken, unabhängig davon, ob sie und Camille erneut nach Cavalaire oder eher auf den Jahrmarkt nach Cogolin fahren würden. Sie hatten sich noch nicht festgelegt. Deshalb würden sie morgen früh miteinander telefonieren müssen, um gemeinsam eine Entscheidung zu treffen. Bis dahin wäre auch der fahle Nachgeschmack, den ihre Meinungsverschiedenheit verursacht hatte, wieder verflogen.

Oceane wusste, dass der kleine Dissens ihre Freundschaft nicht ernstlich berührte. Sie mochte ihre neue Freundin seit ihrem ersten Aufeinandertreffen vor drei Monaten, als Camille mit ihrer Mutter Anne Jeunet hierher gezogen war. Noch bevor sich die beiden Anfang März in der luxuriös ausgestatteten Villa von Nicolas Leroche einquartiert hatten, verbreitete sich im Dorf bereits die Kunde, dass der zweifellos einflussreichste Mann im hiesigen Département sich mit einer attraktiven Frau aus Nizza verlobt habe. Diese Frau war Anne Jeunet. Oceanes Mutter wiederum war die Privatsekretärin von Monsieur Leroche, und so waren sich die beiden Mädchen zufällig noch vor Camilles erstem Schultag in dem neuen Collège über den Weg gelaufen. Oceane erkannte sofort, dass Camille noch hübscher war als sie selbst. Mit ihren vollen, schwarzen Haaren und den dunklen Augen, die sie von ihrem spanischen Vater geerbt hatte, versprühte sie den jugendlichen Charme einer Südländerin, die sich ihrer Aura und Wirkung auf andere sehr wohl bewusst war. Doch gelegentlich wirkte sie von einer seltsamen Traurigkeit erfüllt. Dann ging ihr Blick ins Leere, sie saß teilnahmslos da und redete kein Wort. Fragte man Camille nach dem Grund, winkte sie ab und erklärte lächelnd, es sei halt ihre Art, manchmal in Tagträumen zu versinken. Vielleicht vermisste sie ihren Vater, der sich nach der Trennung von ihrer Mutter vor drei Jahren einfach nach Spanien abgesetzt hatte und nichts mehr von sich hören ließ. Vielleicht vermisste sie auch ihre Freunde in Nizza, ihr dortiges Zuhause, das sie wegen der Beziehung ihrer Mutter zu Monsieur Leroche hatte aufgeben müssen.

Eins stand jedenfalls unumstößlich fest: Oceane war glücklich, dass sie Camille kennengelernt und als Freundin gewonnen hatte. Sie genoss die zahlreichen Ausflüge, die sie nach Schulschluss oder am Wochenende unternahmen, die Stunden, in denen sie zusammen für das Collège lernten oder darüber sinnierten, welcher der Jungs in der Schule es wohl am ehesten verdient hätte, sie zum ersten Mal zu küssen. Richtig und leidenschaftlich zu küssen, wie Leonardo DiCaprio seine Filmpartnerin Claire Danes in *William Shakespeares Romeo + Julia* küsste.

Oceane schüttelte mit dem Anflug eines Lächelns den Kopf. Dass ihr gerade jetzt solche Vorstellungen in den Sinn kamen!

Sie befeuchtete ihre spröden Lippen mit der Zunge, während sie sich dem alten Friedhof näherte. Ihr Sommerkleid klebte inzwischen an ihrem Rücken und in ihrem ovalen Ausschnitt glänzte Schweiß auf ihrer Haut. Sie war froh, dass der Stoff des Kleides so dünn war, auch wenn ihr Vater es kritisch beäugt hatte, weil sich der Bikini darunter deutlich sichtbar abzeichnete. Aber diesmal hatte sich Oceane durchgesetzt. Ich liege sowieso den ganzen Tag im Bikini am Strand, also sei bitte nicht so engstirnig, hatte sie gesagt, ihre Tasche geschnappt und war losgefahren, um Camille abzuholen.

Camille … Ob sie den Fremden immer noch beobachtete? Oceane warf einen flüchtigen Blick über ihre Schulter, doch sie konnte nicht sonderlich weit sehen. In diesem kurvigen Abschnitt des Pfades säumten große Platanen den Wegrand und versperrten ihr die Sicht.

Sie zuckte mit den Schultern, wandte sich wieder um und fuhr weiter. Kurz bevor sie die Straße erreichte, die den holprigen Weg kreuzte und ins Dorf führte, vernahm sie ein leises, verräterisches Zischen. Sie begriff sofort, was die Ursache dafür war. Ihr Fahrrad geriet ins Schlingern, als die Luft aus dem vorderen Reifen entwich.

»Verfluchte Scheiße!«, schimpfte Oceane, stoppte das Rad und atmete tief ein und wieder aus. Von hier aus waren es noch ungefähr drei Kilometer bis ins Dorf. Keine große Entfernung zwar, aber nun würde es für sie knapp werden, um noch pünktlich nach Hause zu kommen. Sie rutschte vom Sattel, beugte sich hinunter und drückte gegen den Reifengummi, der augenblicklich nachgab. Es hatte keinen Sinn mehr weiterzufahren, sie würde nur die Felge verbiegen. Also blieb ihr nichts anderes übrig, als den Rest des Weges zu Fuß zurückzulegen.

Oceane stapfte los, ohne eine weitere Sekunde zu verlieren. Das Fahrrad schob sie neben sich her. Bereits nach wenigen Schritten betrat sie die Straße. Sie hoffte, dass Camille jeden Moment neben ihr auftauchte, sich mit ihr solidarisch erklärte und ebenfalls zu Fuß weiterging. Doch ihre Erwartung ging nicht in Erfüllung, Camille blieb leider verschwunden.

Oceane trottete am Straßenrand weiter. Plötzlich vernahm sie ein dumpfes Motorengeräusch in ihrem Rücken. Sie blieb stehen und schaute hinter sich. Dann wartete sie ab, bis sie den Wagen erblickte, der um eine lang gezogene Linkskurve bog und in Richtung Dorf fuhr.

Als der Fahrer Oceane am Straßenrand stehen sah, drosselte er das Tempo und hielt an, ohne den Motor abzustellen. Er beugte sich über den Beifahrersitz und öffnete mit einem freundlichen Gesicht die Tür, wobei er mit einem Kopfnicken auf den platten Reifen deutete.

»Soll ich dich mitnehmen? Wir können das Fahrrad im Kofferraum verstauen.«

Oceane lächelte erfreut und nickte dankbar. Jetzt würde sie es doch noch pünktlich nach Hause schaffen.

2

»Die schlimmste Sorge ist die um das eigene Kind!«

Ein Satz, der von Yves selbst stammte und ihn nun mit Unruhe erfüllte. Ungeduldig sah er auf seine Armbanduhr. Inzwischen war es schon kurz nach acht Uhr und Oceane war noch nicht nach Hause gekommen. Das passte nicht zu ihr. Normalerweise hielt sie sich an seine Anweisungen.

Yves Guilline stand auf dem Balkon seines Hauses, das sich im mittelalterlichen Ortskern von Grimaud befand, und schaute die belebte Gasse auf und ab. Er vernahm das unruhige Stimmengemurmel und den Klang zahlreicher Schritte, die auf dem Kopfsteinpflaster hallten. In der Nähe ertönte gedämpfte Musik aus einem offen stehenden Fenster. Ein alter französischer Chanson. Ein schönes Stück. Yves mochte die Klassiker. Allerdings konnte er die Melodie in diesem Augenblick nicht genießen. Dafür war er bereits viel zu verstimmt.

Er hoffte inbrünstig, seine Tochter jeden Moment zu erblicken. Sie würde das Fahrrad durch die Menschenmenge schieben und ihm fröhlich zuwinken. So wie sie es immer tat. Und durch diese Geste würde sie seinen wachsenden Ärger über ihre Unpünktlichkeit dämpfen, bis seine Wut genauso verflog wie die Beklemmung, die sich in ihm ausbreitete.

Er nahm sein Handy aus der Hosentasche, klappte es auf und wählte Oceanes Mobilfunknummer. Es meldete sich nur ihre Mailbox. Yves fluchte leise auf, schüttelte den Kopf und steckte das Handy wieder weg. Seine Sorge wuchs. Wahrscheinlich würde sich sein Zorn dieses Mal doch nicht so schnell verflüchtigen.

Im Hintergrund vernahm er Schritte. Seine Frau Andréa stellte sich neben ihn.

»Wo bleibt unsere Tochter?«, fragte sie mit zusammengezogenen Augenbrauen. »Das Essen ist fertig.«

»Ich weiß es nicht. Sie ist jedenfalls noch nicht da«, antwortete Yves barsch und spürte, dass sich seine Unruhe allmählich in Furcht verwandelte.

Andréa verzog den Mund und zuckte gleichzeitig mit den Achseln, bevor sie ihm eine Hand auf die Schulter legte. »Sie ist bestimmt irgendwo aufgehalten worden. Kein Grund zur Sorge. Sie wird gleich daheim sein.«

»Kein Grund zur Sorge, sagst du? Sie ist noch nie zu spät gekommen! Und jetzt ist es schon zehn nach acht!«

»Jeder kann sich mal verspäten, auch unsere Tochter. Mach ihr bitte keine Szene! Gib ihr wenigstens die Chance, ihre Unpünktlichkeit zu erklären.«

Yves verschränkte die Arme vor seiner Brust und schaute seine Frau missmutig an. »Auf die Erklärung bin ich gespannt«, murmelte er. Dann wandte er sich wieder ab und hielt erneut angestrengt Ausschau.

Andréa blieb neben ihm stehen. Die Minuten verstrichen, ohne dass Oceane auftauchte. Langsam wurde auch Andréa nervös. Ihre Gesichtsmuskeln spannten sich an und eine schmale Falte auf ihrer Stirn verriet ihre zunehmende Erregung.

»Ruf Camilles Mutter an!«, sagte Yves unvermittelt.

»Sollen wir nicht noch ein wenig warten?«

»Auf keinen Fall! Ich will auf der Stelle wissen, ob Camille schon zu Hause oder auch noch unterwegs ist.« Seine Stimme zitterte leicht.

Andréa schluckte schwer, während sie ihren Mann anstarrte. Yves war ein feister Kerl mit einem unförmigen Körper und einem rötlichen Gesicht, der die außergewöhnliche Fähigkeit besaß, seinen Familienangehörigen allein mit seinen stechenden Blicken Befehle zu erteilen. Allerdings reichte ihm diese Gabe im Regelfall nicht aus. Und gerade jetzt musste er sicher sein, dass Andréa seiner Aufforderung ohne weitere Einwände nachkam.

»Mach schon!«, fügte er deshalb bestimmt hinzu.

Andréa nickte und ging mechanisch zurück ins Esszimmer, wo das Telefon auf einer Anrichte stand.

Yves zögerte kurz, dann folgte er der mageren Gestalt seiner Frau und beobachtete mit versteinerter Miene, wie sie den Hörer abhob.

Anne Jeunet hatte es sich auf einem Liegestuhl am Pool bequem gemacht und genoss die Ruhe, die sie umgab. Sie trug nur ein knappes gelbes Bikinihöschen, das einen harmonischen Kontrast zu ihrer gebräunten Haut bildete, und eine auffällige Sonnenbrille von Chanel. Ein Geschenk von Nicolas. Eins von vielen Präsenten, mit denen er sie geradezu überschüttete.

Sie lächelte zufrieden und rieb ihren Körper zum wiederholten Mal mit Tiaré-Öl ein. Anne konnte sicher sein, dass die hohen Hecken, die rund um das prächtige Anwesen und hinter dem stählernen Zaun verliefen, sie vor neugierigen Blicken schützten. Nicolas' Sekretärin und sein Buchhalter brauchten am Wochenende nicht zu arbeiten, sodass lediglich Monique Puchon, die Haushälterin, irgendwo in der Villa herumschwirrte. Und wenn die ihre Brüste sah, war Anne das ziemlich egal. Sie war nicht prüde. Im Gegenteil. Wäre sie es gewesen, hätte sie niemals einen solch dicken Fisch wie Nicolas Leroche an Land gezogen. Das war auch Catherines Meinung, die mit ihr in dem stilvollen Restaurant an der Promenade des Anglais in Nizza gearbeitet hatte, in dem sich vor allem Reiche und Prominente tummelten. Laurent, der Inhaber, hatte die beiden Frauen aus der sozialen Unterschicht nur angestellt, weil sie höllisch gut aussahen. Es war für ihn ein hartes Stück Arbeit gewesen, sie mit den wichtigsten Umgangsformen vertraut zu machen und ihnen beizubringen, wie sie sich gegenüber den Gästen zu verhalten hatten. Aber es funktionierte. Im Gegenzug gewährte ihnen Laurent ein wenig Freiheit. Denn die Frauen träumten nicht nur davon, eines Tages von einem reichen Kerl aus ihrem schnöden Alltagsleben befreit zu werden, nein, sie investierten auch einiges in dieses Vorhaben: kurze Röcke und offenherzige Dekolletés, die einen Tick mehr zeigten, als es eigentlich schicklich war. Doch zunächst sprangen dabei nicht mehr als ein paar Abenteuer heraus. Unnötigerweise ließ sich Anne auch noch auf eine Affäre mit dem spanischen Barkeeper Esteban ein, der ihr hoffnungslos verfiel – und sie schwängerte.

Für Anne war es ein Drama, ein Kind von einem einfachen Barmixer zu bekommen. Sie wollte es abtreiben lassen. Doch Esteban gelang es, sie davon abzubringen. Er appellierte an ihre Moral und wies sie auf die Selbstvorwürfe hin, die sie immer heimsuchen und quälen würden, wenn sie das ungeborene Leben tötete. Außerdem versprach er, für sie und das Kind zu sorgen. An diese Zusage hielt er sich mehr schlecht als recht, bevor er nach neun langen Jahren verschwand.

Natürlich hatte Anne dazu beigetragen, dass er es nicht mehr mit ihr aushielt. Sie verbrachten ein ärmliches Leben, das Annes Träume zu verhöhnen schien. Das Geld, das sie verdienten, reichte gerade einmal aus, um halbwegs über die Runden zu kommen. Ein Zustand, der Anne an ihre eigene Kindheit erinnerte, als sie gezwungen war, in einem düsteren Loch in der Altstadt von Nizza aufzuwachsen. Der Geschmack der Socca, einer pizzaähnlichen Flade, die unter armen Leuten beliebt war, weil sie nicht viel kostete und dennoch schnell den Magen füllte, lag ihr noch bis heute auf der Zunge.

Das gleiche Schicksal sollte nun auch ihre Tochter Camille erleiden? Dagegen setzte sich Anne zur Wehr. Sie beschimpfte Esteban regelmäßig, er sollte sich um einen besseren Job kümmern oder mehr arbeiten gehen, damit sie besser leben könnten. Anne setzte ihm dermaßen heftig und so lange zu, dass er eines Tages entschied, seine kleine Familie im Stich zu lassen.

Es folgten weitere trostlose Jahre. Oftmals kellnerte Anne über zwölf Stunden am Tag, um ihre Tochter und sich selbst durchzubringen. Laurent nutzte ihre Situation schamlos aus und zahlte ihr nur noch einen Hungerlohn. Für Camille hatte Anne nie Zeit, was sie traurig stimmte, obwohl sie das Kind ursprünglich nicht gewollt hatte. Aber der Gedanke, eine schlechte Mutter zu sein, nagte an ihrem Gewissen. Sie war nun einmal der einzige Mensch, der ihrer Tochter Liebe schenkte.

Das Leben ging weiter, enteilte ihr, und irgendwann begann Anne, ihre Träume zu vergessen. Ihre Hoffnungen auf eine bessere Zukunft schienen zu verblassen wie einst kräftige Farben auf alten, vergilbten Bildern. Bis sich ihr Los unversehens änderte.

Es war ein kühler Novemberabend, als ein attraktiver Mann um die vierzig das Restaurant betrat. Sofort fiel Anne sein ausdrucksvolles Gesicht mit den stahlblauen Augen und den hohen Wangenknochen auf. Sein schwarzes Haar war an den Schläfen schon leicht ergraut, was ihm eine gewisse Reife verlieh. Gelassen und selbstsicher steuerte er auf einen Tisch am Fenster zu. Anne fixierte ihn aus sicherer Entfernung. Er war gut gekleidet. Ein dunkler Anzug mit dezenten Streifen schmiegte sich eng an seinen athletischen Körper. Die perfekt gebundene Krawatte leuchtete in einem kräftigen Grün und seine glänzenden italienischen Halbschuhe waren aus bestem Leder.

Der Mann war nicht allein gekommen. Zwei ältere Herren und eine Frau begleiteten ihn. Ein Geschäftsessen, dachte Anne und war bemüht, die Gruppe eine Nuance liebenswürdiger zu bedienen, als es sonst ihre Art war. Sie versuchte, mit dem gut aussehenden Mann zu flirten, ihm versteckte Blicke zuzuwerfen, und war enttäuscht, dass er nicht reagierte. Er gab ihr nicht einen einzigen Fingerzeig, dass er an ihr interessiert war. Umso überraschter war Anne, als er zwei Stunden nach dem Essen erneut in dem Restaurant auftauchte und sie um eine Verabredung bat.

Vermutlich ist er ein Spieler, der sich nicht gerne in die Karten blicken lässt, sinnierte Anne. Und nachdem sie ihre Tochter am nächsten Abend bei einer Nachbarin untergebracht hatte, traf sie sich mit ihm. Er führte sie aus. Ins *Boc-*

cacio, ein Fischrestaurant der gehobenen Klasse, und ins *L'Ambassade,* ein sündhaft teurer Nachtklub. Und danach ging sie mit ihm in die Suite eines Fünf-Sterne-Hotels am Place Garibaldi, in der sie sich die ganze Nacht hindurch liebten.

Anne tat alles, damit es diesmal kein flüchtiges Abenteuer blieb. Nicolas Leroche war wie ein Sechser im Lotto. Das wusste sie inzwischen. Sie hatte Laurent über ihn ausgefragt. Der Gastronom kannte nämlich Gott und die Welt – das behauptete jedenfalls Catherine. Und sie schien recht zu behalten. Freimütig plauderte Laurent über den Mann, der ein florierendes Unternehmen mit über fünfzehn Steinbrüchen und Kiesgruben im Süden des Landes besaß und dessen Firma sich auf die Baustoffproduktion und den Verkehrswegebau spezialisiert hatte. Leroche verfügte über hervorragende Kontakte zur Politprominenz, die bis nach Paris reichten. Verbindungen, die für ihn von enormer Bedeutung und besonders dann entscheidend waren, wenn sich seine Unternehmung, die ihren juristischen Sitz in Grimaud hatte, um öffentliche Ausschreibungen bewarb.

»Bist du auf mein Geld scharf?«, fragte er in jener Nacht grinsend, als Anne ihm ins Schlafzimmer der Hotelsuite folgte.

»Auf dein Geld und auf dich«, entgegnete sie schmunzelnd, drückte ihn auf das Doppelbett und presste ihre vollen, feuchten Lippen auf seinen Mund, während sie den Reißverschluss seiner Hose öffnete.

»Du bist wenigstens ehrlich«, sagte er. »Ich schätze aufrichtige Menschen.«

»Entspann dich«, forderte sie ihn auf und wischte seine Bemerkung einfach beiseite. Sie sah die Begierde in seinen Augen. Eine Begierde, die sie ausnutzen und noch steigern musste. Was ihre Hände und ihr Mund mit ihm taten, ließ ihn förmlich erbeben. Sie spürte seine animalische Lust, die sie aus ihm herauskitzelte, noch bevor sie sich mit gespreizten Schenkeln auf ihn setzte. Sie ritt ihn so lange, bis er kam. Dann gönnte sie ihm eine kurze Pause, bevor sie weitermachte. Sie kannte die Macht, die man durch Sexualität ausüben konnte, und setzte all ihr Können ein, um sie für ihre Zwecke zu missbrauchen. Und Nicolas ließ sie gewähren.

Sein Verlangen büßte auch in den folgenden Wochen und Monaten nichts von dieser Kraft der ersten Stunde ein, von dieser Gier nach ihrem Körper, ihren Berührungen. Seine Leidenschaft schien sogar noch zu wachsen. Er war völlig verrückt nach ihr. Annes Träume hatten nicht nur den Weg zu ihr zurückgefunden, besser noch, sie waren Wirklichkeit geworden. Der mit einem Diamanten besetzte Goldring an ihrem Finger bezeugte es.

Annes Lächeln wurde breiter und sie strich über ihre gewellten Haare, die in der Abendsonne tiefbraun schimmerten. Dabei blickte sie zufrieden in Richtung der Villa, einem Symbol für ihr neues Leben. Herrschaftlich und einladend wirkte der apricotfarbene Bau auf dem riesigen Areal. Im hinteren Teil des Gebäudes lagen der Bürotrakt und die Einliegerwohnung, in der Monique lebte. Ihre eigenen Wohnräume nahmen den vorderen Bereich des Hauses ein, zu dem ein mit Säulen flankiertes Portal führte. Sämtliche Fenster waren in einem edlen Sprossendesign gestaltet und raumhoch, wodurch viel Tageslicht in die großen Zimmer drang. Im obersten Stockwerk befanden sich insgesamt drei Schlafräume, zwei Bäder und eine überdachte Terrasse, die sich über die gesamte Front erstreckte.

Camille stand dort oben und schwenkte ihren rechten Arm übermütig hin und her, um ihre Mutter zu begrüßen. Sie konnte erst vor ein paar Minuten nach Hause gekommen sein. Jedenfalls hatte Anne sie bislang noch nicht bemerkt. Sie warf ihrer Tochter eine Kusshand zu und wollte gerade aufstehen, um sich bei Monique zu erkundigen, was sie gekocht hatte, als das schnurlose Telefon klingelte, das neben ihr auf dem Gartentisch lag.

Anne griff nach dem Hörer.

»Ja, hallo?«, fragte sie und erwartete eigentlich, ihre Freundin Catherine zu hören, mit der sie seit ihrem Umzug mindestens einmal am Tag telefonierte.

»Anne? Hier spricht Andréa. Es tut mir leid, dass ich Sie am Samstagabend störe. Aber es ist wichtig. Wir machen uns Sorgen um Oceane.«

Anne stutzte. »Was ist mit Ihrer Tochter?«

»Sie war doch heute den ganzen Tag mit Camille unterwegs.«

»Ja, sicher.«

»Sie ist noch nicht zu Hause, obwohl es schon fast halb neun ist. Eigentlich hält sie sich immer an die verabredeten Zeiten. Na ja, und deshalb wollte ich mich erkundigen, ob Camille schon wieder bei Ihnen angekommen ist.«

Anne hörte eine quälende Besorgnis aus Andréas Stimme heraus. »Ich habe Camille gerade auf der Dachterrasse gesehen. Warten Sie eine Minute. Ich gehe zu ihr. Sicherlich wird sie uns sagen können, warum Oceane noch nicht daheim ist«, sagte sie und stand auf.

»Danke«, entgegnete Andréa. Und diesmal klang es, als würde sie jeden Moment in Tränen ausbrechen.

3

Die Lichter der Taschenlampen und Laternen zerschnitten die Dunkelheit, als die Dorfbewohner ausschwärmten, um die Felder und das Umland nach Oceane abzusuchen. Ein milder Wind wehte vom Meer über ihre Köpfe hinweg und verfing sich in den Baumwipfeln der Kastanien und Platanen, die wie finstere Monumente in den Nachthimmel ragten. Immer wieder wurde Oceanes Name gerufen. Manchmal blieb jemand stehen und richtete den Lichtstrahl seiner Lampe abrupt in eine andere Richtung, weil er glaubte, ein verräterisches Geräusch gehört zu haben. Die Menschen spürten die plötzliche Spannung, die in ihre Gemeinschaft geschlichen war wie ein beklemmender Traum.

Nach dem Gespräch zwischen Andréa und Anne hatte Oceanes Mutter sämtliche Freundinnen ihres Kindes angerufen, ohne auch nur einen einzigen Hinweis auf dessen Verbleib zu erhalten. Die Telefondrähte hatten geglüht, und das Dorf war durch die beunruhigende Nachricht aufgeschreckt worden, dass die Tochter des Weinbauern Yves Guilline verschwunden sei. Im Nu hatten sich die ersten freiwilligen Helfer an der Polizeistation eingefunden, um von dort aus an einer Suchaktion teilzunehmen, die von dem Beamten Philippe Nuret organisiert wurde.

Aber die Straßen, Cafés und Gaststätten wurden vergebens abgegrast. Eine kleine Gruppe fuhr zum Campingplatz hinaus, um mit dem Betreiber zu sprechen und sich umzusehen. Der restliche Trupp durchkämmte die Gegend außerhalb des Dorfes. Unter ihnen waren auch die ehemaligen Bediensteten der Police Municipale Hugo Durand und Clement Saver, die bereits vor vielen Jahren in Ruhestand gegangen waren. Dass Clement bei der Suchaktion half, verdeutlichte den Dorfbewohnern, wie ernst die Situation war. Denn seit dem Tod seiner Frau lebte er zurückgezogen in seinem Haus außerhalb von Grimaud und ging bloß noch in den Ort, wenn er Lebensmittel einkaufen musste oder seinen Freund Hugo besuchte. Andere Gründe gab es für ihn nicht mehr. Nur die heutige Nacht bildete eine Ausnahme.

»Du bist sehr still«, bemerkte Hugo, während er auf dem Boulevard des Aliziers konzentriert neben Clement herging und das dichte Unterholz zu beiden Seiten ableuchtete. Ihr Ziel war die altertümliche Dorfmühle Moulin Saint-Roche. Ein Lieblingsplatz von Oceane, wie ihr Vater kundgetan hatte.

»Seit du mich angerufen und gebeten hast, bei der Suche zu helfen, geht mir einfach nicht mehr aus dem Kopf, wie sehr die Eltern des Mädchens jetzt leiden müssen.«

»Vermutlich ist sie nur ausgerissen.«

»Ja, vermutlich.«

»Wahrscheinlich gab es bei ihr zu Hause einen Streit.«

»Könnte sein. Trotzdem, die Ungewissheit bleibt und quält die Eltern so lange, bis das Mädchen wieder bei ihnen ist.«

Hugo nickte und fuhr sich über seine Glatze, die im Mondlicht glänzte. Dann warf er einen raschen Blick über die Schulter nach hinten. Die Schemen, die ihnen folgten, wirkten wie Teilnehmer einer unheilvollen Prozession. Irgendwo unter ihnen war auch Yves Guilline, dessen heiseres Rufen sie alle frösteln ließ. Seine Frau war zu Hause geblieben, um auf Oceane zu warten, falls sie doch noch dort eintraf.

»Wohin gehen wir als Nächstes, wenn wir an der Mühle angekommen sind? Ich meine, wenn wir Oceane nicht an diesem Platz antreffen, wo sollen wir dann suchen?«, fragte Hugo. »Hast du eine Idee?«

Clement zuckte mit den Schultern. »Vielleicht gehen wir danach am Bach entlang, der zum Waldrand führt. Da unten stehen ein paar verrottete Gartenhäuschen herum, in denen man sich ziemlich gut verstecken könnte.«

»Meinst du, es hat wirklich noch Sinn, in der Dunkelheit herumzuirren? Möglicherweise wäre es besser, morgen in aller Frühe weiterzusuchen – wenn das Mädchen bis dahin nicht schon längst wieder bei seinen Eltern ist«, sagte Hugo leise.

»Was soll denn dieses Gerede? Du hast mich doch angerufen, damit genügend Helfer zusammenkommen. Und jetzt willst du schon so früh aufgeben?«, fragte Clement seinen Freund verständnislos und blieb kurz stehen.

»Na ja, mir kommen halt Zweifel, ob wir überhaupt etwas bewirken«, entgegnete Hugo kleinlaut und verharrte ebenfalls auf der Stelle.

Yves rief erneut nach seiner Tochter. Seine Stimme klang erstickt.

»Wir helfen ihm, indem wir die Gegend rund um Grimaud absuchen«, sagte Clement leise und deutete mit dem Daumen auf Oceanes Vater.

Hugo seufzte auf. »Das stimmt wohl. Suchen wir weiter!«

Sie gingen wieder los. Nach ein paar Minuten bogen sie von der Straße ab und betraten einen gepflasterten Weg. Von hier aus waren es nur noch wenige Schritte bis zur Mühle, die sie schweigend hinter sich brachten.

»Wir sind da«, meinte Clement schließlich und richtete den Scheinwerferstrahl auf das alte Gemäuer mit den vier Flügeln. Plötzlich streifte das Licht ein Fahrrad, offensichtlich achtlos auf den Boden geworfen und mit einem platten Vorderreifen.

»Oceanes Rad, das ist Oceanes Rad!«, stöhnte Yves Guilline hinter ihnen auf und rannte los.

Clement beschlich ein ungutes Gefühl, als er zusah, wie Oceanes Vater das Fahrrad seiner Tochter abtastete.

»Oceane, wo bist du?«, schrie Yves aus Leibeskräften.

Die anderen Helfer wurden dadurch regelrecht wachgerüttelt und fingen fieberhaft an, die nähere Umgebung zu durchkämmen, während Clement auf den Eingang der Mühle zusteuerte. Hugo und Yves folgten ihm.

Die Finsternis, die ihnen innerhalb der Mauern entgegenschlug, ließ sie einen Augenblick lang verharren. Die Luft war stickig und heiß. Feine Staubflocken wirbelten herum, verstopften Clement die Nasenlöcher und setzten sich in seinem Rachen fest. Er musste husten.

Als er sich wieder beruhigt hatte, vernahm er Yves' ängstliche Stimme. Der Weinbauer flüsterte den Namen seiner Tochter in die Dunkelheit und schob sich an der Wand entlang.

Clement hingegen beschloss, die Mühle direkt zu durchqueren. Bedächtig setzte er einen Fuß vor den anderen, bis er gegen einen festen Gegenstand stieß, über den er fast gestolpert wäre.

»Verflucht, was war das?«, stieß er erschrocken hervor und erhellte mit der Taschenlampe den Boden.

Ihm stockte der Atem und sein Herz klopfte ihm bis zum Hals. Er hörte das Blut in seinen Ohren rauschen wie einen tosenden Wasserfall.

Hier, direkt vor seinen Füßen und inmitten einer riesigen roten Pfütze, lag der leblose Körper von Oceane Guilline.

Yves' Schrei war so ohrenbetäubend, als ob er Grimaud in seinen Grundfesten erschüttern wollte. Minutenlang hatten Clement und er versucht, seine Tochter mit einer Herzmassage zu reanimieren, als wollten sie nicht wahrhaben, was sie eigentlich schon längst wussten. Sie hatten nach ihrem Pulsschlag gefühlt und in ihrer Verzweiflung die klaffende blutende Verletzung an ihrem Hals ignoriert, die so tief war, dass man die Wirbelsäule dahinter sehen konnte. Yves hatte Oceane mehrmals auf die Wangen geschlagen und sie angeschrien, sie sollte die Augen öffnen und wieder anfangen zu atmen.

Aber natürlich waren seine Bemühungen vergeblich gewesen. Oceanes Körper war schon starr. Sie war tot. Und als diese Erkenntnis endlich zu Yves durchdrang, erlahmte sein sinnloses Streben, seiner Tochter wieder Leben einzuhauchen. Er schrie noch einmal auf wie ein verwundetes Tier. Dann sackte er in sich zusammen.

Clement wich zurück, an die Seite des fassungslosen Hugo. Der Anblick des Weinbauern, der neben dem Leichnam seiner Tochter kauerte und ihren Kopf fest gegen seine Brust drückte, während sich sein Gesicht zu einer grauenvollen Maske verzerrte, riss alte Wunden in ihm auf. Er beleuchtete das Schreckensszenario mit seiner Taschenlampe und sah tatenlos zu, wie Yves sich sein eigenes Hemd auszog, um Oceanes entblößte Brüste und ihre nackte Scham damit zu bedecken. Ihr Kleid war in zwei Hälften zerrissen worden. Eine dunkle Blutspur reichte von ihrem Unterleib bis hinunter zu ihren Knöcheln. Ihr roter Bikini lag zerknüllt neben ihr.

»Jetzt müssen wir nicht mehr nach ihr suchen«, murmelte Hugo nach endlos erscheinenden Sekunden mit erstickter Stimme.

»Nein, das müssen wir nicht mehr«, erwiderte Clement tonlos, machte auf dem Absatz kehrt und ging mit gesenkten Schultern durch die Menschengruppe, die sich inzwischen in die Mühle gedrängt hatte.

4

»Es tut mir so leid«, hörte Camille ihre Mutter mit gedämpfter Stimme sagen.

Ihr war auf einmal schwindlig. Mutter umarmte sie. Camille roch das Öl, mit dem sie sich am Abend eingerieben hatte und das ihren eigenen angenehmen Körpergeruch nur leicht übertünchte. Ein blumiger Duft, der Camille so vertraut war. Dennoch vermochte er sie nicht zu trösten oder den Schock abzuschwächen, den die Schreckensbotschaft in ihr ausgelöst hatte. Die Worte, die sie soeben vernommen hatte, waren von einer solchen Intensität, dass sie ihr wie scharfe Messerklingen in den Magen stachen.

Ihre Freundin Oceane lebte nicht mehr. Jemand hatte sie getötet!

»Du musst jetzt tapfer sein, Camille, verstehst du? Sehr tapfer sogar«, sagte ihre Mutter leise und deutete zu dem Polizisten, der in seiner blauen Uniform und mit regloser Miene durch den Raum stapfte.

Camille erkannte ihn erst auf dem zweiten Blick. Es war Monsieur Nuret, der Beamte aus dem Dorf mit dem bleichen, scharf geschnittenen Gesicht, der sich unauffällig in ihrem Zimmer umsah, das Nicolas für sie eingerichtet hatte. Ein exquisites Reich für die neue Prinzessin des Hauses, hatte er gesagt, als er Camille das Zimmer mit den in dezentem Rosa gehaltenen Wänden und den pompösen Vorhängen präsentierte. Es war mit Möbeln aus exotischem Holz und einer Sitzecke in orientalischem Stil ausgestattet. Unter einem lang gezogenen Regal standen ein massiver Schreibtisch und ein gepolsterter Stuhl, gegenüber war ein viertüriger Schrank in die Wand eingelassen. Das Auffälligste aber war das riesige Himmelbett mit dem Baldachin aus weißem Stoff, das den Mittelpunkt des Raumes bildete. Der Rahmen bestand aus verzierten Eisenstäben und die seitlichen Fassungen waren mit Rattan bestückt. Auf der Matratze lagen etliche Kissen in erdfarbenen Tönen. Es war ein wundervolles Bett, auf dem Camille jetzt mit ihrer Mutter saß und spürte, wie Tränen ihre Augen füllten. Tränen, die sie unterdrücken musste. Sie wollte nicht weinen. Auf keinen Fall! Nicht vor Mutter und schon gar nicht vor dem Polizisten.

»Monsieur Nuret wird dir ein paar Fragen stellen, Camille. Versuch, dich zu konzentrieren, Liebes. Es ist wichtig, dass du ihm antwortest und alles erzählst, was du weißt«, fuhr Mutter fort. »Wirklich alles!«

Camille nickte bedächtig.

Nuret packte den Schreibtischstuhl und stellte ihn direkt vor Camille ab. Dann nahm er Platz, zückte ein Diktiergerät aus der Innentasche seiner Jacke und schaltete es ein.

Camille war dankbar, dass der Beamte ihre Mutter nicht fortschickte. Dass sie bleiben und ihr Beistand leisten konnte, wenn es nötig wäre.

Nuret sah Camille einen Augenblick lang schweigend an, als suchte er nach den passenden Worten. Dann räusperte er sich.

»Oceane war deine beste Freundin, nicht wahr?«, fragte er behutsam und mit einer dunklen Stimme, die überhaupt nicht zu seinem Äußeren passte.

»Hier in Grimaud, ja«, antwortete Camille leise.

»Du hast noch andere Freunde?«

»Die wohnen in Nizza.«

Nuret versuchte, ein freundliches Gesicht zu machen. Es misslang. Er schaute verlegen auf das Diktiergerät.

»Du hast Oceane erst kennengelernt, als ihr hierher gezogen seid, richtig?«

»Ja.«

»Deine Mutter sagte, ihr hättet euch sofort gut verstanden.«

»Sehr gut sogar, ja.«

»Du hast dich bestimmt gefreut, dass du auf Anhieb eine Freundin gefunden hast. Ich meine, so ein Umzug in eine fremde Gegend ist schließlich eine enorme Umstellung.«

Sie nickte abermals.

»Habt ihr viel gemeinsam unternommen?«

»Wir waren fast jeden Tag zusammen.«

Camille schluckte schwer und presste die Lippen fest aufeinander, um nicht in Tränen auszubrechen. Dabei faltete sie die Hände, als wollte sie beten. Vor ihrem geistigen Auge sah sie, wie Oceane ihr am Abend davongefahren war. Mit diesem trotzigen Ausdruck im Gesicht und dem festen Willen, pünktlich nach Hause zu kommen. Sie hatte ihr noch einmal zugewinkt, aber Camille hatte ihr keine Beachtung geschenkt. Vielleicht würde Oceane noch leben, wenn sie ihr den Gefallen getan hätte und den restlichen Weg mit ihr zusammen gefahren wäre. Jetzt war es für diese Einsicht zu spät. Oceane war tot. Camille musste tief durchatmen, um die Selbstvorwürfe, die sie in diesem Moment bedrängten, zu verscheuchen.

»Und wo wart ihr heute?«, bohrte der Polizist weiter nach. Allmählich näherte er sich den wichtigen Fragen.

»Am Strand von Cavalaire.«

»Den ganzen Tag über?«

»Ja.«

Nuret beugte sich ein Stück vor. »Hattet ihr euch mit jemandem verabredet?«, fragte er.

»Nein.«

»Ist dir dort jemand aufgefallen, der euch beobachtet hat?«

Sie zögerte, dann schüttelte sie den Kopf.

»Camille, es ist ungeheuer wichtig, dass du darüber genau nachdenkst! Bitte versuch, dich auch an Kleinigkeiten zu erinnern, egal, wie unwichtig sie dir auch erscheinen mögen!«, beschwor der Polizist sie mit eindringlicher Stimme.

»Es waren so viele Leute da! Wir hatten gerade einmal genug Platz, unsere Badehandtücher auszubreiten, um uns darauf zu legen. Jeder hätte uns beobachten können, ohne dass es jemandem aufgefallen wäre.«

Nuret verzog die Mundwinkel. Er stellte weitere Fragen. Wollte den genauen zeitlichen Tagesablauf erfahren. Wann die Mädchen von Grimaud aus losgefahren und wie lange sie in Cavalaire gewesen waren. Und Camille erzählte ihm alles, woran sie sich erinnern konnte. Sie erwähnte auch den Fremden an der Burgruine und den Disput, den er zwischen den Freundinnen ausgelöst hatte.

Nuret wurde hellhörig. Er forderte sie auf, den Mann und seinen Wagen genau zu beschreiben. Dabei hielt er das Diktiergerät näher an ihren Mund, als wollte er demonstrieren, wie bedeutsam ihre Aussage war. Er fragte nach jedem Detail und wollte unbedingt wissen, warum Camille angehalten und den fremden Mann angestarrt hatte.

Sie sagte ihm, dass sie selbst nicht wüsste, warum ihr dieser Kerl aufgefallen war. Und irgendwie war es ihr auch unangenehm, dass Nuret sich danach erkundigte. Obwohl der Beamte sichtlich darum bemüht war, sie freundlich zu behandeln, konnte Camille seine Fragen kaum noch ertragen. Nurets Anwesenheit quälte sie geradezu. Sie wollte ihren Kummer nicht länger unterdrücken und ihren Gefühlen freien Lauf lassen.

Deswegen war sie äußerst erleichtert, als der Polizist endlich aufstand und das Diktiergerät ausschaltete. Er nickte ihr zu. Nuret hatte keine Fragen mehr und stellte den Stuhl an seinen ursprünglichen Platz zurück. Dann strich er Camille über die Wange. Es sollte eine tröstliche Geste sein. Dennoch zuckte Camille zusammen. Nuret verabschiedete sich von ihr und Anne brachte ihn nach unten.

Camille ging rasch in ihr Badezimmer auf der anderen Flurseite, zog sich aus und stellte die Dusche an. Sie fühlte sich schmutzig. Außerdem war ihr übel. Als sich der Raum plötzlich um sie herum zu drehen begann, schaffte sie es gerade noch rechtzeitig bis zur Toilette, bevor sie sich übergab. Und während sie erbrach, beschlich sie das Verlangen, diesen schrecklichen Ort, an dem ihre Freundin so brutal ermordet worden war, wieder zu verlassen. Sehnsüchtig dachte sie an Nizza. An die letzten Jahre, die sie dort mit ihrer Mutter verbracht hatte. Sie gierte nach ihrem früheren Leben und sie wollte es wiederhaben. Um jeden Preis.

5

Er saß vollkommen nackt und wie erstarrt auf dem harten Holzstuhl und versuchte, das Unbegreifliche zu verstehen.

Er litt. Und fror. Kein ungewöhnlicher Zustand, denn er fror sehr oft. Es war eine innere Kälte, die ihn ausfüllte und seine Gedanken konservierte. Vor allem diese schlimmen Gedanken, die ihm häufig den Weg zu einem Lustgefühl ebneten, das nicht selten in einem konvulsivischen Zucken endete. Dabei fiel er stets in einen hemmungslosen, ekstatischen Taumel. Doch immer wenn dieser Rausch abklang, wurde ihm bewusst, dass er niemals Herr über seine Fantasien werden konnte. Niemals! Im Gegenteil, er ließ sich immer wieder von ihnen übermannen wie ein wehrloses Kind.

Aber natürlich war er kein Kind mehr! Er wusste, was er tat. Er kannte den Unterschied zwischen Gut und Böse. Und deshalb war er verzweifelt. Denn nach all den Jahren der Abstinenz war er rückfällig geworden und hatte sich der teuflischen Begierde widerstandslos hingegeben.

Er schloss die Augen. Begehrte die Dunkelheit. Und wurde enttäuscht. Das kalte Licht der Neonröhren war dermaßen grell, dass es sogar durch seine geschlossenen Lider drang.

Seine Hände krampften sich um das Kruzifix, das er von der Wand über dem Türrahmen genommen hatte. Er befühlte den Corpus Christi auf dem Kreuz. Dachte an seine regelmäßigen Kirchenbesuche. An die sonntäglichen Predigten, die mit so vielen Mahnungen verbunden waren. An seine eigene Heuchelei.

Warum nur? Warum?

Er schüttelte ungläubig den Kopf. Versuchte, die Geräusche in dem Raum auszublenden. Das Ticken der Wanduhr, den tropfenden Wasserhahn neben der Werkbank und seine eigenen, viel zu flachen Atemzüge. Doch es war zwecklos.

Er schnappte nach Luft und bekämpfte die aufsteigende Panik, die ihn erstmals befallen hatte, nachdem er von Oceane abgelassen hatte. In ihren gebrochenen Augen hatte er die unheilvolle Veränderung gesehen, die seine Raserei in ihr ausgelöst hatte. Bewegungslos hatte sie dagelegen, als wäre sie bereits gestorben. Er war aufgestanden und hatte seine Hose hochgezogen, bevor er das Messer aus der Beintasche fischte und aus der ledernen Scheide zog. Einen Augenblick lang hatte er gezögert und sich dann noch einmal auf das Mädchen gestürzt. Diesmal nicht, um seine Lust zu befriedigen. Diesmal, um sie zu töten.

Er zitterte am ganzen Leib. Hätte er dem Mädchen doch bloß nicht seine Hilfe angeboten! Wäre sie doch nur nicht zu ihm in den Wagen gestiegen! Er hatte sie und ihre Freundin schon am frühen Morgen gesehen, als sie auf ihren Rädern aus dem Dorf hinausfuhren. Diese unbefleckten Dinger! In seinen Gedanken hatten sie ihn verführt und in einen schlechten Menschen verwandelt.

Aber war es nicht so, dass wahrhaft schlechte Menschen keine Schuldgefühle hatten? Er hingegen fühlte sich gemartert, von seinem eigenen Handeln zerrissen – vielleicht bestand noch ein Funken Hoffnung für ihn?

»O Gott, bitte hilf mir!«, flehte er und drückte das Kruzifix an seine Lippen. »Bitte hilf mir!«

Teil II

Im Schatten der Bluttat

1

Bereits einen Tag nach dem schrecklichen Verbrechen teilte sich das Dorf in zwei Lager: in die Gruppe derer, die lautstark verlangten, Oceanes Mörder durch eine medienwirksame Hatz und die öffentliche Anteilnahme in die Enge zu treiben; und in die Fraktion jener Bewohner, die dazu aufriefen, trotz des furchtbaren Ereignisses, das sie alle zutiefst erschütterte, einen kühlen Kopf zu bewahren und ganz allein der polizeilichen Untersuchung zu vertrauen. Diese Gruppe wollte vermeiden, dass sich Grimaud in eine Bastion aus Boulevardjournalisten und sensationsgierigen Schaulustigen verwandelte und der Fremdenverkehr, der durch die Bluttat ohnehin enormen Schaden erleiden würde, völlig zusammenbrach. Ein solches Szenario wäre eine finanzielle Katastrophe für die gesamte Gemeinde, betonte der Bürgermeister Jean Rispal, der einige Ratsmitglieder, ortsansässige Geschäftsleute und Philippe Nuret in sein Büro geladen hatte, um sich deren Unterstützung zu sichern. Der Polizist pflichtete ihm bei und ergänzte, dass er sowieso befürchte, übereifrige Berichterstatter könnten die polizeilichen Ermittlungsarbeiten behindern. Am Ende der Zusammenkunft erntete Rispal dankbare Anerkennung, als er Nicolas Leroche anrief und auch um seinen Beistand bat. Leroche sicherte ihm die ersuchte Hilfe zu. Jeder wusste, dass der Unternehmer an Fäden ziehen konnte, die für Rispal unerreichbar waren.

Somit waren die Weichen gestellt: Die Medien würden nur mit spärlichen Informationen gefüttert, und nach einigen Telefonaten von Leroche mit dem Innenministerium und einem hochrangigen Verwaltungsmitglied des Départements Var verfügte die zuständige Staatsanwaltschaft, dass ein Kommissar aus Toulon, ein gewisser Leo Balleroy, die Ermittlungen leiten sollte. Rispal wurde zugesichert, dass

Balleroy ein erfahrener und kompetenter Kriminalist sei. Sozusagen das beste Pferd in ihrem Stall. Und nicht nur das. Er wäre auch ein Mann der leisen Töne. Seine unauffällige Vorgehensweise würde genau dem Ansinnen des Bürgermeisters entsprechen. Balleroy würde allein kommen. Er sei ein typischer Einzelgänger, aber gleichermaßen absolut integer.

Rispal war zufrieden. So zufrieden, wie er es in Anbetracht der Umstände überhaupt sein konnte.

Der Kommissar kam am späten Nachmittag in Grimaud an. Er lenkte seinen schwarzen Renault bewusst langsam durch die engen Straßen, obwohl er sich der Blicke bewusst war, die ihm folgten, bis er den Wagen auf einem der Gästeparkplätze des Hotels *La Boulangerie* stoppte und ausstieg. Er war diese Art von Neugierde gewohnt. Auch wenn er selbst geneigt war, seine Ermittlungsarbeit möglichst diskret zu verrichten, so erregte seine imposante Erscheinung zunächst immer eine von ihm ungewollte Aufmerksamkeit, die ihn peinlich berührte und die er nur selten gewinnbringend einsetzen konnte. Viel zu oft behinderte sie ihn in seiner Vorgehensweise, irritierte die Personen, mit denen er sprach, und lenkte sie ab. Es war seine außerordentliche Körpergröße von knapp zwei Metern, die ihn derart häufig zum Mittelpunkt des Interesses machte. Hinzu kam der ungewöhnliche Aspekt, dass seine Arme nicht länger und seine Hände nicht größer waren als bei den Menschen, die er um mindestens zwei Köpfe überragte, was seiner Gestalt eine unfreiwillige Komik verlieh. Diesen Eindruck konnten auch die guten Anzüge nicht kaschieren, die Balleroy stets trug. Er hielt viel von korrekter Kleidung. Schließlich kannte er die Wirkung von Äußerlichkeiten. Und wenn er schon kurios aussah, so wollte er sich zumindest ordentlich kleiden. Natürlich musste er Sonderanfertigungen tragen. Ein kostspieliges Unterfangen, das es ihm allerdings wert war.

Er bezog ein Zimmer im ersten Stock des Hotels und fing sofort an, seine beiden Koffer auszuräumen. Nachdem er seine Wäsche und die technische Ausrüstung fein säuberlich im Schrank verstaut hatte, wusch er sich ausgiebig die Hände. Das war sicherlich seine größte Macke. Dieser ständige Drang, die Hände zu säubern. Eine zwanghafte Neurose, die er seiner Meinung nach all dem Grauen verdankte, das er bereits gesehen, ertragen und manchmal eben auch berührt hatte.

Anschließend ließ er sich von Madame Tarazzy, der Ehefrau des Hoteliers, den Weg zu der kleinen Polizeistation im Dorf beschreiben, wo er von einem außerordentlich nervösen Polizisten voller Dankbarkeit empfangen wurde. Dieser schnellte von seinem Platz auf und stellte sich als Philippe Nuret vor, jenen Mann, der die vergangenen Stunden als die fürchterlichsten seiner Amtszeit in Erinnerung behalten würde. Balleroy merkte ihm an, wie erleichtert er war, dass er die Verantwortung endlich loswurde, die seit dem grausigen Leichenfund auf seinen Schultern gelegen hatte. Normalerweise oblagen ihm die örtliche Verkehrslenkung und die Bearbeitung administrativer Aufgaben, aber jetzt war er auf einmal mit einem Mord konfrontiert worden und damit zugegebenermaßen völlig überfordert. In ausführlichen Sätzen brachte er Balleroy auf den aktuellsten Stand und spielte ihm auch das Band mit den Aussagen von Camille Jeunet vor.

»Ich hoffe, es klingt nicht arrogant, wenn ich Ihnen versichere, dass Sie Ihren Job gut erledigt haben«, sagte Balleroy anerkennend.

»Tatsächlich?« Nurets Gesicht hellte sich auf.

»Ja, wirklich.« Wie Balleroy erwartet hatte, war Nuret empfänglich für lobende Worte. Der Kommissar wusste, dass er in den kommenden Tagen und vielleicht sogar Wochen Unterstützung aus dem Dorf brauchte, und er fing gerade an, einen ersten Fürsprecher zu rekrutieren. »Waren Sie eigentlich dabei, als der Stoßtrupp eintraf?«

»Der Stoßtrupp?«

»Pardon, das ist ein abteilungsinterner Begriff. Mit dem Stoßtrupp bezeichnen wir in Toulon die Kollegen von der

Spurensicherung, die jeden Fundort in ein organisiertes Chaos verwandeln.«

Nuret nickte hastig. »Klar, ich habe Ihre Kollegen schließlich dorthin gebracht. Sie sind wild durcheinandergelaufen und haben Aufnahmen gemacht. Von der Mühle und der Leiche. Dann haben sie die Stelle skizziert, an der das Mädchen lag, und so ein seltsames Zeug versprüht. Sie haben die Scheinwerfer ausgeschaltet, die sie zuvor aufgestellt hatten, und ich konnte genau sehen, wie sich der Boden an einigen Stellen bläulich verfärbte. War echt irgendwie unheimlich das Ganze.«

»Sie haben Luminol benutzt.«

»Luminol?«

»Ja. Eine Chemikalie, die eingesetzt wird, um geringste Spuren von Blut nachzuweisen. Sie wird auf verdächtige Stellen gesprüht und löst durch das im Blut befindliche Eisen eine eindeutige Reaktion aus: bläuliches Leuchten. Auf diese Weise entgeht der Spurensicherung kein einziger Tropfen und das wiederum ist für die folgende Analyse sehr wichtig. Wir müssen sicher sein, dass es sich bei dem Blut am Fundort bloß um das des Opfers handelt. Wir können es uns nicht leisten, auch nur eine einzige Spur zu übersehen.«

»Das hat mir keiner erklärt.«

Balleroy zuckte mit den Achseln. »Sie haben auch nicht danach gefragt, richtig?«

»Richtig.«

»Ich werde Ihnen den Bericht zeigen, sobald er mir vorliegt.«

»Den Bericht von der Spurenuntersuchung?« Nuret war überrascht.

»Ja, und den von der Obduktion.«

»Wieso?«

»Weil ich glaube, dass Sie mir eine große Hilfe sein können, Monsieur Nuret. Denn vier Augen erkennen immer mehr als zwei, stimmt's?«

»Ja, das stimmt.«

Der Kommissar strich eine Falte aus seiner Jacke. »Könnten Sie mich jetzt zum Fundort fahren? Ich möchte mir selbst ein Bild von dieser Stelle machen.«

»Selbstverständlich. Sehr gern.« Nuret schnappte einen Schlüsselbund von der Schreibtischplatte und setzte sich von aufkeimendem Ehrgeiz getrieben in Bewegung.

»Unterwegs könnten Sie anfangen, mir etwas über die Dorfbewohner zu erzählen«, sagte Balleroy und folgte dem Polizisten ins Freie.

2

Genau zwei Tage nachdem Clement über Oceanes Leichnam gestolpert war, sah er Camille Jeunet zum ersten Mal. Sie stand auf der morschen Brücke, die über den kleinen Bach unmittelbar vor seinem Grundstück führte. Das Wasser schlängelte sich durch eine eindrucksvolle Wiesenlandschaft, die von Lavendelfeldern und einem Pinienwald gesäumt wurde. Als sein Sohn Romain noch bei ihnen war und seine Frau Sophie noch lebte, hatte Clement die Ruhe in dieser beschaulichen Abgeschiedenheit genossen. Insbesondere als er aus dem Polizeidienst ausgeschieden war, um seinen letzten Lebensabschnitt zu beginnen, war ihm dieser Platz wie eine friedliche Oase vorgekommen. Und dann, nach Sophies qualvollem Tod vor sieben Jahren, hatte er sich fast gänzlich hierher verkrochen und aufgehört, am Dorfleben teilzunehmen. Denn er war der mitleidigen Blicke und aufmunternden Worte nach Sophies Ableben schnell überdrüssig geworden. Seither badete er nur noch in der Erinnerung an seine kleine Familie, die nicht mehr existierte, und teilte seine Einsamkeit mit einem Hund, der ihm vor ein paar Monaten während eines seiner ausgiebigen Spaziergänge zugelaufen war. Mit blutüberströmtem Fell und Schürfwunden am ganzen Körper war der Labradormischling über die Felder getrottet. Ohne Halsband. Verwildert. Ein Außenseiter. So war er Clement jedenfalls vorgekommen. Er hatte den Rüden mitgenommen, seine Verletzungen behandelt und sich tagelang um ihn gekümmert. Der Hund dankte es ihm auf seine Art. Ließ sich von ihm führen wie ein kleines Kind und war stets gehorsam. Der ehemalige Polizist hatte einen Gefährten gefunden, der die Stille, die ihm das neue Domizil gewährte, genauso schätzte wie er selbst.

Inzwischen war es schon ein paar Wochen her, seitdem Clement hier draußen einen Menschen gesehen hatte. Lediglich Hugo hatte ihn im vergangenen Monat besucht. Es kam nicht oft vor, dass jemand aus dem Dorf durch diese Gegend streunte. Und noch seltener verirrten sich Freunde hierher. Vor allem nicht bei dieser brütenden Hitze. Den ganzen Tag über war es dermaßen heiß gewesen, dass Clement darauf bedacht gewesen war, Fenster und Türen geschlossen und die Rollläden unten zu lassen, um die Hitze auszusperren. Er hatte versucht zu schlafen und nicht mehr an den grausigen Leichenfund zu denken, der ihn die ganze Zeit über beschäftigte. Aber seine emotionale Aufgewühltheit hatte ihm weder Schlaf noch Entspannung gegönnt. Zudem hatte ihn die Arthrose in seinen Kniegelenken besonders geplagt. Schließlich war er wieder aufgestanden und ruhelos durch das Haus geschlichen, bevor er eine Flasche Wein geöffnet und sie halb geleert hatte, um danach ein paar Sandwichs zu essen und in alten Fotoalben zu blättern. Der Tag war quälend langsam verstrichen, und erst zu später Stunde, als die Sonne ein wenig von ihrer Kraft verlor, hatte er seine ausgelatschten Schuhe über seine geschwollenen Füße gestülpt und die Jalousien in der Küche nach oben gezogen. Sein Hund, für den ihm bislang noch kein passender Name eingefallen war, hatte freudig gebellt. Er wusste, dass das Gebaren seines neuen Herrchens auf einen ausgedehnten Spaziergang hinauslief. Clements Leben bestand aus einer Reihe fester Gewohnheiten und der allabendliche Streifzug durch den Wald gehörte unbedingt dazu.

Nachdem er also die Rollläden hochgezogen und einen Blick durch das Küchenfenster geworfen hatte, war ihm das Mädchen aufgefallen. Es lehnte über dem schmalen Brückengeländer und warf kleine Brotstücke in den Bach.

Clement zog die blau gemusterte Gardine beiseite, die Sophie einst in einem Textilladen in Gassin gekauft hatte. Er wollte das Mädchen genauer betrachten, das einen Rucksack in dunklem Kaki auf dem Rücken trug. Sie war höchstens fünfzehn, vielleicht auch erst vierzehn Jahre alt. Ein schlankes Kind in grünen Bermudashorts und einem hellen Trägershirt. Ihr schwarzes volles Haar fiel auf ihre sonnengebräunten Schultern. Trotz der Entfernung glaubte Clement zu erkennen, dass sie ein hübsches Gesicht hatte. Er musste lächeln. Irgendwie hatte sie etwas Engelhaftes an sich, so wie sie dastand, von Sonnenstrahlen umrahmt und mit einem gesenkten Blick, der auf der Wasseroberfläche des Baches zu kleben schien.

Clement beobachtete sie eine ganze Weile. Wenngleich er nicht mehr oft ins Dorf ging und den Kontakt zu den Einwohnern mied, so kannte er doch die meisten von ihnen. Das Mädchen hatte er allerdings noch nie gesehen. Vermutlich war sie die Kleine, die mit ihrer Mutter von Nizza hierher gezogen war. Möglich war es jedenfalls. Hugo hatte ihm davon berichtet. Leroche hätte sich eine bildschöne Frau geangelt und die würde sogar schon bei ihm wohnen. Zusammen mit ihrem Kind. Hugo informierte ihn immer über alles, obwohl er genau wusste, dass Clement überhaupt nicht darauf erpicht war zu erfahren, was sich in Grimaud abspielte. Hugo war das freilich egal. Er nahm keinerlei Rücksicht auf Clements Einwände und fütterte ihn weiterhin mit allerlei belanglosen Neuigkeiten, wenn sie miteinander telefonierten oder sich hin und wieder gegenseitig besuchten. Hugo wollte ihm zeigen, dass das Leben auch nach derlei Schicksalsschlägen weiterging, wie Clement sie hatte hinnehmen müssen. Es gefiel Hugo überhaupt nicht, dass sein Freund wie ein Einsiedler lebte. Er verstand ihn einfach nicht. Niemand verstand ihn. Niemand konnte den Schmerz nachempfinden, der ihn zu dem Menschen gemacht hatte, der er nun war.

Das Mädchen drehte sich um und riss ihn aus seinen Gedanken. Sie hatte ihn erblickt und starrte ihn an. In diesem Moment wusste Clement, dass er sich trotz seines hohen Alters noch immer auf seine Augen verlassen konnte. Die Kleine war wirklich hübsch. Eine richtige Schönheit. Jetzt, da sie sich ihm zugewandt hatte, erkannte er, dass sie gar kein Kind mehr war, sondern schon fast an der Schwelle zum Erwachsensein stand. Sie steckte die Hände in die Hosentaschen, legte den Kopf schräg und beäugte ihn neugierig. Clement schluckte. Wie ein Voyeur stand er an seinem Fenster und fühlte sich geradezu ertappt. Er winkte ihr vorsichtig zu, um die peinliche Situation ein wenig zu entspannen.

Zunächst zeigte sie keinerlei Regung, doch dann wandte sie sich ab und lief los. Sie rannte über die Wiese und um das Waldstück herum in Richtung Dorf.

Clement schaute ihr hinterher, bis sie aus seinem Blickfeld verschwunden war. Er blieb noch eine Zeit lang nachdenklich am Fenster stehen, bevor er die Gardine wieder zurechtzog und anschließend über seine zerfurchte Stirn strich. Ihm war gar nicht wohl in seiner Haut. Er hatte das Mädchen dermaßen aufdringlich angegafft, dass er sich nun dafür schämte. Was mochte sie jetzt von ihm denken? Was würde sie über ihn erzählen? Aber das konnte ihm eigentlich egal sein. Schließlich scherte er sich schon seit Jahren nicht mehr darum, was andere über ihn dachten oder sagten.

Sein Hund bellte ihn ungeduldig an und beendete seine Grübelei abrupt. Mit großen Augen und wedelndem Schwanz saß er vor seinen Füßen und demonstrierte ihm seine Vorfreude auf den bevorstehenden Spaziergang.

»Du hast ja recht! Lass uns nach draußen gehen«, sagte Clement entschlossen und verließ gemeinsam mit dem Tier sein Haus.

Camille war niedergeschlagen. All ihre Gedanken kreisten ununterbrochen um Oceanes Tod. Zwangsläufig dachte sie in diesem Zusammenhang auch an ihre Mutter, die sich von Nicolas hatte kaufen lassen. Denn nur aus diesem Grund waren sie überhaupt hierher gekommen. Nur aus diesem Grund musste Camille nun das Kreuz tragen, das ihr der Mord an Oceane aufbürdete!

Noch nie in ihrem Leben hatte Camille sich so allein gelassen gefühlt wie jetzt. Nicht einmal, als ihr Vater sie verlassen hatte oder als sie und ihre Mutter nach Grimaud gekommen waren. Der Verlust ihrer einzigen Freundin in diesem ganzen vermaledeiten Touristennest ließ sie innerlich erbeben. Sie spürte eine bedrückende Leere, die sie vollkommen auszuhöhlen schien.

Den gestrigen Tag hatte sie nur im Bett verbracht. Weinend und schlafend. Trauernd und von schlechten Träumen gepeinigt. Mutter hatte ein paarmal nach ihr gesehen und ihr mit sorgenvoller Miene über den Kopf gestreichelt. Einmal war auch Nicolas in ihr Zimmer gekommen und hatte Mutter verständnisvoll einen Arm um die Schulter gelegt. Du musst ihr Ruhe gönnen! Sie muss diesen Schock erst mal verdauen, Anne. Sie wird zu dir kommen, wenn sie darüber sprechen will, hatte er in der Annahme gesagt, dass Camille schlief und ihn nicht wahrnahm. Und Mutter hatte sofort auf ihn gehört und sie allein gelassen. Mutter hörte immer auf ihn.

Heute war Camille wieder aufgestanden. Allerdings erst am Mittag und auch nur deshalb, weil dieser Kommissar aus Toulon mit ihr sprechen wollte. Aber was sollte sie ihm schon anderes erzählen als dem Dorfpolizisten? Nichts. Sie hatte schon alles gesagt. Das begriff auch der Kommissar relativ rasch, weswegen er sich bereits nach wenigen Minuten noch kurz mit Nicolas und ihrer Mutter unterhielt und sich dann wieder verabschiedete.

Nachdem der Kommissar gegangen war, kam Camille der Aufforderung ihrer Mutter nach und setzte sich zu ihr und Nicolas an den gedeckten Esszimmertisch. Monique hatte gekocht, Pasta mit Pistou. Obwohl Camille keinen sonderlichen Appetit verspürte, würgte sie ein paar Bissen hinunter und trank ein Glas stilles Wasser. Nach dem Essen brach Nicolas zu irgendeiner geschäftlichen Unterredung auf, versprach aber, noch vor Einbruch der Dunkelheit wiederzukommen. Mutter tätschelte Camille das Handgelenk und fragte, ob sie mit ihr nach draußen käme. Sie wollte zum Pool – wohin auch sonst?

Doch Camille wollte lieber allein sein und ging in das riesige Wohnzimmer, um fernzusehen. Lange Zeit hockte sie bloß auf der Couch und verfolgte eine beschissene Talkshow nach der anderen, bis sie von diesem starken Gefühl übermannt wurde, dass sie die Villa, die ihr auf einmal die Luft zum Atmen raubte, für ein paar Stunden verlassen musste.

Sie gab diesem Impuls nach, packte ein frisches Baguette, eine gefüllte Trinkflasche und den Haustürschlüssel in ihren Rucksack und schlich sich unbemerkt davon. Zunächst schlenderte sie ziellos durch die Gegend, bis sie aus einer Laune heraus dem Bachlauf folgte, der sie aus Grimaud hinaus zu einer vermoderten Brücke hinter einem Waldstück führte. Ein kleines Haus mit einem roten Ziegeldach stand in unmittelbarer Nähe und vermittelte ihr einen Hauch von Sicherheit. Denn obwohl sie es darauf angelegt hatte, niemandem zu begegnen, war ihr in den vergangenen Minuten bewusst geworden, dass ihr Tun vielleicht gar nicht so ungefährlich war. Mutter wäre jedenfalls stinksauer, wenn sie wüsste, dass Camille sich ohne Begleitung hier herumtrieb. Verständlicherweise. Immerhin war Oceane irgendwo im nahen Umfeld des Dorfes ihrem Mörder begegnet. Oder im Dorf selbst. Camille lief ein kalter Schauder den Rücken hinab und sie fragte sich, ob Oceane hatte leiden müssen. Sicherlich war ihre Angst unbeschreiblich groß gewesen, als sie erfasste, was mit ihr geschah. Ob der Mörder sie wohl …

Camille dachte den Satz nicht zu Ende. Um sich abzulenken, holte sie das Baguette aus dem Rucksack und begann, die Fische im Bach damit zu füttern. Irgendwann bemerkte sie schließlich den alten Mann am Fenster des Hauses. Er hatte die Gardinen beiseite geschoben, blickte zu ihr herüber und winkte ihr freundlich zu. Camille konnte ihn recht gut erkennen und ihr fiel auf, wie hager er war. Sein Arm wirkte wie ein dürrer Ast, den man mit Leichtigkeit in zwei Hälften brechen konnte, und seine Gesichtshaut war mit dunklen Altersflecken übersät.

Camille starrte zurück. Sie war unsicher und wusste nicht, wie sie sich verhalten sollte. Sie befürchtete, dass der Alte zu ihr kommen und sie fragen würde, was sie hier draußen machte, aber sie wollte sich nicht rechtfertigen. Deswegen stürmte sie auch plötzlich davon. Wieder zurück nach Hause.

Nach Hause? Wie sich das anhörte! Es war nicht ihr Zuhause. Es war ein goldener Käfig. Ein Zwinger, in dem sie und ihre Mutter seit einigen Monaten lebten, allerdings mit dem Unterschied, dass eine von ihnen dieses Leben genoss und die andere nicht. Jedenfalls jetzt nicht mehr.

Camille lief, bis ihr die Lungen brannten. Die Trinkflasche im Rucksack schlug permanent gegen ihre Wirbelsäule, dennoch drosselte sie ihr Tempo erst, als sie an der Zufahrt zu Nicolas' Villa ankam. Sie ging an den vier Garagen vorbei, in denen teure Autos parkten. Als sie die Haustür öffnete und eintrat, ergriff sie sofort die gleiche Beklemmung, mit der sie zuvor aus der Villa geschlichen war. Sie zog ihre Sommerschuhe aus und spurtete die Treppe nach oben. Noch hatte sie keiner bemerkt. Vielleicht war überhaupt niemandem aufgefallen, dass sie fort gewesen war.

Im obersten Stockwerk angelangt, wollte Camille sofort in ihr Zimmer gehen. Aber dann vernahm sie plötzlich ein dumpfes Lachen und hielt inne. Das Geräusch kam aus jenem Bereich des Korridors, der durch eine massive Tür vom restlichen Teil der Etage abgetrennt war und das Bad sowie den Schlafraum von Nicolas und Mutter beherbergte.

Es war Mutters Lachen! Und es klang heiter und unbeschwert! Wie konnte sie nur lachen, während ihre Tochter so furchtbar litt?

Camille verspürte den Anflug von Zorn. Außerdem wollte sie erfahren, was der Grund für Mutters Gelächter war. Sie zögerte kurz, dann strebte sie auf die Korridortür zu.

Was hatte Nicolas an dem Tag zu ihr gesagt, als er sie zum ersten Mal durch das Haus führte? Wenn dieser Durchgang verschlossen ist, bleibt er verschlossen! Verstehst du das, Camille? Du darfst ihn ohne meine ausdrückliche Erlaubnis auf keinen Fall öffnen! Ist das klar?

In seine Stimme war ein bedrohlicher Unterton geschlichen, der keine Widerworte duldete. Sie hatte nur genickt.

Wie ein braves Mädchen. Aber jetzt war sie kein braves Mädchen und wollte auch gar keines sein!

Sie drehte den Schlüssel im Schloss und schob die Tür nach innen auf. Mit laut klopfendem Herzen schritt sie den breiten Korridor entlang, durch dessen riesige Fenster das goldene Licht der untergehenden Sonne fiel und eine helle und freundliche Atmosphäre schuf. An seinem Ende knickte der Flur nach rechts ab, wo sich die beiden Räume befanden, die für Camille eigentlich tabu waren.

Eigentlich.

Unbeirrt ging sie weiter und blieb erst vor der Schlafzimmertür stehen.

Mutter lachte nicht mehr. Camille vernahm lediglich ihre Stimme, ohne jedoch zu verstehen, was sie sagte. Auch Nicolas war im Zimmer, das hörte sie ganz deutlich. Er klang irgendwie heiser.

Anstatt sich abzuwenden und zurückzugehen, griff Camille nach der Klinke und drückte sie behutsam nach unten.

Wenn sie jetzt entdeckt würde …

Sie hielt die Luft an, während sie durch den Türspalt lugte. Als Erstes erkannte sie, dass der Raum abgedunkelt war. Die Vorhänge vor den Fenstern waren zugezogen und am Kopf des Bettes stand ein halbes Dutzend Kerzen, deren flackernde Lichter kleine Schatten an die Wand warfen.

Camille ließ ihren Blick langsam in Richtung des Bettes schweifen, auf dem Nicolas lag. Er war völlig nackt. Seine Hände waren über seinem Kopf an den Streben des Bettrahmens zusammengebunden. Mit einem Ledergürtel. Dennoch grinste er über das ganze Gesicht.

Camille erblickte sein Ding. Es war geschwollen und stand steil von seinem Körper ab. Sie presste die rechte Hand auf den Mund, um den spitzen Schrei zu unterdrücken, der beinahe über ihre Lippen gedrungen wäre. Als sie weiter durch das Zimmer schaute, sah sie Mutter vor einem großen Spiegel stehen. Sie hatte ihr Haar streng zurückgekämmt, sich aufreizend geschminkt und trug nur schwarze Dessous.

Camille fand, dass sie wunderschön aussah. Sie wirkte so vollkommen.

Mit kleinen Schritten ging Mutter zu Nicolas und kniete sich neben ihn auf das Bett. Sie kicherte und ihre Miene drückte eine gespannte Vorfreude aus. Es war offensichtlich, dass ihr diese Art von Spiel gefiel. Ein Spiel, das offensichtlich gerade erst begonnen hatte.

Camille kniff die Augen zusammen, während sie zusah, wie Mutter eine der Kerzen nahm und das Wachs auf Nicolas' Brust und auf seinen Bauch tropfen ließ. Er stöhnte auf, sagte jedoch kein Wort und versuchte auch nicht, den heißen Tropfen auszuweichen. Nachdem Mutter die Kerze wieder zurückgestellt hatte, bog sie seinen Kopf nach hinten und küsste ihn hart auf den Mund. Ihre Hände streichelten über seinen Oberkörper und begannen, an seinen Brustwarzen zu ziehen, bevor sie zu seinem Ding glitten.

Camille zuckte unwillkürlich zusammen.

Mutter berührte *es!* Ihre Finger umschlossen *es,* liebkosten *es!*

Es war widerlich! Ein unerträglicher Anblick! Camille hatte genug gesehen. Sie schloss die Augen und hoffte, sich in der Finsternis zu verlieren. Das Hier und Jetzt zu vergessen. Sie musste diesem abstoßenden Treiben sofort den Rücken kehren!

Hastig langte sie nach dem Türgriff und schlug dabei die Augen wieder auf.

Sie erstarrte vor Schreck.

Nicolas hatte sie entdeckt und lächelte ihr wissend zu.

3

Clement sah den schwarzen Renault schon von Weitem. Das Fahrzeug stand vor seinem Haus, direkt neben seinem eigenen Auto. Hinter dem Lenkrad saß ein auffallend großer Mann, der geistesabwesend durch die Windschutzscheibe starrte. Er rührte sich nicht einmal, als Clement die modrige Holzbrücke überquerte und ihn schon fast erreicht hatte.

Clement war länger als üblich durch den Wald marschiert und hatte die kühle Abendluft genossen. Am Rand der Schonung angekommen, war er stehen geblieben. Er atmete den herben Duft der Bäume ein und sah seinem Hund zu, der mit flatternden Ohren durch das Unterholz preschte und kläffend versuchte, eine der zirpenden Zikaden zu fangen. Doch nach einer kurzen Zeit war er verdrossen zurückgekehrt.

Jetzt trottete der Hund dicht neben Clement her und ließ das fremde Fahrzeug nicht aus den Augen. Als Clement den Renault erreicht hatte, klopfte er auf der Beifahrerseite gegen die Scheibe. Der Mann hinter dem Lenker fuhr erschrocken zusammen, bevor er mit ungelenken Bewegungen ausstieg.

Clement trat spontan einen Schritt zurück, als der Mann vor ihm stand. Fürwahr, der Kerl war ein Hüne, der mit seinem Anzug und einem dazu passenden Hemd viel zu warm für diese Jahreszeit und viel zu schick für seine jetzige Umgebung gekleidet war. Einen Moment lang überlegte Clement irritiert, was ihn am Erscheinungsbild des Mannes störte. Dann fiel es ihm auf: Seine Arme wirkten zu kurz und vollkommen unproportioniert im Verhältnis zu seiner Körpergröße.

»Monsieur Saver, nehme ich an?«, fragte der Mann freundlich und reichte ihm die Hand zur Begrüßung.

»Der bin ich, ja. Und wer sind Sie?«, wollte Clement wissen, der den festen Händedruck seines Gegenübers erwiderte.

»Mein Name ist Leo Balleroy. Ich bin der zuständige Kommissar für die Ermittlungen im Mordfall Oceane Guilline.« Es klang beinahe wie ein auswendig gelernter Spruch.

Clement fühlte ein Kratzen in den Fingerspitzen, eine Reaktion, die allein durch die Erwähnung des Namens der Toten verursacht wurde. »Eine schlimme Geschichte ist das, wirklich furchtbar«, murmelte er.

»Das ist es immer«, entgegnete der Kommissar.

»Wie meinen Sie das?«

»Wenn ich gerufen werde, ist es immer schlimm. Das meine ich damit, Monsieur.«

»Woher kommen Sie, Kommissar?«

»Aus Toulon.«

»So, aus Toulon, der ungeliebten Stadt«, lächelte Clement und spielte damit auf den Umstand an, dass Toulon längst nicht die Attraktivität der anderen Metropolen an der Côte d'Azur besaß. Die Stadt war bei den meisten Franzosen als soziale und wirtschaftliche Krisenregion verschrien.

Balleroy zuckte mit den Achseln. »Ich lebe gern dort. Die Stadt ist wesentlich reizvoller als ihr Ruf.«

»Ich war noch nicht oft in Toulon. Generell mag ich keine großen Städte«, entgegnete Clement.

Balleroy beugte sich vor und setzte eine ernste Miene auf. »Ich hätte ein paar Fragen an Sie, Monsieur Saver.«

»Natürlich, sonst wären Sie ja jetzt nicht hier. Begleiten Sie mich doch ins Haus.«

»Das werde ich gerne tun, danke.« Der Kommissar ging ihm nach, wobei sein gigantischer Schatten den von Clement berührte, als wollte er ihn überholen.

Die Wohnräume waren unaufgeräumt. Im Eingangsbereich lagen mehrere Schuhpaare wild durcheinander. Clements Schirmmütze und seine schmutzige Arbeitsjacke, die er immer anhatte, wenn er in seinem kleinen Garten hinter dem Haus werkelte, hingen neben Anoraks, Mänteln und Hemden auf der überfüllten Garderobe. Davor stapelten sich vergilbte Zeitungen auf dem zerschlissenen Parkettboden.

»Sie müssen das Chaos entschuldigen. Ich war nicht gerade auf Besuch vorbereitet«, sagte Clement, ohne sich umzudrehen. Er führte den Kommissar durch die Diele in einen Wohnraum, der aus einem Essbereich und einer Fernsehecke bestand. Auch hier war es sehr unordentlich. Der Speisetisch war mit Magazinen und benutzten Gläsern bedeckt, während auf einer schlichten Kommode Dutzende verstaubter Bücher ohne jeden Ordnungssinn übereinandergeschichtet waren. Die Regale waren vollgestopft mit Blumenvasen, Bildern und Fotoalben, die drohten, von den Brettern zu rutschen.

»Ich lebe allein«, fügte Clement noch hinzu, als wollte er sich rechtfertigen.

»Genau wie ich.«

»Möchten Sie etwas trinken, Kommissar?«

»Ein Glas Wasser wäre nett. Und ich müsste mal dringend Ihre Toilette aufsuchen.«

»Die finden Sie vorne links. Neben der Garderobe.«

Balleroy verschwand kurz. Währenddessen ging Clement in die Küche und füllte dem Hund eine Schale mit Trockenfutter. Anschließend nahm er eine Flasche Wasser aus dem Kühlschrank und fischte zwei Gläser aus einer Anrichte. Als er in das Wohnzimmer zurückkehrte, stand der Kommissar bereits abwartend vor einem Stuhl.

»Setzen Sie sich doch«, meinte Clement.

Balleroy nahm Platz. Clement stellte die Gläser ab und schenkte ein. Dann ließ er sich selbst auf einem Stuhl nieder.

Wachsam und gleichzeitig vertrauensvoll sah der Kommissar ihn an. »Ich habe bereits mit vielen Menschen im Dorf gesprochen. Auch mit Ihrem Freund Hugo Durand. Es wird nur Gutes über Sie berichtet, Monsieur Saver. Sie genießen ein hohes Ansehen.«

»Danke. Aber Sie sind nicht zu mir gekommen, um mir zu schmeicheln, nicht wahr?«

»Nein. Für mich ist interessant, dass Sie als ehemaliger Polizist über eine Menge Wissen verfügen. Und das möchte ich nun anzapfen. Deswegen bin ich zu Ihnen gekommen.«

»Gut, dann schießen Sie mal los!«

»Einverstanden.« Balleroy zückte eine schmale Kladde und einen Kugelschreiber aus der Innentasche seines Sakkos. Bevor er die erste Frage stellte, kritzelte er etwas in das Heft hinein. Dann wandte er sich wieder Clement zu. »Gab es während Ihrer Dienstzeit eine oder sogar mehrere Anzeigen wegen sexueller Nötigung gegen jemanden aus dem Dorf?«

»Nein.«

»Machten irgendwelche Gerüchte über den Missbrauch von Kindern die Runde? Oder wurden sexuelle Übergriffe auf Jugendliche bekannt?«

»Gott im Himmel, nein! Vermuten Sie denn, dass der Täter aus Grimaud stammt?«

»Ich kann es zumindest nicht ausschließen.« Der Kommissar trank einen Schluck Wasser und setzte das Glas wieder geräuschlos ab. »In vierzig Prozent aller triebgesteuerten Tötungsdelikte lagen schon vor der eigentlichen Tat Hinweise über gestörte Sexualpräferenzen des Mörders vor. Allein aus diesem Grund muss ich Ihnen diese Fragen stellen.«

»Sie haben doch bestimmt auch schon mit Nuret darüber gesprochen, oder etwa nicht?«

»Gewiss habe ich mit ihm darüber gesprochen. Nuret unterstützt mich in vielerlei Hinsicht. Aber früher waren eben Sie und Monsieur Durand die verantwortlichen Polizisten in dieser Gegend. Und üblicherweise findet man nicht alles in den Aufzeichnungen und Akten. Zum Beispiel, ob jemand des Exhibitionismus oder des Voyeurismus bezichtigt wurde. Meldungen, die zwar bei Ihnen eingegangen sind, deren jeweiliger Wahrheitsgehalt sich jedoch nicht nachweisen ließ und die deshalb im Laufe der Zeit dem Aktenvernichter zum Opfer fielen.«

Clement dachte angestrengt nach. »Tut mir leid. Ich kann mich an Anschuldigungen dieser Art nicht entsinnen.«

»Es gab auch nie Gerede in dieser Richtung?«

Clement rieb sich über die Schläfen. »Nein, daran würde ich mich erinnern.«

»Ihre Aussagen decken sich mit denen von Monsieur Durand. Das macht es mir nicht unbedingt leichter.«

»Aber Sie haben doch bestimmt schon eine Menge Indizien zusammengetragen, oder? So, wie es am Fundort aussah ...«

Balleroy nickte. »Das stimmt. Der Täter hat sich nicht die geringste Mühe gemacht, seine Spuren zu verwischen. Deshalb bin ich auch davon überzeugt, dass er bislang noch nicht aktenkundig geworden ist.« Er senkte die Stimme. »Und ich bin davon überzeugt, dass ich ihn nicht wegen dieser Spuren aufstöbere. Sie werden mir helfen, sein Muster zu erkennen und mir ein besseres Bild von ihm zu machen, um mich ihm vielleicht annähern zu können. Aber zu fassen kriege ich ihn nur, wenn ich den richtigen Personen die richtigen Fragen stelle. So ist es fast immer.« Der Kommissar schmunzelte. »Und im Moment gehören Sie zu diesem von mir auserwählten Kreis, Monsieur Saver.«

»Wenn ich ehrlich bin, könnte ich darauf durchaus verzichten, Kommissar«, entgegnete Clement.

»Das könnten die meisten«, erwiderte Balleroy knapp. Dann ließ er sich von Clement die Namen der Bewohner geben, die bei der Suche nach Oceane geholfen hatten. Außerdem musste Clement ausführlich beschreiben, was sich in der Mühle zugetragen hatte, nachdem er beinahe über die Leiche gefallen war.

Balleroy war sehr konzentriert, notierte sich alles und stellte immer wieder Zwischenfragen, als glaubte er, dass Clement eine wichtige Einzelheit vergessen haben könnte. Erst nachdem er sicher zu sein schien, alle relevanten Informationen erhalten zu haben, klappte er die Kladde zu und ließ sie wieder in seiner Jackentasche verschwinden. Dann trank er sein Glas leer und stand auf.

»Danke, Monsieur Saver. Für das Wasser und die Antworten. Wenn Ihnen noch etwas Wichtiges einfallen sollte, erreichen Sie mich im Hotel *La Boulangerie.*«

»Das ist eher unwahrscheinlich«, meinte Clement trocken und begleitete Balleroy zur Tür hinaus. »Tut mir leid, dass ich Ihnen nicht weiterhelfen konnte, Kommissar«, sagte er zum Abschied.

»Sie täuschen sich. Sie haben mir weitergeholfen. Jedes Gespräch enthält Informationen, die ich auf die eine oder andere Weise verwerte«, erwiderte Balleroy und drückte Clement die Hand. Dann ging er zielstrebig auf seinen Renault zu. Er hatte das Fahrzeug fast erreicht, als er sich noch einmal umdrehte. »Eine Frage habe ich doch noch. Ist Ihnen womöglich aufgefallen, ob in jüngster Zeit ein lädierter grauer VW Transporter durch diesen Landstrich gefahren ist? Vielleicht sogar mehrfach?«

»Ein lädierter VW Transporter?« Clement runzelte die Stirn.

»Ja.«

»Ist mir nicht aufgefallen, nein.«

»Danke.« Balleroy wirkte nun doch etwas enttäuscht.

Ein netter Bursche, zwar etwas seltsam, aber durchaus sympathisch, sinnierte Clement und sah zu, wie der Kommissar in seinen Wagen stieg.

4

Nacht im Süden Frankreichs. Nacht im Herzen von Camille.

Und mit der Nacht der ersehnte Frieden. Ihre Nerven entspannen sich. Sie hört den Wind, der durch die Pinien streicht und ihr den Geruch von Lavendel in die Nase treibt. Sie sieht einen alten Mann hinter einem der Fenster des kleinen Hauses, in der Nähe der Brücke. Er strahlt eine gewisse Gutmütigkeit aus. Er ist kein böser Mann. Böse Männer sehen anders aus. Der Alte ist verunsichert, als sie ihn anstarrt. Sie will ihn nicht verunsichern. Sie will ihn auch nicht kränken. Dennoch läuft sie davon. Verlässt den Platz, der ihr so gut gefällt.

Und dann der Schock. Mitansehen zu müssen, wie sich Nicolas ihrer Mutter darbietet. Und Mutter geht auf seine Wünsche ein! Wünsche, die Camille als vulgär empfindet.

Sie atmete langsam durch. Mit einem dünnen Pyjama bekleidet lag sie auf dem Bett. Es war noch immer warm in ihrem Zimmer, obwohl sie das Fenster gekippt hatte. Sie suchte eine kühle Stelle auf dem Kissen, das sie an ihre Wange drückte.

Außerdem war sie nervös. Weil Nicolas sie gesehen hatte und sie nicht wusste, wie er reagieren würde.

Plötzlich vernahm sie das Knarren der Zwischentür. Das Licht im Flur wurde eingeschaltet, sie konnte es unter dem Spalt ihrer geschlossenen Tür hindurch sehen. Nur einen Herzschlag später näherten sich ihrem Zimmer schwere Schritte.

Es war Nicolas. Er öffnete ihre Tür und lehnte sich an den Rahmen. Sein Schatten fiel lang und bedrohlich in den Raum.

Camille presste die Augen zusammen und tat so, als schliefe sie. Einen Moment lang glaubte sie zu hören, wie Nicolas die Luft einsog und wieder ausatmete. Dann begriff sie, dass es nur ihr eigener Atem war, der laut in ihrer Kehle rasselte. In ihren Ohren begann es zu rauschen, ihre Finger krallten sich in die Bettdecke.

»Ich weiß, dass du nicht schläfst«, sagte Nicolas mit einem beunruhigenden Vibrieren in seiner Stimme.

Camille blinzelte. Sie nahm ihre Umgebung nur schemenhaft wahr. Nicolas stand noch an der Tür. War er etwa nackt? Die Konturen seines muskulösen Oberkörpers zeichneten sich jedenfalls im Flurlicht ab. Camille versuchte zu erkennen, ob er zumindest eine Unterhose trug. Vergebens. Sie konnte es nicht richtig sehen.

»Du hast mein Verbot ignoriert«, fuhr er nach einem strapaziösen Schweigen fort. »Du hast es beiseite geschoben, als existiere es gar nicht, Camille. Verbote gehören aber zur Erziehung dazu. Weißt du, was mein Vater stets zu sagen pflegte, wenn ich mich gegen seine Vorschriften auflehnte?«

»Nein«, antwortete sie kaum hörbar.

»Er zitierte zwei Sätze aus einer pädagogischen Schrift. Er sagte: ›Die elterliche Hand kann den keimenden Kern, nicht aber den aufblühenden Baum bedecken und beschatten. Alle ersten Fehler sind folglich die größten und wichtigsten‹. Was schlussfolgerst du daraus, Camille?«

»Du bist nicht mein Vater.«

»Das spielt keine Rolle. Ich will wissen, welche Lehre du aus diesen Sätzen ziehst.«

»Lass mich in Ruhe!«

»Einen gravierenden Fehler sollte man nur einmal begehen, Camille. Ich hoffe, du begreifst das!«

Sie biss sich auf die Unterlippe. Sie wollte ihm nicht antworten oder widersprechen. Sie wollte seinen spürbaren Zorn keinesfalls weiter anheizen.

»Du bist still. Zu still«, sagte er nachdenklich. Im nächsten Augenblick bewegte er sich zielstrebig auf sie zu.

Camille zog die Decke bis an ihr Kinn. Sie versuchte fieberhaft, sich erneut den friedlichen Platz an der Brücke ins Gedächtnis zurückzurufen, während sie Nicolas' süßlichen Körpergeruch wahrnahm.

Als er nahe genug herangekommen war, beugte er sich langsam zu ihr herunter. Sie spürte seinen Atem auf ihrer

Gesichtshaut, seine Finger in ihrem Haar, und wurde steif wie ein Brett.

Nicolas kicherte und streichelte über ihren Nacken, bevor er ihr spöttisch ins Ohr flüsterte: »Hat dir denn gefallen, was du gesehen hast, Camille?«

Nacht in Grimaud. Nacht im Hotel *La Boulangerie.*

Und mit der Nacht die Ruhelosigkeit, die Leo Balleroy scheucht. Von einem Gedanken zum anderen. Mit dem Ziel, die wichtigsten Details zu erkennen, indem er die zahlreichen Informationen reflektiert, die er bereits gesammelt hat. Es ist wie bei einem Puzzle: Nachdem er die sichtbaren Anhaltspunkte sortiert hat, muss er sie zu einem bruchstückhaften Bild zusammenfügen, in der Hoffnung, das gesamte Werk zu einem späteren Zeitpunkt betrachten zu können.

Balleroy, der unter den Kollegen als unverheirateter Sonderling galt, erhielt vorerst nur eine vage Vorstellung von der Komplexität des Falles. Er saß auf einem Schemel und starrte die Fotoausdrucke an, die er mit kleinen Nadeln an einer von ihm aufgehängten Pinnwand befestigt hatte. Sie zeigten Details von Oceanes Leichnam, insbesondere von der Schnittverletzung an ihrem Hals und den Hämatomen an ihren Innenschenkeln, sowie das Innere der Mühle. Aus dem ausführlichen Bericht der Spurensicherung ging hervor, dass Fundort und Tatort identisch waren. Über ein verschlüsseltes Mailsystem, über das Balleroy mit der Zentrale in Toulon kommunizierte, hatte ihm außerdem die Gerichtsmedizin den Report über die Obduktion zukommen lassen. Ihm war bewusst, dass ihn die Lektüre in den nächsten Stunden wach halten würde.

Die massenhaft vorhandenen Fingerabdrücke auf dem Leichnam des Mädchens deuteten auf eine spontane Tat hin. Ein methodisch vorgehender Täter hätte dafür gesorgt, dass er wesentlich weniger Spuren hinterließ. Gegen diese Ansicht sprach allerdings die Tatsache, dass der Mörder eine scharfe Waffe mit sich geführt hatte. Als hätte er die Tat doch geplant! Eine Widersprüchlichkeit, die Balleroy dem Autopsiebericht entnommen hatte:

> … der von rechts oben nach links unten durchgeführte Halsschnitt weist eine Tiefe auf, die bis zur Wirbelsäule reicht. Die braunroten Wundwinkel sind spitz und verdeutlichen, dass die todbringende Verletzung mit einer einseitig und scharf geschliffenen Klinge ausgeführt wurde. Die Blutabrinnstraßen verlaufen unterschiedlich, Probierschnitte fehlen völlig …

Die Informationen legten den Schluss nahe, dass der Täter sich in keinem Blutrausch befunden und somit auch keinen Lustgewinn durch das Töten verspürt hatte. Er hatte die Kehle seines Opfers mit einer ungewöhnlichen Präzision durchgeschnitten. Demnach hatte er das Mädchen nur ermordet, um einer späteren Identifizierung zu entgehen. Im Vordergrund stand für den Mann einzig die Befriedigung seiner verbotenen, krankhaften Neigung. Zahlreiche Studien belegen, dass die Schändung eines Kindes oder eines jungen Menschen vor allem auch den Genuss des Täters widerspiegelt, Macht auszuüben. Er verlangt die vollkommene Unterwerfung seines Opfers, ergötzt sich an seiner Verzweiflung und der Passivität, die im Regelfall von einer extremen Todesangst ausgelöst wird.

Balleroy speicherte die Überlegungen in seinem Gedächtnis ab, bevor ihm ein anderer Gedanke durch den Kopf schoss. Er wusste, dass ein Triebtäter häufig aus dem sozialen Nahbereich des Opfers stammte und oftmals einen Beruf ausübte, der ihm den Zugang zu Kindern oder Jugendlichen erleichterte: Sporttrainer, Lehrer, Jugendgruppenleiter, Erzieher. Und noch etwas beschäftigte Balleroy: die große Gefahr, dass sich das Verbrechen wiederholen könnte.

Er wartete nun auf das Ergebnis der Spezialisten aus Toulon, die den Abgleich der daktyloskopischen Spuren mit dem nationalen Fingerabdruck-Identifizierungssystem vornahmen. Zudem würden sie die gefundenen DNA-Merkmale – Haare, Hautschuppen, Speichel und Sperma – in der französischen Gendatenbank FNAEG erfassen und mit den genetischen Profilen von verurteilten Sexualverbrechern vergleichen. Parallel dazu würden sie außerdem die Besucher des Campingplatzes *Les Prairies de la Mer* auf mögliche Vorstrafen überprüfen. Die Namensliste hatte Balleroy am späten Nachmittag vom Betreiber des Campingplatzes erhalten. Zudem hatte er schon mit einer Vielzahl von Leuten geredet. Auch mit den Eltern von Oceane, deren Welt vollkommen zusammengebrochen war. Dieser Gang war sicherlich der schwerste für den Kommissar gewesen. Den Vater zu sehen, der unter dem Einfluss von starken Beruhigungsmitteln nur unzusammenhängende Laute von sich geben konnte und immer wieder von unkontrollierbaren Heulkrämpfen geschüttelt wurde, berührte Balleroy trotz seiner Erfahrung mit solchen Situationen. Er war froh, dass ein befreundeter Arzt der Familie mit am Tisch saß. Yves Guilline konnte schließlich jederzeit kollabieren. Andréa Guilline kauerte direkt neben ihrem Mann und schien durch Balleroy hindurchzusehen. Sie beantwortete seine Fragen so monoton, als rezitiere sie aus einem Textbuch.

Danach sah sich Balleroy noch in Oceanes Zimmer um. Er wollte erfahren, wie das Mädchen gelebt hatte. Und wer sie gewesen war. Er wollte ein Gespür dafür bekommen, warum ausgerechnet sie hatte sterben müssen. War sie ihrem Mörder tatsächlich nur zufällig begegnet? Oder hatte dieser das hübsche Mädchen doch sorgfältig ausgesucht und wollte die Polizei mit den Spuren am Tatort an der Nase herumführen? Womöglich war Oceane schon vor längerer Zeit in das Visier des Täters geraten und er nahm lediglich eine unverhoffte Gelegenheit wahr, um zuzuschlagen.

Balleroy ahnte bereits, dass die Datenbankexperten keine nennenswerten Ergebnisse erzielen würden. Der, den er suchte und jagte, war sich offensichtlich sehr sicher gewesen, dass ihn weder die Fingerabdrücke noch die anderen Indizien ins Fadenkreuz der Ermittlungen katapultierten.

Balleroy würde weitere Gespräche führen müssen, um weiterzukommen. Er würde mit Oceanes Lehrern reden. Mit ihrem Turntrainer. Und mit ihren Freundinnen und Freunden. Mit all den Personen, die in irgendeiner Weise mit ihr in Kontakt gestanden hatten. Er würde behutsam vorgehen und den Anweisungen entsprechen, die er aus Toulon und sogar aus dem Ministerium in Paris erhalten hatte. Er sollte unauffällig recherchieren.

Unauffällig und erfolgreich. Ohne die Aufmerksamkeit der Öffentlichkeit auf Grimaud zu ziehen.

An diese Vorgabe würde er sich halten.

Er musste sich daran halten.

Nacht in der Provence. Nacht im Département Var.

Und mit der Nacht der Schlaf, der den meisten Bewohnern eine gelöste Entspannung schenkt. Unter ihnen befinden sich Anne Jeunet, Monique Puchon, der Bürgermeister Rispal sowie der Hotelier Tarazzy und dessen Frau.

Andere Menschen wiederum können nur schlecht oder überhaupt nicht schlafen. Zu ihnen gehören der Polizist Philippe Nuret und auch Nicolas Leroche, der nach dem Abstecher in Camilles Zimmer noch eine Runde in seinem Pool schwimmt; Camille Jeunet selbst, die in ihr Kopfkissen weint; Leo Balleroy, der versucht, die ersten zarten Fäden seiner Ermittlungen miteinander zu verknüpfen, sowie Clement Saver und Hugo Durand, die das grausige Geschehen nicht mehr zur Ruhe kommen lässt. Und natürlich Yves und Andréa Guilline, die ohnehin nur noch dann schlafen können, wenn sie ihrer seelischen Erschöpfung Tribut zollen oder die von ihrem Arzt verordneten Psychopharmaka den gewünschten Effekt erzielen.

Es ist bedeutsam, noch jemanden zu erwähnen. Denn in dieser Nacht liegt unweit von Grimaud, am Rand eines verwilderten Grillplatzes, ein halb nackter, blonder Mann auf seinem Schlafsack. Er hat die Arme hinter seinem Kopf verschränkt und starrt den Mond an, der von einem sternenklaren Himmel auf ihn herableuchtet. Der Mann genießt die berauschende Wirkung eines Joints, den er lässig zwischen Zeigefinger und Daumen hält und dessen süßlicher Geruch in seine Nasenhöhlen kriecht. Mit jedem Zug spürt er, wie sich eine angenehme Müdigkeit in ihm ausbreitet. Erste Anzeichen der betäubenden Wirkung des Marihuanas, das in sein Hirn zu sickern scheint und die Scham mildert, die ihn seit geraumer Zeit quält.

Eine Scham, die die Erinnerung an seine jüngere Vergangenheit in ihm hervorruft.

Er seufzt auf und denkt an bessere, unbeschwerte Tage, welche er unter anderem an dieser Stelle erleben durfte. Das ist auch der Grund, weshalb er seinen VW Transporter durch die Dunkelheit und das Dickicht bis hierher gelenkt hat. Weshalb er in dieser Nacht diesen Platz aufgesucht und mit seinem billigen und schmutzigen Motelzimmer in Cogolin eingetauscht hat.

Früher war er oft mit seinen Eltern und deren Freunden hierher gekommen, um gemeinsam zu grillen und in einer Ausgelassenheit zu feiern, die seine Kindheit prägte und die er schon so lange vermisst.

Alles hat sich verändert. Wirklich alles. Und das Tragischste ist, dass er selbst die Schuld daran trägt.

5

Dienstagmittag.

Das Mädchen war wieder da. Sie stand erneut auf der Brücke und fütterte die Bachforellen mit Brot. Sie war barfuß, ihre Schuhe hatte sie achtlos neben ihren Rucksack auf die Holzplanken geworfen. Das dunkle Haar fiel ihr zerzaust ins Gesicht und die gemusterte Dreiviertelhose hing schief um ihre Hüften, als wäre es ihr egal, wie sie herumlief. Beinahe apathisch warf sie die Brotkrümel ins Wasser.

Clement hockte in seiner Küche und schälte einen Apfel, während er sie beäugte. Diesmal wagte er sich nicht näher an das geschlossene Fenster heran und ließ auch die Gardine unberührt, um nicht wieder wie ein schäbiger Spanner zu wirken. Er wollte sie zwar beobachten, aber aus sicherer Entfernung und ohne selbst entdeckt zu werden.

Seltsam, dass die Kleine ein weiteres Mal hier auftauchte. Und wie am Vortag war sie wieder allein. Hatte sie denn keine Freunde? Und warum ließ ihre Mutter zu, dass sie nach einem solch grausigen Ereignis außerhalb des Dorfes herumlungerte? Der Labradormischling, der zu seinen Füßen lag und mit treuen Augen zu ihm aufschaute, grunzte, als würde er seine Bedenken teilen.

»Guter Junge«, sagte Clement amüsiert und beugte sich hinunter, um den Hund am Nacken zu kraulen.

Als er sich jedoch ein paar Sekunden später wieder abwandte, um noch einmal zu der Brücke und dem Mädchen zu sehen, war die Kleine nicht mehr da. Spurlos verschwunden. Wie vom Erdboden verschluckt. Clements Augen suchten die ganze Umgebung ab. Nichts. Aber sie konnte doch unmöglich innerhalb so kurzer Zeit aus seinem Blickfeld verschwunden sein!

Vermutlich war sie von der Brücke aus die Böschung bis zum Bach hinuntergeklettert. Zumindest war das denkbar.

Denkbar, ja, das war es. Und eigentlich war es sogar wahrscheinlich. Dennoch spürte Clement, wie sich seine Nerven und die alten Sehnen in seinem Körper anspannten. Er war beunruhigt. Und das merkte wohl auch sein Hund, der schnell und unerwartet auf die Pfoten kam und Clement lautstark anbellte. Es war wie eine Aufforderung.

Clement stand auf, kippte das Fenster und lauschte. Aber er konnte keine verdächtigen Geräusche vernehmen.

Womit hatte er gerechnet?

Mit Schreien?

Mit erstickten Hilferufen?

Er musste sich Klarheit verschaffen und nachsehen. Unbedingt! Wenn das Mädchen in Not war, dann musste er helfen. Er durfte nicht länger hier herumstehen und wertvolle Sekunden verstreichen lassen!

Clement setzte sich in Bewegung, lief aus der Küche und durch den Flur nach draußen. Sein Hund folgte ihm mit aufgerichteten Ohren, als wollte er Stärke und Mut beweisen. Und, wenn nötig, sein Herrchen beschützen.

Clement versuchte, die Arthrose in seinen Knien zu ignorieren. Aber es blieb bei dem Versuch. Deswegen humpelte er eher, als dass er lief, und schon nach ein paar Metern ging sein Atem schwer und unregelmäßig. Seine Lungen fingen an zu brennen. Es gab oft Momente, in denen er seine altersbedingten, körperlichen Schwächen verwünschte, doch jetzt verfluchte er sie geradezu.

»Beeil dich, alter Sack!«, spornte er sich an. »Mach schon!«

Seine Stimme klang verzerrt, ängstlich.

Die Landschaft wirkte surreal, Clement nahm sie nur schemenhaft wahr. Er hoffte, dass das Mädchen wieder auftauchte, bevor er die Brücke erreichte. Dass sie die Böschung heraufkroch und ihn verwundert anstierte.

Doch die Kleine blieb verschwunden. Stattdessen irrten die schlimmsten Vorstellungen durch seinen Kopf. Ein Mann und ein Mädchen. In eindeutiger Position. Der Mann hielt das Mädchen mit einer Hand an den Unterarmen fest, zog ihm mit der anderen die Hose und den Schlüpfer nach unten, spreizte ihm die nackten Schenkel …

»Schneller, Clement«, raunte er verzweifelt und bemühte sich, die Hysterie zu unterdrücken, die sich in ihm breitmachte. Er musste einen kühlen Kopf bewahren.

Aber die Furcht vor dem, was ihn gleich erwarten mochte, konnte er nicht abschütteln. Sie war gegenwärtig wie sein Hund, der hechelnd neben ihm herrannte und keinen Meter von seiner Seite wich.

Clement ballte die Fäuste. Und stolperte weiter. Unnachgiebig, bis er zu guter Letzt an der Brücke ankam. Er beugte sich hastig über das Geländer und schaute nach unten.

Das, was er sah, versetzte ihn sofort in Panik. Die Welt um ihn herum blieb einfach stehen und ließ den Schrecken hemmungslos gewähren, der ihn mit einer eisigen Kälte durchdrang.

Unterhalb von ihm lag das Mädchen im Wasser, zusammengekrümmt wie ein Fötus im Mutterleib.

Die Wunde an ihrer Stirn war zwar weder besonders tief noch lang, dennoch quoll Blut daraus hervor, tropfte in den Bach und färbte das Wasser um ihren Kopf herum hellrot. Das Mädchen lag nur still da und schaute nach oben, als stünde es unter Schock.

Als Clement endlich begriffen hatte, dass sie wohl von selbst über das niedrige Geländer in den Bach gestürzt war, hatte er sich von seiner bereits einsetzenden Lethargie befreit und war den kleinen Abhang zu ihr hinuntergestiegen. Vorsichtig allerdings, weil er befürchtete, selbst in den Bach zu fallen. Sein Hund war indessen wie ein Wachposten auf der Brücke stehen geblieben.

Clement hoffte, dass sich das Mädchen bei ihrem Sturz keine Knochenbrüche zugezogen hatte. Aber dafür war sie eigentlich zu ruhig. Als er neben ihr angelangt war, legte er eine Hand unter ihren Hinterkopf, fischte ein Taschentuch aus seiner Hosentasche und wischte das Blut von ihrer Stirn.

»Hast du Schmerzen?«, wollte er von ihr wissen.

Sie starrte ihn verblüfft an, als hätte sie seine Gegenwart erst jetzt registriert. »Mein Kopf tut etwas weh«, wisperte sie.

»Und deine Beine? Deine Arme?«

Vorsichtig richtete sie ihren Oberkörper auf und bewegte ihre Gliedmaßen. »Die sind in Ordnung, glaube ich.«

»Kannst du aufstehen?«

»Ich denke schon.«

»Das ist gut. Komm, ich helfe dir.« Er legte ihren linken Arm um seine Schulter und schlang seinen rechten Arm um ihre Hüfte. Wie zerbrechlich sie in diesem Moment doch wirkte!

Als sie auf ihren Beinen stand, blickte sie zur Brücke hinauf. »Ich habe die Fische gefüttert. Und dabei bin ich irgendwie ausgerutscht.«

»Du hast noch Glück gehabt. Ich werde dich trotzdem zu einem Arzt fahren«, sagte Clement entschlossen.

»Das ist bestimmt nicht nötig, ich …«, versuchte das Mädchen zu beschwichtigen.

Clement schnitt ihr das Wort ab. »Darüber werde ich gar nicht erst mit dir diskutieren! Es ist wichtig, dass du untersucht wirst«, meinte er und half ihr die Böschung hinauf.

Das war kein leichtes Unterfangen. Das Mädchen war noch sehr wackelig auf den Beinen. Auch wenn sie es nicht wahrhaben wollte, hatte der Sturz ihr zugesetzt. Oben angekommen, wurden sie von dem aufgeregten Labradormischling stürmisch begrüßt. Aber das Mädchen beachtete den Hund überhaupt nicht. Sie schenkte Clement ihre ganze Aufmerksamkeit, sah ihn eindringlich an und probierte noch einmal, ihn umzustimmen.

»Mir geht es gut, Monsieur. Bitte, ich muss zu keinem Arzt. Ich möchte nur nach Hause.«

Clement schüttelte beharrlich den Kopf. »Wir werden deine Mutter anrufen und danach bringe ich dich sofort zu Pierre Junes. Er ist ein guter Arzt. Er muss sich unbedingt die Verletzung an deiner Stirn ansehen. Außerdem könnte es sein, dass du eine Gehirnerschütterung hast.«

Das Mädchen runzelte besorgt die Stirn. »Mutter und Nicolas werden ziemlich wütend auf mich sein, wenn sie erfahren, dass ich hier draußen unterwegs war.«

»Nicolas Leroche?«

»Ja.«

Clement nickte. »Könnte sein, dass sie wütend sind. Und das sogar mit Recht. Es ist gegenwärtig nicht sonderlich ratsam, allein durch die Landschaft zu strolchen. Du weißt, was ich meine, nicht wahr?«

»Ja, ich weiß, was Sie meinen, Monsieur. Oceane war meine Freundin.«

»Es ist entsetzlich, was mit ihr passiert ist.«

Clement musterte sie in dem Bewusstsein, dass er selten einen schöneren Menschen gesehen hatte als dieses schwarzhaarige Mädchen mit dem dunklen Teint.

»Wie heißt du eigentlich?«, fragte er schließlich, als er registrierte, dass er sie viel zu aufdringlich betrachtete.

»Camille. Camille Jeunet.«

»Du musst vorsichtiger sein, Camille, ja? Du darfst nicht so leichtsinnig handeln. Nicht in dieser Zeit.«

Du bist viel zu hübsch. Auffallend hübsch. Und hier draußen bist du eine leichte Beute, fügte er in Gedanken hinzu.

Sie nickte. Ihre Mundwinkel begannen zu zucken. »Ich weiß«, flüsterte sie einsichtig.

Clement erwartete, dass sie jeden Moment anfangen würde zu weinen, und legte einen Arm um ihre Schulter.

»Komm, lass uns deine Mutter anrufen. Und dann fahren wir zu Junes ins Dorf«, sagte er beruhigend. »Du wirst sehen, alles wird gut.«

Welch einfältiger Satz! *Alles wird gut!* Das konnte er vielleicht einem kleinen Kind erzählen! Aber doch nicht einem heranwachsenden Mädchen, dessen Freundin vor drei Tagen auf brutalste Art ermordet worden war.

In diesem Augenblick kam er sich vor wie ein alter, dummer Esel.

6

Pierre Junes war glatzköpfig und hatte einen Schmerbauch. Das erweckte den Eindruck, dass er zu jenen Landärzten gehörte, die in anachronistischer Manier jede Art von Weiterbildung und Anerkennung neuzeitlicher Methoden verweigern und deren Anzahl wuchs, je provinzieller die Region wurde. Aber diese Einschätzung wurde ihm keinesfalls gerecht. Junes besaß eine fortschrittlich eingerichtete Praxis und er war gewiss ein moderner Allgemeinmediziner. Wenngleich er aus dem Norden des Landes stammte und dadurch von etlichen Dorfbewohnern misstrauisch beäugt worden war, hatte er rasch das Vertrauen vieler Patienten in der Gemeinde gewonnen.

Nachdem er Camilles Wunde desinfiziert und mit einem Pflaster geklammert hatte, hatte er seine Arzthelferin angewiesen, ihren Kopf zu röntgen. Jetzt, da er die Aufnahmen in den Händen hielt, zwinkerte er Camille freundlich zu.

»Du hast tatsächlich ein leichtes Schädelhirntrauma. Aber keine Bange, zwei oder drei Tage Bettruhe und die Erschütterung ist vollständig ausgeheilt.«

»Und was ist mit der Verletzung an ihrer Stirn? Wird sie eine Narbe davontragen?«, fragte Anne Jeunet, die neben ihrer Tochter saß und ihre Hand fürsorglich auf Camilles Rücken gelegt hatte.

Anne wirkte mit den eilig zu einem Pferdeschwanz zusammengebundenen Haaren relativ unaufgeräumt, ohne jedoch etwas von ihrer Anziehungskraft einzubüßen. Clements Anruf hatte sie natürlich unvorbereitet getroffen. Nichtsdestotrotz war sie noch vor ihm in der Praxis aufgetaucht und hatte die Ankunft ihrer Tochter mit einer deutlich spürbaren Nervosität erwartet.

»Ich glaube nicht. Die Schramme ist nur oberflächlich und die Wundränder sind sehr glatt. Ihre Tochter hat großes

Glück gehabt. Dennoch werde ich Ihnen noch etwas gegen die Kopfschmerzen mitgeben«, sagte Junes.

Anne Jeunet atmete erleichtert durch und nahm das Medikament in Empfang, das der Arzt aus einer Schublade genommen hatte. Dann erhob sie sich und ging auf Clement zu, der hinter Junes stand.

»Danke für Ihre Hilfe, Monsieur Saver.«

»Das war keine große Sache«, sagte Clement verlegen. »Ich habe mich nur erschreckt, als ich Ihre Tochter nicht mehr gesehen habe.«

Er hatte Junes und Anne erklärt, was geschehen war. Allerdings hatte er nicht erwähnt, mit welchem Interesse er Camille beobachtet hatte, bevor sie in den Bach stürzte.

»Auch wenn es für Sie keine große Sache war, bin ich froh, dass Sie den Unfall bemerkt und geholfen haben.« Anne legte eine Hand auf seinen Oberarm und drückte ihn sanft.

Er lächelte schwach. »Schon gut, es war wirklich nichts Besonderes. Hauptsache Ihrer Tochter geht es schon bald wieder besser.«

Camille rutschte von der Untersuchungsliege herunter und schaute Clement mit ihren großen, dunklen Augen an. Es war ein Blick, der eine Dankbarkeit zum Ausdruck brachte, die Clement als rein und ehrlich empfand.

7

Clement fuhr nach Hause. Er war für einen winzigen Augenblick versucht gewesen, Hugo einen Besuch abzustatten, um mit jemandem über die jüngsten Ereignisse zu sprechen. Dann hatte er sich aber dagegen entschieden. Er wollte nicht unangemeldet bei seinem Freund aufkreuzen, das war einfach nicht seine Art. Auch wenn Clement davon überzeugt war, dass Hugo sich ein Loch in den Bauch gefreut hätte.

Zu Hause erwartete ihn nur der Hund. Sonst niemand. Ein Zustand, an den Clement sich nur schwer hatte gewöhnen können. Damals, als er sein Leben noch mit Romain und Sophie teilen durfte, hatte er sich geborgen gefühlt und den Trott seines sorgenfreien Alltags genossen. Er hatte es möglichst vermieden darüber nachzudenken, dass dieses Leben nicht ewig so weitergehen würde. Im Gegenteil, er hatte jedweden Gedanken an einen möglichen Wandel weit weggeschoben.

Viele Jahre später, als Romain nach Paris ging, um Medizin zu studieren, musste Clement jedoch genau das akzeptieren. Dass nichts von Dauer war. Er musste lernen, damit umzugehen, dass sich sein Sohn von ihm und seiner Frau löste, um eigene Wege zu erkunden. Sophie hatte mit diesem natürlichen Abnabelungsprozess weitaus weniger Schwierigkeiten als Clement, der seine Gefühle jedoch geschickt verbarg. Zumindest glaubte er, dass Sophie ihn nicht durchschaute. Anfangs schlich er oft an Romains Zimmer im Dachgeschoss vorbei – allerdings nur wenn er sicher war, dass Sophie in ihrem Schaukelstuhl im Wohnzimmer saß. Aber er vermied es stets, Romains Tür zu öffnen, obwohl das Zimmer mit vielen schönen Erinnerungen an seinen Sohn angereichert war. Andererseits war Clement auch stolz auf die neue Selbstständigkeit und den Werdegang von Romain, denn er hatte sich die Möglichkeit des Medizinstudiums mit außergewöhnlichen Schulleistungen hart erarbeitet.

Eines Tages, es war irgendwann Anfang November und noch während seines ersten Semesters, rief Romain zu Hause an. Er klang irgendwie verändert, aufgewühlt. Er wollte am Wochenende nach Grimaud kommen. Aber nicht allein. Er wollte ihnen einen Freund vorstellen, einen Studienkollegen, den er als faszinierenden Menschen beschrieb.

Michel Fouquet war sein Name. Ein junger Mann mit einer außerordentlich einnehmenden Persönlichkeit. Äußerlich unterschied er sich kaum von den anderen Studenten: krauses Haar, Brille, unrasiert und mit einer Jeans und einem dunklen Pullover schlicht angezogen. Doch die Art, wie er sprach, mit welcher Überzeugung er Clement und Sophie beim Abendessen über seine extreme politische Anschauung aufklärte, offenbarte seine Fähigkeit, Zuhörer begeistern zu können, durch seine Redegewandtheit zu beeinflussen oder sie mit purer Absicht zu provozieren. Mit dem brachialen Enthusiasmus eines Radikalen verkündete er, wie nahe er dem anarchistisch geprägten linken Flügel stand und dass er jeden kapitalistischen Ansatz strikt ablehnte. Schließlich bilde das Kapital inzwischen den entscheidenden Faktor der Evolution und habe somit die Grenze zur Perversion längst überschritten. Es entscheide von Anfang an über die individuellen Lebensverhältnisse, Sättigung und Hunger, Luxus und Armut. Fouquet redete sich in Rage und ging sogar so weit, dass er die offene Konfrontation mit Clement suchte, indem er dessen Sinn für rechtsstaatliche Ordnung sowie seinen Berufsstand als Handlanger einer unbelehrbaren Obrigkeit verhöhnte. Zuletzt zweifelte er noch den Anspruch der französischen Regierung an, über Rassismus und Antisemitismus zu urteilen. Die Tatsache, dass die Staatsmacht erst jetzt in der Lage gewesen sei, die Mitverantwortung Frankreichs für die Deportation französischer Juden in der Nazizeit anzuerkennen, wäre eine Schande! Und dass es überhaupt dazu gekommen war, bezeichnete er als Ergebnis des linken Drucks im Lande, der zunehmend erhöht werden müsse.

Mit jeder Faser seines Körpers spürte Clement, dass Fouquet gefährlich war. Dieses Leuchten in seinen Augen, diese kraftvollen Gebärden verdeutlichten ihm, dass der junge Student weder zu den selbstgefälligen Neokommunisten gehörte noch einer jener passiven Linken war, die blind und einseitig sämtliche Unternehmer als Heuschrecken diffamierten. Nein, Fouquet war aus einem anderen Holz geschnitzt. Er bewegte sich entweder schon jetzt im Dunstkreis der Aktivisten oder würde schon bald zu ihnen stoßen.

Das schier Unfassbare für Clement war jedoch der Umstand, dass Romain geradezu an den Lippen dieses Mannes hing. Sein eigener Sohn, den Sophie und er zu einem bodenständigen und charakterfesten Menschen erzogen hatten und der das politische Geschehen bislang nur mit einem sehr mäßigen Interesse verfolgt hatte, bewunderte Fouquet unverhohlen! Suchte Romain auf seinem Weg in die Unabhängigkeit etwa nach einem neuen Halt? Einer Stütze, die ihn fernab von seinem Elternhaus mittragen würde? Clement war unsicher. Aber tief in seinem Inneren spürte er, welche Bedrohung Fouquet für seine Familie darstellte, ohne dass er ihr irgendetwas entgegenzusetzen hatte.

Romain und sein neuer Freund blieben zwei Tage und zwei Nächte bei ihnen. Für Clement war es eine quälende Zeit, weil er merkte, wie sehr sich sein Sohn von Fouquet beherrschen ließ und gleichermaßen eine innere Distanz zu ihm, seinem eigenen Vater, aufbaute. Romains Ansichten schienen mit denen von Fouquet zu verschmelzen. Auch Sophie registrierte es. Sie redete zuerst mit Clement darüber. Und danach mit Romain. Doch auch sie konnte nichts bewirken. Romain verhielt sich abweisend. Er war plötzlich voller Ideale und Werte, die ihm Fouquet ins Gehirn gepflanzt hatte.

Doch es kam noch schlimmer. Zwei Wochen nach seinem Kurzbesuch in Grimaud rief Romain erneut an. Er würde das Studium abbrechen, um die Verirrungen der westlichen Ideologien zu bekämpfen.

»Macht euch keine Sorgen. Mir geht es gut. Ich habe ein klares Ziel vor Augen«, sagte er zum Abschied. Dann hängte er ein.

Clement und Sophie konnten nicht ahnen, dass sie nie wieder etwas von ihrem Sohn hören sollten. Clement setzte sich sofort in seinen Wagen und fuhr nach Paris. Aber es war bereits zu spät. Romain hatte sich von der Universität abgemeldet. Auch sein Zimmer im Studentenwohnheim war leer geräumt. Er hatte keine Nachricht hinterlassen. Es war offensichtlich, dass er seinem neuen Freund gefolgt war, der sein Studium ebenfalls hingeschmissen hatte.

Doch wohin waren sie gegangen? Clement fing an zu recherchieren und holte Erkundigungen über Michel Fouquet ein. Der Medizinstudent kam aus gutem Hause. Seine Eltern lebten in einem eleganten Wohnviertel in Maisons-Laffitte, einem mondänen Villenvorort von Paris. Sein Vater war ein populärer Herzchirurg, seine Mutter leitete eine Stiftung zur Unterstützung HIV-kranker Kinder.

Noch am selben Tag suchte Clement Fouquets Eltern auf. Er betrat eine Vorhalle und ein Dienstmädchen bat ihn höflich um ein wenig Geduld. Ein paar Minuten später eilte ein kleinwüchsiger Mann mit schütterem Haar auf ihn zu. Es war Paul Fouquet, der Vater von Michel. Er machte einen genervten Eindruck und raunte Clement sofort zu, dass er nicht viel Zeit für ihn aufbringen konnte.

Letztlich erfuhr Clement jedoch genug von ihm.

Michel Fouquet hatte sich vor zwei Monaten von seinen Eltern gelöst und jeden Kontakt zu ihnen eingestellt. Ihm war die gesamte Lebensweise seiner Familie ein Dorn im Auge. Er warf seinem Vater vor, dass er seine medizinische Ausbildung und sein Talent, Menschen zu retten, falsch einsetze und nur dafür missbrauche, seinen eigenen Reichtum zu mehren. Die Stiftung seiner Mutter diene nur als Alibi für ihre moralischen Verfehlungen.

Während der Chirurg sprach, verzerrte sich sein Gesicht vor Wut. Er verurteilte seinen Sohn aufs Schärfste. Insbesondere, weil er den eigens für ihn geebneten Weg verlassen und eine vielversprechende Karriere mit Füßen getreten hatte. Paul Fouquet beendete die Unterhaltung mit den Worten, dass sein Sohn für ihn gestorben sei.

Clement glaubte zu erkennen, dass Michel Fouquets anarchistische Grundzüge in dieser Villa ihren Ursprung gefunden hatten. Die autoritäre Art seines Vaters hatte sicherlich dazu beigetragen, Michel in eine Ecke zu drängen. Von dort aus machte er nun seinem ganzen Frust über die Lebensanschauung der elitären Klasse, zu der seine Eltern ohne jeden Zweifel gehörten, Luft. Leider stand er nicht mehr allein in dieser Ecke; Romain hatte sich zu ihm gesellt.

Wie sollte Clement nun reagieren? Auf alle Fälle musste er in Paris bleiben und Romain suchen. Clement rief Hugo Durand und Gaston Pieri an, den damaligen Bürgermeister von Grimaud, und klärte sie über sein Dilemma auf. Ferner teilte er ihnen mit, dass er Urlaub benötige. Anschließend quartierte er sich in einer kleinen Pension am Stadtrand ein und blieb dort über zwei Wochen. Er wandte sich an seine Kollegen von der Gendarmerie und gab eine Vermisstenmeldung auf. Er befragte die Studenten an der Uni und streifte durch zahlreiche besetzte Häuser. Doch all seine Bemühungen blieben erfolglos.

Am fünfzehnten Tag fuhr Clement nach Hause. Er war frustriert und erschöpft.

Sophie bemühte sich um Stärke und Zuversicht und darum, ihre Traurigkeit nicht ausufern zu lassen, um Clements Verzweiflung nicht noch zu vergrößern. Sie war schon immer die Stärkere von ihnen gewesen und spendete ihm in diesen dunklen Stunden Trost.

So vergingen Wochen, Monate und dann sogar Jahre. Zwischen Hoffen und Bangen. Unterbrochen von weiteren Nachforschungen, die Clement immer wieder unternahm und die stets im Sande verliefen, bis er irgendwann aufgab. Und wenn von den Medien über Terroranschläge von linken Untergrundorganisationen oder deren Splittergruppen berichtet wurde, verkrampfte Clement unwillkürlich, weil er befürchtete, früher oder später einmal das Foto seines Sohnes im Fernsehen oder in den Zeitungen zu entdecken. Ähnlich erging es ihm auch, als Jugendliche in der Pariser Banlieue unzählige Autos in Brand steckten und in den Straßen kriegsähnliche Zustände herrschten. Die Presse informierte ausführlich über die brutalen Ausschreitungen und untermalte ihre Darstellungen mit düsteren Bildern.

Aber Romain tauchte nie auf diesen Bildern auf. Er blieb verschollen. Clement hatte seinen einzigen Sohn scheinbar für immer verloren.

8

Die offizielle Trauerfeier für Oceane Guilline fand am Freitag, genau sechs Tage nach ihrem Tod statt. Eröffnet wurde sie mit einem Gottesdienst, danach war ein Schweigemarsch zur Moulin Saint-Roche geplant, an der die Teilnehmer Blumen, Kränze und Karten ablegen oder auch Kerzen aufstellen konnten. Die Beisetzung ihres Leichnams sollte erst am Montag und nur im engsten Familienkreis stattfinden. Der Friedhof würde während des Begräbnisses für die gesamte Öffentlichkeit gesperrt, kündigte Rispal an. Damit würde er im Sinne der Eltern handeln, die vor allem die Reporter darum baten, ihr Ersuchen nach einer persönlichen Beerdigungsfeier zu respektieren.

Rispal wusste, dass diese Bitte die Pressemeute abhalten würde, die Bestattung zu stören. Die öffentliche Trauerfeier wiederum war ein erster Schritt für die Bürger Grimauds, das Geschehen zu verarbeiten.

An diesem Freitagmorgen, kurz bevor die Glocken zu läuten begannen, war Clement einer der Letzten, der die hoffnungslos überfüllte Kirche betrat. Im Innern des Gotteshauses herrschte Schweigen, in das sich lediglich das Weinen und Schluchzen der Trauernden schlich. Schauerliche Geräusche, die von den Wänden widerhallten und sich irgendwo unter der überdimensionierten und mit biblischen Malereien verzierten Kuppel verfingen. Die Stimmung war angespannt.

Mit starrer Miene schlich Clement an der hintersten Wand entlang. Er fand neben einer Säule Platz, gegen die er sich lehnte, während er über die Köpfe der trauernden Gemeinde hinweg zum Altar schaute. Sein Blick streifte die vorderen Bänke, in denen die Angehörigen des Opfers saßen. Dahinter hockten Nicolas Leroche, Anne und Camille Jeunet, Rispal und auch Hugo Durand. Clement vermisste Nuret, der sich normalerweise immer in der Nähe des Bürgermeisters aufhielt. Er sah sich suchend um und entdeckte den Polizisten neben dem Kommissar aus Toulon, stumm sitzend auf einer der mittleren Bänke und mit wachsamen Augen. So kannte er Nuret. Stets aufmerksam und diensteifrig.

Dann erschien der Pfarrer am Altar und bekreuzigte sich. Zeitgleich dröhnte der metallische Klang der Glocken. Als das Geläut schließlich wieder verstummt war, begann der Gottesdienst mit dem *Ave Maria von Bach/Gounod.* Eine kräftige Sängerin stand auf einer Empore und schaute zu einem schweigenden Publikum herunter. Ihre volle Stimme bildete eine harmonische Einheit mit dem begleitenden Orgelspiel und betonte speziell den zweiten Teil des Stücks, das den Beistand in der Todesstunde zum Inhalt hat.

Clement lief es kalt den Rücken hinunter und er war froh, als diese schwermütige Interpretation ihr Ende fand.

Der Pfarrer ging ein paar Schritte nach vorn, stellte sich hinter ein Pult und fing an zu predigen: »Es ist schwer zu begreifen, warum das Böse in unsere Gemeinde geschlichen ist wie ein furchtbarer Dämon. Es ist schwer zu verstehen, warum ein junges Leben so früh ausgelöscht, durch einen Akt sinnloser Gewalt unseren Reihen entrissen wurde, und es ist schwer, eine Bedeutung in dieser Tat zu erkennen. Wir sind bestürzt und zornig. Dennoch, oder gerade deshalb, sollten wir unsere Hoffnung nicht verlieren. Denn auf uns alle wartet eine Welt außerhalb unserer jetzigen Reichweite, eine Welt, die wir mit unseren Sinnen nicht erfassen können und in der nun Oceane Guilline aufgenommen wurde. Dort ist sie bei Gott. Dort ist sie frei von jeder Qual. Diese Gewissheit lindert unseren eigenen Schmerz und erleichtert uns den schweren Abschied von unserer Tochter, Enkelin, Nichte, Cousine, Freundin und Mitschülerin.«

Der Pfarrer stockte, beäugte die Trauernden. Dann ging er erneut zum Altar und schlug die vor ihm liegende Bibel auf.

»Im Psalm dreiundzwanzig, dem Psalm vom guten Hirten, heißt es: ›Und ob ich schon wanderte im finsteren Tal, fürchte ich kein Unglück; denn du bist bei mir, dein Stecken und Stab trösten mich.‹ Dieses liturgische Gebet spiegelt die Beziehung jedes Einzelnen von uns zu Gott wider. Gott ist unser Hirte, er führt uns durch die Todesschattenschlucht, und er spendet uns seinen Beistand in der Not.« Er blickte wieder auf und kehrte seine Handflächen nach oben. »Gott ist bei uns. Auch in diesem Moment, in dem wir uns hier versammelt haben, um uns gemeinsam von Oceane zu verabschieden. Deswegen lasst uns zusammen beten: für Oceane und für ihre Eltern. Lasst uns beten, wie es uns Jesus Christus gelehrt hat.«

Ein verhaltenes Stimmengemurmel drang durch die Kirche. Die Besucher, die auf den Bänken saßen, erhoben sich, viele fassten einander an den Händen, senkten die Häupter oder schauten nach oben.

Sie beteten das Vaterunser und ahnten nicht, dass der in der Predigt erwähnte, furchtbare Dämon mitten unter ihnen weilte.

Clement stand mit Hugo Durand auf dem Gehsteig vor der Kirche, aus der die Gemeinde strömte, um sich für den Schweigemarsch zu formieren. Sie sahen etliche bekannte Gesichter. Die meisten von ihnen hatten verweinte Augen. Einige nickten ihnen zu, andere schauten betreten zu Boden.

»Ein weiterer bitterer Tag für den Ort«, sagte Hugo kaum hörbar.

Clement nickte wortlos.

»Und sie haben leider noch keine heiße Spur.« Hugo deutete mit dem Kinn zu Balleroy und Nuret, die gerade die Treppenstufen vor dem Gotteshaus herunterstiegen.

»Woher willst du das wissen?« Clement zog die Brauen zusammen und sah seinen Freund an.

»Von Nuret. Ich habe mich vor dem Gottesdienst mit ihm unterhalten. So emsig er ist, so geschwätzig ist er auch. Die Auswertung der Spuren hat überhaupt keine Anhaltspunkte hervorgebracht. Auch die Fahndung nach dem Fahrer eines zerbeulten VW Transporters, der offiziell nur als möglicher

Zeuge gesucht wird, verlief bislang ergebnislos. Mit Erlaubnis der Eltern und Rispal wollen dieser Kommissar und Nuret gleich Fotos von den Teilnehmern der Prozession schießen.«

»Wozu?«

Hugo zuckte mit den Achseln. »Das konnte mir Nuret nicht sagen. Möglicherweise vermutet Balleroy, dass Oceanes Mörder einer von diesen Psychopathen ist, die sich an der Trauer der Hinterbliebenen weiden. Klingt recht krank, was?«

»Allerdings.« Clement tippte sich gegen die Lippen. »Und außerdem bedeutet es, dass Balleroy den Täter in unserer Gemeinde vermutet.«

»Das denke ich auch und es lässt einen richtig frösteln.« Hugo rückte dichter an Clement heran und senkte seine Stimme. »Dieser Kommissar stellt sehr viele Fragen, und zwar sehr vielen Leuten. Obgleich er äußerst dezent vorgeht, sind nicht wenige beunruhigt. Die Nervosität bei uns im Dorf ist förmlich greifbar.«

»Nervös muss nur sein, wer etwas zu verbergen hat, Hugo.«

»Nein, ich muss dich korrigieren, Clement. Nervös muss sein, wer etwas zu verlieren hat. Und das sind ein paar mehr als nur der Täter.«

9

Nun war er an der Reihe. Er konnte diesem einen unheilschwangeren Augenblick, vor dem er sich während des gesamten Schweigemarsches so sehr gefürchtet hatte, nicht länger ausweichen. Er musste handeln wie die anderen auch, sonst würde er auffallen. Dennoch zögerte er, weil ihm davor graute zu versagen und dadurch seine Schuld einzugestehen.

Die Luft war wie aufgeladen. Die sonderbare Stille vermittelte ihm das Gefühl, als hätte die Welt um ihn herum aufgehört zu atmen.

Seine Füße schienen mit dem Boden verwachsen zu sein, und er glaubte schon, sich überhaupt nicht mehr regen zu können. Aber sein Wille war stärker, als er angenommen hatte. Er schaffte es und stakste los. Schweren Schrittes näherte er sich dem Ort seines Verbrechens. Obwohl er sich zeitgleich mit drei Männern und einer Frau aus dem stehenden Pulk gelöst hatte und den Weg von der Straße bis zur Mühle mit ihnen zurücklegte, spürte er die anklagenden Blicke der hier Versammelten nur auf sich ruhen. Jedenfalls erschien es ihm so. Er bildete sich ein, dass ihm die Schuld auf der Stirn geschrieben stand.

Sie würden es sehen und mit dem Finger auf ihn zeigen! Sie würden ihrer Wut Ausdruck verleihen und ihn lynchen! Hier und jetzt. Ohne Gnade. Unter Missachtung ihrer eigenen Gesetze.

Er fühlte sich erbärmlich wegen dieser Ängste, denn er wusste, wie sehr er es verdient hatte, von einem tobenden Mob massakriert zu werden.

Schließlich erreichte er die Mühle, ging in die Knie und legte einen Blumenkranz zwischen zahlreiche rote Kerzen und eine Ansammlung von Gestecken, Schleifen und selbst gebastelten Karten. Er faltete die Hände und kniff die Augenlider zusammen. Verharrte in seiner ganz speziellen Andacht. Keuchte schwach, zählte die hämmernden Pulsschläge in seinen Schläfen.

Und dann sah er sie vor sich. Wie aus heiterem Himmel tauchte sie vor ihm auf. Sie saß auf dem Beifahrersitz seines Wagens und zeigte zu der Mühle, an der sie in wenigen Sekunden vorbeifahren würden.

»Das ist ein schöner Platz«, sagte Oceane beschwingt. »Einer meiner Lieblingsplätze.«

»Tatsächlich?« Seine Hände umkrampften das Lenkrad. Er glühte vor Erregung und war wie beseelt von dem aufbrausenden Wunsch, das Mädchen anzufassen.

»Ja, meine Freundin und ich sind oft dort.« Sie lachte heiter und unbeschwert. Anscheinend war sie immer noch froh darüber, dass sie trotz ihrer Reifenpanne wider Erwarten pünktlich nach Hause kommen würde.

Von einem unbezähmbaren Instinkt getrieben riss er den Lenker ganz plötzlich herum und bog von der Straße ab. Der Wagen holperte über den gepflasterten Pfad auf die Mühle zu.

Sogleich blitzte Misstrauen in Oceanes Augen auf. »Was machen Sie nur?«

Er fuhr um die Mühle herum, hielt an und schaltete den Motor ab. »Du hast doch gesagt, hier wäre einer deiner Lieblingsplätze, oder etwa nicht?«

»Ja, schon, aber Sie wollten mich doch nach Hause bringen.« Sie klang auf einmal irritiert und starrte ihn mit aufgerissenen Augen an.

Er sah sich um. Es war niemand zu sehen. Hier, an dieser abgelegenen Stelle, war er allein mit der Kleinen. Eine verlockende und ebenso tragische Gelegenheit.

Langsam, beinahe unmerklich, streckte er die Hand aus und strich mit dem Zeigefinger über ihre Lippen, ihr Kinn, ihren Hals. Ein lieblicher Kontakt, vergänglich wie ein Kuss.

Es war eine unsägliche Rückschau, die gegensätzliche Gefühle in ihm hervorrief: grässliches Unbehagen und das Wiedererwachen dieser eigentümlichen Lust, verständliche Abscheu sowie berauschendes Entzücken.

Er war konfus und hätte am liebsten laut aufgeschrien, um seinen Emotionen freien Lauf zu lassen. Aber das durfte er keinesfalls tun!

Als er annahm, dass er schon viel zu lange vor der Mühle gekauert hatte, wodurch er das Misstrauen der Umherstehenden erst recht provozierte, erhob er sich rasch.

Die Frau und die Männer, die mit ihm losgegangen waren, standen oder knieten noch neben ihm, versunken in ihren Gebeten. Demnach war sein Verharren gar nicht ungewöhnlich gewesen. Nicht der leiseste Verdacht war auf ihn gefallen.

Diese Erkenntnis wirkte dermaßen befreiend auf ihn, dass er fast gelächelt hätte. Er streifte seine Zerrissenheit und Anspannung ab wie ein Kleidungsstück und schritt aufrecht zur Straße zurück. Als er kurz darauf erneut in die Menschenmasse eintauchte, schenkten ihm weder die Dorfbewohner noch die schaulustigen Touristen weitere Beachtung.

Teil III

Offene Wunden

1

Der Dienstag nach Oceane Guillines Beisetzung.

Es klingelte an seiner Haustür. Ein ungewöhnliches, fast befremdliches Geräusch, das Clement in seinem Sessel zusammenzucken ließ. Wenn Hugo ihn beehrte, klopfte er üblicherweise lautstark. Und der Briefträger steckte ihm die Post, die zumeist aus ein paar Rechnungen und Werbebroschüren bestand, ohne zu läuten in den Briefkasten. Ansonsten fiel ihm niemand ein, der ihn besuchen und schellen würde. Oder doch – es könnte dieser riesenhafte Kommissar aus Toulon sein. Womöglich hatte der noch ein paar Fragen an ihn.

Clement richtete sich mühevoll auf und sofort fing sein Rücken an zu schmerzen. Der Lohn dafür, dass er den Morgen in seinem Garten verbracht, die hoch gewachsenen Buchsbäume beschnitten, seine Blumenbeete gedüngt und den Rasen gemäht hatte. Bis zum Mittag hatte er seine Arbeit erledigt. Gerade noch rechtzeitig, denn plötzlich waren dunkle Wolken aus nördlicher Richtung aufgetaucht. Er hatte die Gartengeräte in seinem Schuppen verstaut und war ins Wohnzimmer gegangen, um sich auszuruhen. Nur wenig später war er in seinem Sessel eingeschlafen, während es draußen heftig zu regnen begonnen hatte.

Es läutete erneut.

»Ich komme!«, rief Clement, schlurfte durch den Flur und öffnete die Tür. Sein Hund, der ihm nachgetrottet war, blieb dicht hinter ihm.

Nicht der Kommissar stand vor der Tür, sondern Camille. Ein grelles Cape schützte sie vor dem Sommerregen, der nach der schon länger anhaltenden Hitzeperiode erfrischend wirkte. Noch immer zierte ein Pflaster ihre Stirn unterhalb ihres Haaransatzes. Sie schaute Clement erwartungsvoll an und streckte ihm ein kleines Päckchen entgegen.

»Guten Tag, Monsieur Saver. Das ist für Sie. Ein Dankeschön für Ihre Hilfe«, sagte sie unsicher und drückte Clement das Mitbringsel in die Hände.

In Clements Augen trat ein gutmütiges Funkeln. »Für mich?«, fragte er und betrachtete das Präsent verblüfft.

»Ja, für Sie. Es ist von meiner Mutter. Sie hat extra für Sie gebacken.«

»Demnach ist es ein Kuchen.«

Sie nickte. »Eine Aprikosentarte.«

Clement sah über das Mädchen hinweg in den Regen hinaus. »Du hast dir nicht gerade das beste Wetter ausgesucht, um sie mir vorbeizubringen, Camille.«

»Ich wurde vom Regen überrascht«, sagte sie knapp und machte bereits Anstalten kehrtzumachen, als hätte sie nur eine lästige Aufgabe erledigt, die ihr aufgetragen worden war.

»Möchtest du nicht drinnen warten, bis es wieder trocken ist? Ich könnte dir einen Kakao machen und du könntest ein Stück von der Tarte probieren.« Clement trat einen Schritt beiseite und machte eine einladende Geste. »Deine Mutter weiß ja, wo du bist. Deswegen kannst du die Einladung gewiss annehmen. Und wenn du nicht sicher bist, rufen wir Sie an. Zur Not fahre ich dich auch nach Hause. Aber ich hätte einfach kein gutes Gefühl, wenn du bei diesem Wolkenbruch den ganzen Rückweg zu Fuß hinter dich bringen müsstest.«

Camille sah zum Himmel hinauf und wägte offenbar ab, was sie tun sollte. Dann senkte sie ihren Blick wieder und bemerkte den Hund, der hinter Clement stand und ihr seine Schnauze neugierig entgegenstreckte. Der Hauch eines Lächelns erschien auf ihren Lippen.

»Einverstanden. Doch ich trinke keinen Kakao. Lieber einen Tee«, sagte sie. »Und meine Mutter brauchen Sie nicht anzurufen. Sie weiß, wo ich bin, das genügt!«

»Meinst du wirklich? Es wäre kein Problem.«

Sie schüttelte hartnäckig den Kopf, bevor sie Clement ins Haus folgte.

Bereits zum zweiten Mal innerhalb weniger Tage schämte er sich für die Unordnung, die im gesamten Untergeschoss herrschte, aber davon schien das Mädchen überhaupt keine Notiz zu nehmen. Noch im Flur sank es vor dem Labradormischling auf die Knie und streichelte ihm über den Kopf.

»Wie heißt er denn?«, fragte sie Clement.

»Er hat keinen Namen.«

Sie sah ihn verwundert an. »Er hat keinen Namen?«

»Nein, mir fiel nie ein tauglicher ein. Ich rufe ihn nur ›Hund‹. Vielleicht hätte ich ihn ›Streuner‹ nennen sollen, weil er mir vor einiger Zeit zugelaufen ist.«

Das Mädchen verzog nachdenklich den Mund und hielt dem Rüden eine Hand entgegen. »Gib mir deine Pfote, Hund oder Streuner.«

»Du solltest deinen Poncho ablegen«, meinte Clement, nachdem er wohlwollend registriert hatte, dass das Tier tatsächlich folgte und tat, was Camille ihn geheißen hatte. Er half dem Mächen aus den Ärmeln, hängte das Cape an die überladene Garderobe und stellte anschließend den Kuchen auf dem Tisch im Wohnzimmer ab. Daraufhin begab er sich in die Küche.

»Ach, übrigens, was macht deine Blessur? Ist sie schon gut verheilt? Und deine Kopfschmerzen, sind die abgeklungen?«, wollte er wissen. Dann durchwühlte er seine Küchenschränke auf der Suche nach Tee. Er hatte Glück und fand ein Päckchen Schwarztee, dessen Haltbarkeitsdatum noch nicht überschritten war. Er selbst verpönte Tee und trank ihn eigentlich nur, wenn er erkältet war.

»Die Kopfschmerzen sind wie weggeblasen«, antwortete Camille. »Und die Verletzung sieht auch nicht mehr so schlimm aus. Dr. Junes hat heute Morgen noch einmal einen Blick darauf geworfen. Er meinte, in ein paar Wochen würde man gar nichts mehr davon sehen.«

»Na, das hört sich doch gut an.«

Wie es ihr wegen Oceane ging, traute sich Clement nicht zu fragen. Er hatte Camille auf der Trauerfeier beobachtet und als sie mit Leroche und ihrer Mutter am Schweigemarsch teilgenommen hatte. Ihre feinen Gesichtszüge hatten Bände gesprochen, man sah, wie sehr sie litt.

Ein Unglück kann überall und jederzeit einschlagen wie ein Blitz, hatte Clement bei ihrem Anblick gedacht, in dem sicheren Wissen, dass ihn ein solcher Blitz selbst schon zweimal getroffen hatte.

»Sie waren auch in der Kirche und an der Mühle. Ich habe Sie gesehen«, sagte Camille plötzlich, als hätte sie seine Gedanken lesen können.

»Ja«, erwiderte er irritiert. »Das halbe Dorf war dort.«

»Haben Sie sie gekannt?«

»Oceane? Nur vom Sehen. Aber ich kenne ihre Eltern gut.«

Clement sann zwangsläufig über Yves nach, der einen Weinberg in der Nähe von Gassin besaß. Hugo kaufte regelmäßig bei ihm ein. Der wohlbeleibte Winzer baute einen feinaromatischen Rosé mit einem frischen Charakter an, den Kenner im ganzen Land zu schätzen wussten. Obwohl er manchmal eine derbe Art an den Tag legte, war Yves im Grunde genommen ein gutherziger Bursche. Er hatte den Berg von seinem Vater geerbt und den Betrieb in dessen Sinne weitergeführt. Mit Stolz berichtete er stets über seine Ahnen und darüber, welch hohe Kunst es war, einen derlei hochwertigen Rosé herzustellen, wie es die Familie Guilline schon seit Jahrzehnten tat.

Und jetzt? Was würde Yves seinen Kunden jetzt mitteilen? War er überhaupt jemals wieder in der Lage, sich mit ihnen zu unterhalten? Oder seinen Weinberg weiterzubearbeiten?

Um sich abzulenken, schaltete Clement seinen Wasserkocher ein und nahm zwei Tassen aus dem obersten Schrank.

Camille ließ im selben Augenblick von dem Hund ab und kam unversehens zu Clement in die Küche. Sie blieb dicht vor ihm stehen und sah ihn an. An ihrem fragenden Gesichtsausdruck erkannte er, dass ihr etwas auf der Seele lag.

»Warum hat er sie getötet? Warum nur?«, entfuhr es ihr schließlich.

Clement starrte sie an und fühlte sich außerstande, ihr zu antworten. Camilles Direktheit war wie ein Schlag in sein Gesicht, er war vollkommen überfordert. Abgesehen davon hatte er schlichtweg keine Erklärung parat. Es war Camille selbst, die ihm aus dieser unangenehmen Situation heraushalf, indem sie einfach weitersprach.

»Sie erwischen ihn doch, oder? Ich meine die Polizei? Sie werden ihn doch erwischen und aus dem Verkehr ziehen, oder glauben Sie nicht daran?«, fragte sie mit belegter Stimme.

Clement nickte hektisch. »Doch, das werden sie. Ganz bestimmt sogar.«

Es hatte aufgehört zu regnen. An einigen Stellen riss die Wolkendecke bereits wieder auf und ließ die ersten abendlichen Sonnenstrahlen aufblitzen. Die Erde, die die Nässe gierig aufgenommen hatte, würde in weniger als einer Stunde abtrocknen und nichts würde mehr an den wohltuenden Sommerregen erinnern. Der frische Geruch in der gereinigten Luft war schon jetzt fast komplett verschwunden, ebenso die Feuchtigkeit an den Bäumen, Blumen und Gräsern.

All dies registrierte Camille, während sie nach Hause ging. Monsieur Savers Angebot, sie zu fahren, hatte sie abgelehnt. Mit der Begründung, es täte ihr gut zu laufen, weil Bewegung sie auf andere Gedanken bringen würde. Und außerdem würde es ja nicht mehr regnen. Sie hatte den auffälligen Poncho demonstrativ um ihre Hüften gebunden, sich noch für den Tee bedankt, dem Hund wiederholt über den Kopf gestreichelt und war nach draußen gegangen. Zum Abschied hatte sie ihre linke Hand gehoben, dann war sie losmarschiert.

Monsieur Saver hatte ihr sehr lange nachgesehen. Sie hatte es gespürt und vier- oder fünfmal über ihre Schulter nach hinten geschaut. Irgendwann war er nur noch eine kleine, unscheinbare Gestalt gewesen, die steif wie ein Soldat vor dem Haus ausharrte. Und hätte sie es nicht gewusst, hätte Camille aus dieser Entfernung nicht einmal abschätzen können, ob es sich bei ihm um einen jungen oder alten Mann handelte. Aber sie wusste es eben. Clement Saver war alt, deutlich über siebzig. Er hatte ein runzliges Gesicht und grüne Augen mit Tränensäcken, als fände er nicht genügend Schlaf. Und er strahlte Erfahrung und Wärme, aber auch Unsicherheit aus. Auf alle Fälle schien er nett zu sein, denn er hatte ihr nach dem Sturz von der Brücke geholfen. Das war für Camille der wichtigste Aspekt. In Grimaud waren längst nicht alle so freundlich zu ihr.

Ungefähr zehn Minuten später kam sie zu Hause an. Und mit ihr Nicolas Leroche. Er fuhr an ihr vorbei und steuerte den gelben Lamborghini in eine der Garagen neben der Villa. Camille beschlich ein mulmiges Gefühl. Es kam ihr vor, als wäre Nicolas ihr schon länger nachgefahren. Als wäre er ihr gefolgt!

Sie ging schnurstracks weiter. Aus den Augenwinkeln heraus beobachtete sie, wie er lässig aus dem Wagen stieg und das elektrische Garagentor schloss. Dann kam er ihr nach. Mit schnellen Schritten. Und noch bevor sie im Haus verschwinden konnte, stand er neben ihr. Sein Blick war hart und direkt.

»Wo warst du, Camille?«, wollte er von ihr wissen, ohne sie zu begrüßen.

Camille versteifte sich. »Bei Monsieur Saver«, antwortete sie knapp.

»Bei dem alten Saver?« Nicolas zog die Augenbrauen zu einem langen Strich zusammen.

»Ich habe mich für seine Hilfe bedankt. Mutter hat es mir aufgetragen. Sie hat eine Tarte für ihn gebacken.«

»Hm. Du warst ziemlich lange fort.«

Camille fröstelte. Nicolas' Worte machten ihr klar, dass er Notiz davon genommen hatte, zu welchem Zeitpunkt sie aus dem Haus gegangen war. Seit wann kümmerte ihn, wie lange sie fortblieb? Bislang hatte er sich nicht sonderlich dafür interessiert, was sie tat und mit wem sie ihre Zeit verbrachte.

»Es hatte angefangen zu regnen.«

»Und?«

»Ich war so lange bei Monsieur Saver, bis es wieder aufgehört hat«, erklärte Camille. Sie ärgerte sich, dass sie scheu klang und sich vor Nicolas rechtfertigen musste. Als sie die Diskussion beenden und im Haus verschwinden wollte, packte er sie schroff am Arm.

»Worüber habt ihr euch unterhalten?«

»Wieso ist das interessant?«, fragte sie eine Nuance zu laut. Der Trotz in ihrer Stimme überraschte sie selbst. Aber Nicolas tat ihr weh und das durfte er nicht!

»Ich bin halt neugierig«, zischte er ihr zu.

»Wir haben nicht sonderlich viel miteinander gesprochen. Monsieur Saver hat einen Hund. Mit dem habe ich gespielt.«

Nicolas schwieg und fixierte sie eindringlich, ohne eine Miene zu verziehen. Dann lockerte er endlich den Griff.

»Gott hat zwei Arten von Geschöpfen in unsere Welt gesetzt. Die eine Kreatur frisst, die andere wird gefressen. Die eine ist stark und gewinnt, die andere ist schwach und verliert. Saver zählt zu den Verlierern. Vor vielen Jahren ist sein Sohn verschwunden. Von heute auf morgen, auf einmal war er fort. Hat sich urplötzlich von seinen Eltern abgewandt und ist nie wieder auf der Bildfläche erschienen. Saver hat ihn gesucht, doch er hat ihn nicht gefunden.« Nicolas verzog verächtlich die Oberlippe. »Eins sage ich dir, Camille: Mich verlässt keiner, das würde ich nie zulassen!«

Seine selbstsichere Überheblichkeit ließ Camille innerlich erzittern. Doch sie wollte Nicolas auf keinen Fall zeigen, wie sehr sie seine Worte trafen – diesen Triumph wollte sie ihm verwehren! Seine Absicht, sie mit dieser unausgesprochenen Drohung unter Druck zu setzen, musste sie zerstören!

Nicolas schien alles gesagt zu haben. Er ließ von ihr ab, drängte sie schroff beiseite und schloss die Haustür auf. Im selben Moment erklang aus seinem Büro im Untergeschoss das dumpfe Klingeln des Telefons.

2

»Wer ist das?«

Balleroy deutete auf das Foto, das einen bärtigen Mann mit einer dünnen Stoffjacke am äußersten Rand der versammelten Menschenmenge zeigte. Der Schatten der Mühle fiel auf die Gruppe wie ein düsteres Zeichen, das zu den betretenen Mienen passte.

Nuret, der die Aufnahme gemacht hatte, zuckte mit den Achseln. »Keine Ahnung. Ich kenne den Typen nicht.«

»Also irgendein neugieriger Urlauber?«

»Wahrscheinlich.«

»Und das? Wer ist das?«

Der Kommissar war unnachgiebig, obschon er erkannte, dass Nuret ermüdet war und am liebsten eine Pause eingelegt hätte. Seitdem die Fotos von der Trauerfeier und dem Schweigemarsch entwickelt worden waren und die beiden Polizisten eine Fotowand im Hinterzimmer der Polizeistation aufgebaut hatten, befassten sie sich mit nichts anderem als mit den abgelichteten Personen. Mit jeder einzelnen von ihnen. Die Aufgabenteilung war klar: Nuret berichtete und Balleroy schrieb. Jede Bemerkung, jede noch so unwichtig erscheinende Angabe wurde von ihm vermerkt. Er wollte mögliche Verbindungen der Leute zu dem Opfer aufspüren. Denn bislang hatten die Ermittlungen noch keinerlei brauchbare Ergebnisse gebracht. Balleroy beschlich das Gefühl, als würden sich die Einwohner Grimauds hinter einem stählernen Zaun verschanzen, in der Illusion, das Dorf auf diese Weise von dem Verbrechen zu trennen und die Angst ausschließen zu können. Eine besondere Art der Verdrängung – und es war Balleroys Aufgabe, diesen Zaun niederzureißen. Aber dafür musste er die Einwohner verstehen, ihr Leben und ihre Geschichten kennenlernen. Ansonsten würden die Untersuchungen stagnieren. Denn weder die Anstrengungen der Datenbankexperten in Toulon noch die Fahndung nach dem Fahrer des VW Transporters, den Camille Jeunet an der Burganlage gesehen hatte, bevor sich Oceane von ihr trennte, waren erfolgreich gewesen.

Der Kommissar verlagerte sein Gewicht auf den rechten Fuß und machte Platz, um Nuret einen Blick auf ein leicht verwackeltes Bild zu gewähren. Es zeigte einen schlanken Mann, der sich gerade aus der dicht gedrängten Menschenmasse löste. Balleroy schätzte ihn auf um die fünfzig; ein hellhäutiger Typ mit lichtem Haar und einer flachen, eingedrückten Nase. In den Händen hielt er einen Kranz.

»Das ist Roger Doise, der Buchhalter von Monsieur Leroche«, klärte Nuret ihn auf.

»Doise, Roger Doise«, murmelte Balleroy, wie er es zuvor schon bei so vielen Namen getan hatte. Als wollte er sie in seinem Gedächtnis archivieren, um sie bei Bedarf wieder hervorzukramen.

»Er lebt in Port Grimaud. Viel mehr weiß ich nicht über ihn.«

»Wo genau ist denn sein Arbeitsplatz?«

»In der Villa von Leroche. Dort hat der Unternehmer ein großes Büro. Doise fährt jeden Tag hin.«

»Demnach ist es möglich, dass er Oceane kannte. Das Mädchen war sicherlich oft in dem Haus, um ihre Freundin Camille zu besuchen.«

»Das ist möglich, ja.«

Balleroy musterte das Foto eindringlich. Dann schrieb er den Namen und den Wohnort des Buchhalters in seinem Notizbuch unter eine lange Liste mit Personen, die mit Oceane in Berührung gekommen waren oder sein könnten, und zeichnete ein fettes Ausrufezeichen dahinter. Er würde auch mit Doise sprechen müssen. Plötzlich klingelte Balleroys Mobiltelefon. Mit einer flinken Bewegung zog er es aus seiner Jackentasche.

»Balleroy«, meldete er sich.

»Hier spricht Rispal. Guten Abend, Kommissar.«

»Guten Abend, Bürgermeister.«

Rispal sprach nicht gleich weiter. Balleroy konnte hören, wie er Luft einsog.

»Und?«, stieß er schließlich hervor.

»Und was?«, fragte Balleroy.

»Wie sieht es aus? Wie ist der Stand Ihrer Ermittlungen?«

Der Kommissar glaubte, einen besorgten Unterton aus Rispals vibrierender Stimme herauszuhören. »Wir recherchieren in verschiedenen Richtungen«, wich er aus.

»Sie haben noch keinen Verdächtigen ins Visier genommen?«

»Wir benötigen mehr Zeit, Bürgermeister.«

»Haben wir diese Zeit?« Rispals Ton wurde schlagartig hektischer. »Was passiert, wenn dieses Tier wieder zuschlägt? Das wäre eine Katastrophe. Sie müssen sich beeilen, Balleroy, Sie müssen ihn zur Strecke bringen!«

»Ich darf daran erinnern, dass Sie es waren, der eine breiter angelegte Ermittlung verhindert hat, Bürgermeister. Wenn Sie mit mir und meiner Vorgehensweise unzufrieden sind, kann ich dafür sorgen, dass ich Verstärkung bekomme oder sogar ersetzt werde und Grimaud von einer kleinen Armee von Polizisten heimgesucht wird, die sicherlich jeden Winkel ihrer Gemeinde ausleuchten würde. Damit meine ich wirklich jeden Winkel!«

»Nein, Gott bewahre! Das würde die Journalisten auf den Plan rufen, die gemeinsam mit Ihren Kollegen wie Heuschrecken hier einfallen würden.«

»Die Wahrscheinlichkeit wäre groß, ja.«

»Halten Sie mich auf dem Laufenden, Kommissar! Unterrichten Sie mich, sobald Sie einen Tatverdächtigen aufgespürt haben, ja?«

»Das werde ich, Bürgermeister.«

Rispal beendete das Gespräch, und Balleroy ließ das Handy wieder in seiner Tasche verschwinden.

»Rispal wird nervös?«, fragte Nuret und warf dem Kommissar einen skeptischen Blick zu.

»Offensichtlich.«

»Er steht unter mächtigem Druck.«

»Nicht nur er, das gilt für uns alle«, erwiderte Balleroy und zeigte nachdenklich auf die Fotowand. »Deshalb ist es bedeutsam, dass wir genau hinschauen! Ich bin mir sicher, dass wir etwas übersehen, was durchaus ersichtlich sein könnte, Nuret. Bisher erfassen wir nur den offenkundigen Teil des Ganzen, die Oberfläche. Wir erkennen jedoch noch nicht das, was drum herum geschieht, was noch im Dunkeln liegt. Es ist unsere Aufgabe, diesen Randbereich zu erhellen. Verstehen Sie, Nuret?«

Der Dorfpolizist nickte behäbig.

Balleroy zwinkerte ihm zu. »Gut. Dann lassen Sie uns weitermachen!«

Jean Rispal saß hinter dem klobigen Schreibtisch in seinem prunkvollen Amtszimmer und schmollte vor Ärger und innerer Unruhe. Dieser Balleroy gefiel ihm nicht so recht – und seine lakonische Art, die Rispal als respektlos erachtete, schon gar nicht. Dass der Mann ihn, den Bürgermeister von Grimaud, mit der Nase darauf stieß, er selbst habe doch eine unauffällige Ermittlung arrangiert, störte ihn sogar erheblich. Auch wenn es der Wahrheit entsprach. Rispal wollte nach wie vor kein Risiko eingehen und vermeiden, dass seine Gemeinde ins Zentrum medialer Aufmerksamkeit rutschte. Aber das hieß noch längst nicht, dass er keine schnellen Ergebnisse fordern durfte. Das konnte doch nicht im Widerspruch zueinander stehen! Und wenn Balleroy tatsächlich ein derart guter Polizist war, wie ihm von oberster Stelle versichert worden war, warum wies er dann noch keine nennenswerten Erfolge auf? Oder behielt er diese vorerst für sich, bis er sich seiner Sache sicher war?

Der treue Nuret berichtete Rispal zwar jeden Tag von den Nachforschungen und den Gesprächen, an denen er teilnehmen durfte, aber der Dorfpolizist erhielt bestimmt nur einen ganz groben Einblick. Das gesamte Wissen über den aktuellen Stand der Ermittlungen oblag einzig und allein dem Kommissar.

Rispal stand missgelaunt auf und schritt zu der Vitrine am Ende des Raumes. Für einen Sekundenbruchteil spiegelte sich seine Gestalt auf der gläsernen Oberfläche wider. Gebeugte Schultern, ein von stetem Alkoholgenuss aufgedunsenes Gesicht mit geröteten Wangen und schiefen Mundwinkeln. Der Anblick eines angeschlagenen Generals kurz vor der entscheidenden Schlacht.

Er nahm eine Flasche Armagnac und ein Kristallglas, schenkte sich bis zum Rand ein und nahm einen gewaltigen Schluck. Das feurige Aroma und der besondere Geschmack auf der Zunge waren wohltuend. Danach setzte er sich wieder hinter seinen Schreibtisch und zog in dem Bewusstsein, dass er an diesem Abend noch etwas zu erledigen hatte, eine Aktenmappe aus einer Schublade. Er nahm vier genormte Formulare von regionalen Bauunternehmen heraus, die sich auf eine öffentliche Ausschreibung für ein aufwendiges Straßensanierungsprojekt in Grimaud beworben hatten. Darunter war auch die Firma von Nicolas Leroche. Mit zugeschnürter Kehle zeichnete Rispal die Buchstaben des Firmennamens mit dem Zeigefinger nach: NICLER S.A.R.L. Schließlich griff er entschlossen nach seinem schnurlosen Telefon und wählte die Büronummer des Unternehmers.

Erst nach dem fünften Läuten wurde abgenommen.

»Jean, richtig?«, sagte eine dunkle Stimme. Es klang wie das kehlige Knurren eines Raubtiers.

»Guten Abend, Nicolas. Du siehst wohl meine Nummer im Display?«

»Du bist ein schlauer Bursche, Jean.« Nicolas Leroche kicherte heiser, bevor er den Bürgermeister fragte: »Rufst du mich wegen der Auftragsvergabe an?«

Mit äußerst zwiespältigen Gefühlen dachte Rispal an das Gesicht des Unternehmers, das sich in ein paar Sekunden wieder einmal in eine selbstzufriedene Fratze verwandeln würde.

»Ja, genau. Der Rat hat sich einstimmig für deine Bewerbung entschieden.« Rispal zauderte und wartete auf eine

Reaktion von Leroche. Als die ausblieb, fügte er hinzu: »Du hast das mit Abstand teuerste Angebot abgegeben, Nicolas!«

»Und trotzdem hast du die anderen davon überzeugen können, mir den Auftrag zu erteilen? Ich habe keinen blassen Schimmer, wie du das wieder hinbekommen hast, aber ich gratuliere dir, Jean! Du hast dir deinen Anteil redlich verdient. Ich werde den vereinbarten Betrag noch heute Abend überweisen. Ein Knopfdruck auf der Tastatur meines Computers und das Geld geht auf deinem persönlichen Konto ein, mein lieber Freund!«

Es bereitete Leroche spürbare Freude, Rispals Käuflichkeit laut auszusprechen.

Der Bürgermeister verzog mürrisch das Gesicht. »Ist gut.«

»Gibt es eigentlich etwas Neues von diesem Balleroy? Verfolgt er eine vielversprechende Fährte?«, fragte der Unternehmer im nächsten Atemzug.

»Das weiß ich nicht. Er gibt nicht viel preis.«

»Der Bulle erteilt dir keine Auskünfte? Du weißt nicht, ob er schon jemanden verdächtigt?«

»Nein.«

»Du lügst mich doch nicht an, oder?«

»Nein, wieso sollte ich das tun?«

»Weil du ein notorischer Lügner bist!«

»Das ist deine Meinung.«

»Eine Meinung, die den Tatsachen entspricht.«

»Du bist auch nicht besser.«

»Pass auf, was du sagst, Jean!«, presste Leroche bedrohlich leise hervor und beendete abrupt das Gespräch.

Rispal stöhnte leise auf. Er verharrte noch minutenlang auf seinem Stuhl, mit einem starren Blick, der an der Flasche Armagnac in der Glasvitrine klebte.

Nicolas stand in seinem Büro vor der breiten Fensterfront und erfreute sich mit einem schiefen Grinsen am Anblick seines prächtigen, menschenleeren Gartens. In Momenten wie diesen, in denen sein unternehmerisches Streben von

Erfolg gekrönt wurde und er zudem noch einen korrupten Typen wie Rispal unter Druck setzen konnte, beschlich ihn stets dieses triumphale Gefühl, einen Sieg errungen zu haben. Wie damals, als er mit gerade einmal vierundzwanzig Jahren eine überschuldete Firma in Nizza erworben hatte – für den symbolischen Wert von nur einem Franc. Nicolas hatte als gelernter Kaufmann schnell erkannt, welches Potenzial in dem Unternehmen steckte, wenn es nur richtig geführt wurde. Das Anlagevermögen wies lediglich einen geringen Abnutzungsgrad auf und zudem bestanden durch angekündigte Investitionen der öffentlichen Hand günstige Prognosen für die französische Baubranche. Es war die grundehrliche Ausrichtung der Geschäftsleitung gewesen, die die Firma in Turbulenzen gebracht hatte. Und genau das wollte Nicolas ändern. Von seinem älteren Bruder, einem aufstrebenden Mitarbeiter des Staatssekretariats für Verkehr, wusste er, wie wenig Rechtsbewusstsein in vielen Unternehmen und in den für die Auftragsvergabe zuständigen öffentlichen Ämtern in Frankreich herrschte. Bestechungen und Missbräuche waren an der Tagesordnung und diese Gegebenheiten spielten Nicolas in die Karten, denn er besaß keinerlei moralische Skrupel. Die Zielstrebigkeit, mit der er zu Werke ging, bescherte ihm schnell den nötigen Durchbruch. Noch während er mit den Gläubigern verhandelte und eine außergerichtliche Einigung erzielte, setzte er mit viel Geschick höhere Kreditlinien bei seiner Hausbank durch. Das ihm dadurch zur Verfügung stehende Geld investierte er großzügig in persönliche Kontakte.

Seine Vorgehensweise zahlte sich aus. Er erhielt die ersten lukrativen Aufträge. Und von da an begann die Erfolgsgeschichte seiner Firma, deren juristischen Sitz er nach Grimaud verlegte. Hier hatte er sein heutiges Domizil erworben und nach seinem Geschmack renovieren lassen. Seit jenen Tagen kennzeichneten drei Attribute seine Existenz: Prestige, Luxus und Einfluss. Und auf keines würde er freiwillig mehr verzichten.

Nicolas löste sich aus der angenehmen Erstarrung und verließ das Büro. Er suchte Anne. Aus ihrem gemeinsamen Badezimmer hörte er Wasser plätschern. Sie duschte. Erwartungsvoll schritt er über den Korridor. Er öffnete die Tür und schaute in Richtung der gläsernen Duschkabine, erblickte Annes formvollendeten Körper und spürte, wie sein Glied in der Hose anschwoll. Das war es, was er an dieser Frau so schätzte: Sie war ebenfalls in der Lage, Menschen zu manipulieren, und zwar mit ihrer Sinnlichkeit, ihrer erotischen Ausstrahlung.

Rasch streifte sich Nicolas die Kleidung vom Körper und trat zu ihr in die Kabine.

3

Irgendwann, viel später, als Clement über die Entwicklung der folgenden, fatalen Ereignisse nachdachte, fiel ihm dieser eher unbedeutend erscheinende Donnerstagabend ein, an dem er zum ersten Mal seit vielen Jahren wieder einen Hauch Unbeschwertheit verspürte. Es waren Camilles unantastbare Anmut und ihr unschuldiger Liebreiz, die ihn faszinierten. Er konnte seinen Blick nur schwer von ihr lösen. Sie lief vor ihm her und warf in regelmäßigen Abständen einen Stock ins Unterholz, den der Hund mit großem Eifer suchte und zu ihr zurückbrachte. Es war beeindruckend zu sehen, wie leichtfüßig und behände sie sich bewegte. Hier, inmitten der Natur und mit dem Labradormischling an ihrer Seite, schien Camille plötzlich fröhlich und unbekümmert zu sein. Sie entwickelte eine mitreißende Energie und zeigte für einige Minuten ihr wahres Wesen, das abseits jeglicher Trauer unter ihrer äußeren Hülle steckte. Clement war über ihren zweiten Besuch noch überraschter gewesen als über ihren ersten. Das Mädchen, deren Kopfverletzung inzwischen so gut abgeheilt war, dass sie kein Pflaster mehr benötigte, hatte geklingelt und erwartungsvoll hinter seinen Rücken geschaut, nachdem er sie ins Haus gebeten hatte. Sie hatte ihn ganz offensichtlich wegen des Hundes aufgesucht.

Und so kam es, dass Camille ihn auf seinem obligatorischen Spaziergang mit dem Hund begleitete. Sie sprachen nicht sonderlich viel miteinander. Dennoch wurde Clement gewahr, dass er und das Mädchen dabei waren, eine Beziehung aufzubauen. Sie war noch zart, zeugte aber bereits von einem gewissen Vertrauen und einer gegenseitigen Sympathie, die sie trotz aller Gegensätze füreinander empfanden. Zweifellos trugen auch die tragischen Umstände ihren Teil dazu bei, dass Camille ihn wieder aufgesucht hatte. Normalerweise hätte sie sicher die Gesellschaft einer gleichaltrigen

Freundin vorgezogen. Aber die Situation war eben diffiziler. Und deshalb fingen sie an sich kennenzulernen – der alte Mann und das junge Mädchen.

Als sie ihren Spaziergang beendet hatten, dämmerte es bereits. Und dieses Mal würde Clement sich nicht davon abbringen lassen, Camille nach Hause zu fahren. Doch als sie gerade zu seinem Peugeot gehen wollten, erregte das an der Wand hängende und in einem reich verzierten Messingrahmen eingefasste Foto von Sophie und Romain die Aufmerksamkeit des Mädchens. Ein unscheinbarer Schnappschuss, den Clement vor fünfundzwanzig Jahren am Cap d'Antibes gemacht hatte. Im Hintergrund war das Meer erkennbar, zu beiden Seiten reckten sich weiße Klippen einem wolkenlosen Himmel entgegen. Sophie trug ihren roten Bikini, Romain wiederum hatte sich an jenem Tag knielange Badeshorts angezogen, die seinen knabenhaften Körper noch dürrer erscheinen ließen. Er hatte einen Arm um die Schulter seiner Mutter gelegt und lachte der Kamera entgegen.

»Ihre Familie?«, fragte Camille geradeheraus.

Clement zuckte unwillkürlich zusammen. Sein Mund wurde trocken. Das Mädchen sprach so, als wäre seine Familie noch existent. Er schluckte. Dann nickte er zaghaft.

Camille sah ihn mit gerunzelter Stirn an. »Was ist geschehen? Wo sind Ihre Frau und Ihr Sohn?«, hakte sie nach.

Ihre Stimme klang weich und einfühlsam. Offensichtlich konnte man ihm von der Miene ablesen, dass ihn der Anblick der Aufnahme schmerzte.

»Sie sind fort«, antwortete Clement.

»Fort?«

»Ja.«

»Wohin sind sie denn gegangen?«

Clement senkte den Blick. Dann kramte er hastig den Autoschlüssel aus seiner Hosentasche, deutete auf seinen Wagen und beendete abrupt jede weitere Unterhaltung.

»Wir müssen los, Camille. Es wird schon dunkel. Ich möchte nicht, dass sich deine Mutter sorgt.«

Camilles Augen blitzten kurz auf, doch sie erwiderte nichts. Sie begriff, dass sie nicht weiter in einer Wunde herumstochern durfte, die eindeutig noch nicht verheilt war. Stattdessen folgte sie Clement zu seinem Auto.

Er hatte sich flach auf den Boden gepresst und die beiden von dem höher gelegenen Olivenhain aus beobachtet. Sie hatten das Haus verlassen und der alte Mann war dem Mädchen schwerfällig in den Wald gefolgt. Der Hund hatte gelegentlich gekläfft und das Mädchen war ihm nachgerannt, bis sie endgültig von den Bäumen verschluckt wurden. Dann war auch der Alte seinem Blickfeld entrückt.

Doch er harrte aus. Suchte hin und wieder seine nähere Umgebung mit den Augen ab und schaute, ob er noch allein war oder ob er jemandem auffiel. Aber außer ihm war niemand hier. Seinen Transporter hatte er zuvor zwei Kilometer entfernt auf einem verlassenen Anwesen abgestellt. In einem der Nachbardörfer war ihm zu Ohren gekommen, dass nach ihm gefahndet wurde. Als mutmaßlichen Zeugen. Doch er wollte auf jeden Fall vermeiden aufzufallen. Das könnte seinen ganzen Plan ruinieren. Deswegen musste er von nun an vorsichtiger agieren. Und den richtigen Moment für die Umsetzung seines Vorhabens abpassen.

Aber was war der richtige Moment? Würde er ihn erkennen, wenn es so weit wäre?

Er wusste es nicht – sicher war nur eins: Er hatte Menschenleben zerstört. Und diese Einsicht beherrschte all seine Gedanken und bildete die Grundlage für sein jetziges Handeln.

Im Schutz eines krummen, knorrigen Olivenbaums wartete er geduldig ab, bis der Mann, das Mädchen und der Hund wieder zu sehen waren. Sie kamen zurück, überquerten die Brücke.

Bei diesem Anblick wurde ihm abermals schwer ums Herz. Er verspürte plötzlich eine übermächtige Sehnsucht nach Vergebung und wusste, dass er dieser Sehnsucht nicht länger davonlaufen konnte. Dass sie ihn immer und überallhin verfolgen würde.

4

»Ob ich Oceane Guilline schon einmal begegnet bin, wollen Sie wissen?« Roger Doise verzog skeptisch den Mund.

Balleroy nickte und hob gleichzeitig die Augenbrauen. »Sind Sie ihr begegnet?«

Doise starrte geistesabwesend auf die Bierflasche vor ihm auf dem Tresen, als stünde auf deren Etikett die Antwort, die Balleroy erwartete.

Sie saßen in einer mäßig gefüllten Kneipe an einem der künstlich angelegten Kanäle von Port Grimaud. Der Geruch nach süßlichem Pfeifentabak und Gauloises paarte sich mit dem Mief der modrigen Holzvertäfelung an den Wänden und Decken. Der Kommissar war unangemeldet bei Leroches Buchhalter erschienen. Dessen Frau, eine rothaarige, kräftige Mittvierzigerin, hatte ihm mit gleichgültiger Stimme erläutert, dass man ihren Mann um diese Uhrzeit immer in ein und derselben Bar antreffen konnte. Balleroy könne allerdings auch in ihrem Haus auf ihn warten, hatte sie hinzugefügt und ihn herausfordernd angegrinst, nachdem sie ihn eindringlich gemustert hatte. Roger sei ein Gewohnheitsmensch, und er würde in einer Dreiviertelstunde pünktlich zum Abendessen heimkommen. Balleroy hatte den Gang in die Kneipe der Gesellschaft dieser unsympathischen Frau vorgezogen und sich von ihr den Weg beschreiben lassen.

»Trinken Sie ein Bier mit?«, fragte Doise statt einer Antwort und nahm die Flasche in die Hand.

»Nein, danke. Ich mag keinen Alkohol.«

Doise sah Balleroy ungläubig an. »Ein Polizist, der keinen Alkohol trinkt? Bei diesem Bier sollten Sie eine Ausnahme machen. Es wird nach einem uralten Verfahren in Straßburg gebraut und …«

»Sind Sie Oceane Guilline schon mal begegnet?«, wiederholte Balleroy seine Frage mit Nachdruck.

Doise stöhnte genervt auf. »Ja, sie war hin und wieder in Monsieur Leroches Haus.«

»Wo sie ihre Freundin Camille besucht hat?«

»Ja.«

»Und wie war sie? Wie hat sie sich Ihnen gegenüber verhalten?«

»Wer? Oceane?«

»Über wen reden wir gerade? Also, wie war sie? Freundlich? Zurückhaltend? Neugierig? Altklug? Impertinent?«

»Kann ich nicht beantworten. Ich habe sie doch immer nur flüchtig gesehen. Und eigentlich nur dann, wenn sie draußen im Garten war.« Der Buchhalter rieb sich fahrig über die platte Nase. »Ich weiß nichts über sie. Sie vergeuden hier nur Ihre Zeit, Kommissar.«

»Oceane war hübsch, nicht wahr?«, hakte Balleroy beharrlich nach.

Doise trank die Flasche leer und stellte sie lautstark auf der Theke ab. »Das war sie. Genau wie Camille. Und?«

»Sicherlich hat sie Begehrlichkeiten geweckt«, entfuhr es Balleroy, woraufhin er etwas dichter an den Buchhalter heranrückte.

»Was soll Ihre scharfzüngige Bemerkung, Kommissar?«, fuhr Doise erbost auf. Eine rötliche Farbe zog über seine helle Gesichtshaut. »Oceane war noch ein Kind! Camille ist noch ein Kind! Kinder wecken nur in kranken Hirnen Begehrlichkeiten!«

Balleroy hob beschwichtigend die Hand. »So sehe ich das auch, Monsieur Doise. Und deswegen erwarte ich, dass Sie mir Auskunft geben, wenn ich Ihnen Fragen stelle! Denn niemand möchte, dass dieses kranke Hirn wieder anfängt zu begehren.«

Doise schluckte und glotzte Balleroy mit ausdruckslosen Augen an. Dann nickte er betreten.

Balleroy hatte herausgefunden, dass der Buchhalter früher selbst in Grimaud gelebt hatte. Deswegen erkundigte er sich nun auch bei Doise nach möglichen anrüchigen Geschehnissen in der Vergangenheit des Dorfes, so wie er es im Zuge seiner Ermittlungen schon dutzendfach zuvor und bislang erfolglos getan hatte. Er wollte wissen, ob Doise von irgendwelchen sexuellen Nötigungen erfahren hatte. Von Denunziationen. Von Bezichtigungen, die schlussendlich nicht haltbar gewesen waren.

Doise wurde plötzlich nachdenklich. Seine Augenlider zuckten unruhig. Er vertiefte sich erneut in das Etikett auf seiner Bierflasche und zeichnete mit dem Finger gedankenverloren den Namen der Biersorte nach.

Die Miene des Kommissars erhellte sich, Hoffnung keimte in ihm auf. Er ließ ein paar Sekunden verstreichen.

»Und? Ist Ihnen was eingefallen?«

Doise drehte seinen Kopf und blickte Balleroy ernst an. Er atmete tief durch.

»Tut mir leid, Kommissar. Ich kann Ihnen nicht weiterhelfen.«

Balleroy verschränkte die Arme. Seine Miene drückte eine stille Enttäuschung und Zweifel aus.

Er glaubte dem Buchhalter kein Wort.

5

Hätte Clement im Nachhinein einen Tag benennen müssen, an dem all die nachfolgenden Ereignisse ihren Anfang nahmen, hätte er wahrscheinlich jenen Montag angeführt, an dem er mit Camille nach Nizza fuhr.

Clement ihre Heimatstadt zu zeigen, ihm ihre Freunde vorzustellen, war Camilles Vorschlag gewesen. Sie war seit dem Donnerstagabend wiederholt zu ihm gekommen und hatte mit ihm und dem Hund den Wald durchquert. Wenngleich sie nur wenig miteinander gesprochen hatten, empfand Clement ihre Gegenwart als Bereicherung – und das war für einen Eigenbrötler wie ihn durchaus irritierend. Über den Grund war er sich sehr wohl bewusst. Camille gehörte nicht zu den Dorfbewohnern! Sie warf ihm nicht unentwegt bedauernswerte Blicke zu und stellte ihm keine bohrenden Fragen über Sophie und Romain oder seine Gemütsverfassung. Ihr Verhalten gefiel ihm genauso wie das Gefühl, dass sie die Leere in seinem Leben ein bisschen auszufüllen schien.

Am Sonntag war Camille nicht erschienen. Stattdessen hatte sie angerufen und ihn mit ihrer Idee geradezu überrumpelt. Ihre Mutter habe nichts dagegen, wenn sie gemeinsam nach Nizza fahren würden. Clement war dermaßen überrascht gewesen, dass er tatsächlich eingewilligt hatte, wenn auch nur zaudernd und unter dem Vorbehalt, erst noch mit ihrer Mutter sprechen zu müssen. Einem Mann, der ihrer Tochter in einer Notsituation geholfen habe, würde sie vertrauen, hatte Anne am Telefon bestätigt und hinzugefügt, sie würde ihm den Sprit für die Tour bezahlen, falls er ihrer Tochter den Gefallen tun wolle.

Camilles Vorschlag hatte Clement mehr als nur verblüfft. Schließlich kannten sie sich noch nicht besonders lange. Eigentlich gab es nur eine Erklärung: Camille suchte nach dem

Tod ihrer Freundin einen Halt und glaubte offenbar, dass Clement ihr diesen geben konnte – der Mann, der ihr nach dem Sturz von der Brücke sofort zu Hilfe geeilt war. Dass ihn ihr Wunsch in Bedrängnis bringen könnte, war ihr sicherlich nicht in den Sinn gekommen. Doch zum einen versuchte er schon von jeher, einen Bogen um Großstädte wie Nizza zu machen, die seiner Meinung nach vor allem von Rücksichtslosigkeit und maßlosem Handeln geprägt waren. Zum anderen verunsicherte ihn, dass er plötzlich wieder Verantwortung für einen anderen Menschen tragen sollte, auch wenn diese nur sehr begrenzt war.

Aber irgendwie hatte er das Gefühl gehabt, gar keine andere Wahl zu haben, als Camilles Wunsch zu entsprechen. Und während das Mädchen durch das Telefon hindurch ein Freudengeheul anstimmte, spürte er ein wohliges Kribbeln in seiner Magengegend, das seine Skepsis verscheuchte.

Auf der Fahrt nach Nizza konnte sich Camille kaum bremsen. Sie redete ununterbrochen und Clement, der ob dieser Begeisterung innerlich schmunzeln musste, erfuhr von Jerome, dem ehemaligen Nachbarsjungen, der unsterblich in sie verliebt sei. Von Khadya, ihrer marokkanischen Freundin mit der dunklen Haut, die im Sommer bei jedem Wetter barfuß durch die Straßen ihres Stadtviertels schlenderte. Und von Valery, der liebenswerten, aber chaotischen Flurnachbarin, die Camille betreut hatte, wenn ihre Mutter in Laurents Restaurant arbeiten musste. Zudem erwähnte sie ihren Vater, der eines Tages nicht mehr nach Hause gekommen war. Er habe sie und ihre Mutter im Stich gelassen, als er zurück nach Spanien ging. Camilles Begeisterung stockte, allerdings nur kurz.

Als sie eine Stunde später durch das alte Nizza gingen, registrierte Clement lächelnd die Ungeduld des Mädchens. Sie nahm ihn an der Hand und zog ihn vorbei an Häusern, aus deren Fenstern die Wäsche zum Trocknen hing, über den von Nelken überfluteten Markt auf dem Cours Saleya bis hin in die Rue Droite. Dort wurden sie bereits von Jerome und Khadya erwartet. Die kleine Marokkanerin setzte das breiteste Lächeln auf, das Clement jemals gesehen hatte. Sie hatte eine samtige Haut und ungewöhnlich große Augen. Und sie war barfüßig, wie Camille es vorausgesagt hatte. Im Gegensatz zu der Nordafrikanerin wirkte Jerome schüchtern. Er wagte kaum aufzuschauen, als er Camille erblickte, presste die Lippen fest aufeinander und versteckte seine Hände in den Hosentaschen.

»Da sind sie! Da sind sie ja!«, jubilierte Camille, als sie ihre Freunde entdeckte, und lief los, um die beiden zu umarmen.

Clement folgte ihr und begrüßte Khadya und Jerome, indem er ihnen die Hand reichte. Für die Jugendlichen eine viel zu förmliche Begrüßung, wie ihm im gleichen Augenblick klar wurde. Dennoch erwiderten sie seinen Händedruck.

»Wer ist das?«, fragte Khadya ihre Freundin und deutete mit dem Zeigefinger unverhohlen auf Clement.

Camille stellte sich neben ihn und legte ihm die Hand auf die Schulter. »Ein guter Freund«, erklärte sie ernsthaft.

Clement zuckte verlegen mit den Achseln. »Wenn sie es sagt, ist es wohl so«, meinte er leise.

»Ein recht alter Freund«, fügte Jerome erstaunt hinzu. Er strich sich nachdenklich über seine Haare, die in der Sonne glänzten.

»Das ist wahr! Aber ein Freund ist ein Freund, egal wie alt er ist«, sagte Camille heiter. Im nächsten Atemzug fragte sie: »Gehen wir zu Fenocchio ein Eis essen, ja?« Sie war voller Tatendrang. Ihr Gesicht schien vor Glück zu leuchten.

»Ja, klar«, antwortete Khadya. »Und dann erzählst du uns von deinem neuen Leben. Muss ja irre aufregend sein in einer Villa bei einem so reichen Typen zu wohnen. Valery hat uns davon berichtet.«

Camille stutzte. »Aufregender, als es mir eigentlich lieb ist«, murmelte sie kaum hörbar.

Sie gingen die Rue Droite zurück, wobei die Jugendlichen auf Clements schleppenden Gang Rücksicht nehmen mussten. Die Arthrose machte ihm heute wieder einmal besonders zu schaffen. Sie erreichten *Fenocchios Eiscafé* auf dem Place Rosetti und Clement lud die kleine Gruppe ein. Sie setzten sich auf klapprige Stühle unter einen breiten Sonnenschirm, jeder von ihnen mit einem Hörncheneis in der Hand. Und während sich Khadya und Camille aufgeregt miteinander unterhielten, saß Jerome stumm zwischen ihnen. Clement entgingen nicht die verstohlenen Blicke des Jungen, die immer wieder zu Camille schweiften. Das Mädchen hatte die Wahrheit gesagt. Der Junge war vernarrt in sie.

Clement legte amüsiert die Hände über die Augen und starrte an Jerome vorbei, um die Kathedrale Sainte Réparate im Hintergrund des Platzes zu betrachten. Es erstaunte ihn, dass er die Lebendigkeit um sich herum genoss – hatte er doch geglaubt, dass er dem hektischen Treiben der Großstadt überhaupt nichts abgewinnen könnte.

Sie verbrachten einige unbekümmerte Stunden in Nizza. In der Rue de la Poissonnerie blieben sie vor einem sinnlichen Relief stehen, das Adam und Eva darstellte.

»Das sind Jerome und Camille«, kicherte Khadya. »Jedenfalls hat Jerome das stets behauptet, nachdem du fortgegangen bist, Camille.«

Jerome wurde puterrot und Camille lachte herzlich auf. Clement war sich auf einmal sicher, dass es richtig gewesen war, den Wunsch des Mädchens zu erfüllen und mit ihr hierherzukommen.

Erst als er und Camille am Nachmittag aufbrachen, wurde die Stimmung etwas trüber. Es war, als würde sich ein Schatten auf Camilles Gesicht legen. Auf der Rückfahrt war sie so still wie zuvor Jerome auf dem Place Rosetti. Es war Clement, der das Schweigen schließlich brach.

Camille hatte an diesem Tag sehr viel von sich preisgegeben. Er hatte einen großen Teil ihrer Geschichte kennengelernt. Und obwohl das sonst nicht seinem Naturell entsprach, fand er, dass es nun an ihm war, sich ebenfalls ein Stück weit zu öffnen. Ohne ins Detail zu gehen, erzählte er ihr zunächst von seinem früheren Leben als Dorfpolizist. Dann kam er auf Romain zu sprechen, dessen plötzliches Verschwinden er mit einem fragwürdigen Sinneswandel erklärte. Sein Sohn habe sich von einem falschen Freund auf einen falschen Weg leiten lassen, sagte Clement. Er glaubte nicht, dass Camille ihn verstand, doch das spielte auch keine große Rolle. Sie sollte nur wissen, dass er nicht die Schuld an Romains Verhalten trug. Dann sprach er auch noch von Sophies Krankheit und ihrem Tod.

Camille hörte ihm aufmerksam zu. Dabei sah sie ihn nicht an. Sie saß ruhig neben ihm und stierte durch die verstaubte Windschutzscheibe. Als Clement wieder schwieg, legte sie eine Hand auf seinen Unterarm.

»Es ist nicht gut, allein zu sein«, sagte sie mitfühlend. »Niemand sollte allein sein.«

Clement seufzte. »Manchmal ist es aber besser. Es kommt immer auf die eigene Lage an. Zuweilen ist es ratsam, schwierige Situationen ohne fremde Hilfe zu meistern.«

Kaum hatte er es ausgesprochen, bereute er die Theatralik, die in seiner Antwort mitschwang.

»Nein«, widersprach Camille prompt. »Das ist nur eine faule Ausrede, Monsieur Saver. Ich glaube nicht, dass irgendjemand gerne allein ist. Das nehme ich Ihnen nicht ab.«

»Ich habe nicht gesagt, dass ich gerne allein bin, Camille. Ich wünschte mir jeden Tag, mein Sohn und meine Frau wären bei mir. Doch nach Sophies Tod wollte ich allein sein. Ich konnte niemanden um mich herum ertragen«, versuchte er zu erklären.

»Ihren Sohn hätten Sie ertragen.«

»Aber nur ihn.«

»Mit ihm an Ihrer Seite wären Sie nicht allein gewesen.«

»Aber er war nicht da. Und einen anderen Menschen hätte ich nicht erduldet.«

Jetzt seufzte Camille auf. Sie zog ihre dunklen Augenbrauen zusammen und überlegte. Dann kräuselten sich ihre Mundwinkel zu einem Lächeln.

»Sie haben mir auch schon einmal in einer schwierigen Situation geholfen. Und heute haben Sie mich sogar nach Nizza gefahren. Dafür danke ich Ihnen.«

Clement nickte. »Das habe ich gern gemacht.«

Sie fuhren weiter. Erneut breitete sich Schweigen zwischen ihnen aus, das nach den Eindrücken des Tages etwas Beruhigendes hatte. Aber dann folgte jener Moment, der die friedliche Harmonie binnen Sekunden zunichte machte. Sie passierten das Ortsschild von Grimaud und näherten sich Leroches Villa. Schon von Weitem erkannten sie, dass ein Mann aus dem Haus trat und entschlossen zu den Garagen neben dem Gebäude ging. Es war Nicolas Leroche.

Camille versteifte sich ruckartig. Sie hielt sich mit den Händen an ihrem Sitz fest, presste ihren Rücken gegen die Lehne und streckte die Beine aus, als wollte sie bremsen. Dann fing sie sogar an zu zittern.

»Was ist los mit dir?«, fragte Clement beunruhigt.

»Halten Sie bitte an!«

»Hier? Am Straßenrand?«

»Ja, bitte!«

»Wieso? Was hast du nur?«

»Bitte!«

Clement bremste und stoppte den Wagen. Den Motor ließ er laufen. Er schaute verblüfft zu Camille hinüber.

Ihre Augen waren geweitet. Sie starrte wie besessen nach vorn und beobachtete den Verlobten ihrer Mutter, der zunächst in einer der Garagen verschwand. Dann tauchte er in einem Mercedes wieder auf, den er zielstrebig auf die Straße lenkte, um schließlich in entgegengesetzter Richtung davonzurasen. Er hatte sie nicht bemerkt.

Clement wagte einen erneuten Vorstoß. »Erklär mir, warum du dich so merkwürdig verhältst, Camille!«

In ihre Augen trat ein quälender Schmerz. Sie rang nach Luft.

»Was ist los, Camille?«, fragte Clement hartnäckig.

»Er … tut mir so weh«, stammelte Camille mit bebender Stimme. Und noch bevor Clement den Sinn des Satzes erfassen konnte, riss sie die Tür auf, sprang aus dem Wagen und eilte die Straße entlang nach Hause.

Clement blieb wie vom Donner gerührt sitzen und schaute ihr hilflos hinterher. Selbst wenn er probiert hätte, sie einzuholen, wäre es nur bei einem Versuch geblieben. Camille war viel zu schnell für ihn.

Sie verschwand in der Villa und ihr neuer Freund blieb zurück – verwirrt und mit einem wild schlagenden Herzen.

6

»Er … tut mir so weh«, hatte Camille gesagt.

Das hatte Clement in Aufruhr versetzt. Er war wie in Trance nach Hause gefahren, unfähig, einen klaren Gedanken zu fassen. Auch die Runde mit dem Hund, den er während seiner Abwesenheit im Garten gelassen hatte, beruhigte ihn nicht. Nun setzte er sich mit einem leeren Glas und einer Flasche Wasser in den Schaukelstuhl auf seine Terrasse.

»Er … tut mir so weh.« War das ein Hilferuf? Ein Wink, der Clement galt? Oder nur der leichtfertige Ausruf eines jungen Mädchens, die den neuen Lebensgefährten ihrer Mutter ablehnte?

Was wusste Clement über Nicolas Leroche? Nicht sonderlich viel, musste er sich eingestehen. Nur dass der Unternehmer vor vielen Jahren als Fremder in Grimaud aufgetaucht war und die alte Villa am Ortsrand hatte restaurieren lassen, bevor er selbst in das prachtvolle Domizil einzog. Dass er als erfolgreicher Firmeninhaber rasch das Ansehen der Gemeinde und des Bürgermeisters erworben hatte. Und dass hinter vorgehaltener Hand getuschelt wurde, dass er ein abgebrühter Geschäftsmann sei, der seine Aufträge nicht immer auf legale Weise erhielt. Einige der älteren Dorfbewohner behaupteten sogar, Leroche wäre in der Lage, den Teufel persönlich zu korrumpieren, wenn er diesen für seine Zwecke benötigte. Wie Clement ihn vom Hörensagen einschätzte, würde der Unternehmer eine solche Aussage als Kompliment auffassen. Ein gewiefter Kerl war er auf alle Fälle, dieser Nicolas Leroche.

Clement rieb sich versonnen über die Lippen, dann füllte er das Glas mit Wasser. Wie viele ältere Menschen trank auch er tagsüber nicht ausreichend, weil er keinen Durst mehr verspürte. Deswegen hatte er es sich zur Angewohnheit gemacht, jeden Abend eine Flasche Wasser zu leeren.

Sophie hatte es ihm vorgelebt. Bis ihre Krankheit diagnostiziert worden war, hatte sie mit zunehmendem Alter darauf geachtet, immer genug zu trinken, auch wenn die Konsequenz aus störenden nächtlichen Toilettengängen bestanden hatte. Ihre Furcht vor einer möglichen Dehydrierung, gerade in den heißen Sommermonaten, hatte sie dazu bewegt. Sie hatte schon seit Langem mit Kreislaufschwierigkeiten zu kämpfen und stets Angst davor gehabt, irgendwann einmal einen großen Teil ihrer Leistungsfähigkeit einzubüßen. Als wäre sie von einer bösen Vorahnung erfüllt gewesen.

Sophie …

Sie fehlte ihm! Gerade in Augenblicken wie diesen hätte er ihren Rat gebraucht. Was würde sie an seiner Stelle tun?

Er grübelte darüber nach und erhielt doch keine Antwort.

Ob er mit Hugo sprechen sollte? Sicherlich war es eine Option, die er in Erwägung ziehen musste. Aber je intensiver Clement darüber nachdachte, desto größer wurden seine Zweifel. Was sollte ihm sein Freund schon großartig entgegnen? Dass er das Mädchen im Auge behalten sollte? Dass er auf sie aufpassen und herausfinden musste, was es mit ihrer Aussage auf sich hatte?

Er kannte Hugo gut genug, um zu wissen, dass er ihm nichts anderes empfehlen würde. Also verwarf Clement diese Überlegung wieder und kehrte gedanklich zu Sophie zurück. Und damit auch unweigerlich zu ihrer Krankheit.

Dr. Garnier hatte bei der folgenden Unterhaltung krampfhaft vermieden, das eine spezielle und unheilvolle Wort auszusprechen, welches in Clements Kopf herumgespukt war, seitdem die Untersuchungen begonnen hatten. Krebs.

Der Arzt saß hinter seinem Schreibtisch und verschränkte die Hände ineinander, während er Clement und Sophie besorgt anstarrte. Nachdem er das Behandlungszimmer betreten und sie gebeten hatte, auf den Plastikstühlen vor seinem Schreibtisch Platz zu nehmen, hatte er seinen weißen Kittel an einem Haken neben der Tür aufgehängt. Es war nicht mehr als eine Geste gewesen, die helfen sollte, ein Stück dieser Distanz abzubauen, die unweigerlich zwischen einem Arzt und seinem Patienten bestand.

Er beugte sich nach vorn und wandte sich an Sophie, die aufrecht und vollkommen ruhig dasaß. Clement hingegen war nervös. Er tippte mit den Fingerkuppen auf seinem Oberschenkel herum und hatte das Gefühl, keine Luft mehr zu bekommen. Es war ziemlich stickig in dem Raum und die Fenster waren geschlossen. Ihm war heiß.

»Sie wollen, dass Ihr Mann dabei ist, wenn ich Sie über das Ergebnis informiere?«, fragte der Arzt mit fester Stimme.

»Ja, Dr. Garnier. Mein Mann und ich haben keine Geheimnisse voreinander. Im Gegenteil. Wir sind jetzt schon seit über vierzig Jahren verheiratet und wissen, dass die Nähe des anderen ein unschätzbares Gut ist. Das gilt auch für die schweren Momente im Leben. Vielleicht gilt es sogar besonders für diese Momente.« Sophie lächelte wissend und ihre strahlenden Augen schienen trotz der beklemmenden Situation nichts von ihrer Lebensfreude und Kraft verloren zu haben.

Wie gefasst sie doch ist, dachte Clement und betrachtete seine Frau mit einer Mischung aus Besorgnis und Stolz. Die Art, wie sie ihr Kinn emporstreckte und sich die braun gefärbten, schulterlangen Haare hinter die Ohren strich, ließ ihn erkennen, dass sie Garnier mit größtmöglicher Aufmerksamkeit lauschte.

»Wie lange ist Ihre Brusthaut denn schon gerötet? Und seit wann verspüren Sie bereits diese Wärmeausstrahlung in Ihrem Oberkörper?«, wollte der Arzt wissen.

Sophie zuckte mit den Schultern. »Seit ein paar Wochen. Ich kann es Ihnen nicht genau sagen. Ich hätte früher zu Ihnen kommen sollen, habe ich recht?«

Dr. Garnier nickte schwerfällig. »Sie haben recht, ja. Ich habe leider keine guten Nachrichten für Sie, Madame. Die Biopsie hat die verdächtigen Auffälligkeiten der Mammografie bestätigt und kein gutes Ergebnis geliefert«, sagte er in einem fast schon verschwörerischen Tonfall.

Clement spürte einen fetten Klumpen in seinem Hals. »Kein gutes Ergebnis?«, krächzte er heiser.

Sophie legte ihm ihre rechte Hand auf den Arm, als wollte sie ihn beruhigen. Ihr Gesichtsausdruck blieb unverändert.

Ohne den Blick von Sophie zu wenden, sagte der Arzt: »Ihre linke Brust ist von einem Mammakarzinom befallen. Das ist ein bösartiger Tumor, der von den Oberflächenzellen der Drüsenläppchen ausgeht. In Ihrem Fall dehnt sich das Geschwulst durch eine erhöhte Zellteilung äußerst schnell aus. Natürlich müssen wir noch einige Analysen durchführen, um die weitere Vorgehensweise festzulegen. Aber ich möchte Ihnen nichts vormachen: Es sieht nicht gut aus.«

Clement sah den Arzt voller Entsetzen an. Die Ahnung, die er seit Beginn der ärztlichen Untersuchungen mit sich herumgeschleppt hatte, bestätigte sich nun und schlug ihm wie mit einer Eisenfaust in die Magengrube. Ein dichter Schleier schien ihn zu umhüllen.

»Was ... bedeutet das?«, fragte er stockend.

»Brustkrebs in einem fortgeschrittenen oder zumindest bedenklichen Stadium«, kam Sophie dem Arzt zuvor.

Betretenes Schweigen breitete sich aus. Sekunden, die sich wie Minuten dahinschleppten. Clement wartete darauf, dass der Arzt begann, die guten Heilungschancen zu erläutern und von den Therapiemöglichkeiten zu sprechen, die infrage kämen. Dass er ihnen Mut zusprechen und versuchen würde, den Schrecken zu mildern. Doch nichts dergleichen geschah.

»Wie gesagt, es sind noch weitere Untersuchungen notwendig. Zunächst müssen wir vor allem in Erfahrung bringen, ob der Tumor bereits Tochtergeschwulste gebildet hat. Erst danach besprechen wir, mit welchen Behandlungsmethoden wir fortfahren werden«, sagte Dr. Garnier bemüht sachlich.

Einen Herzschlag lang schweifte sein Blick von Sophie zu Clement hinüber – und in dieser einen Sekunde begriff Clement. Er erkannte die Wahrheit in Garniers starren Pupillen, in dem einen Wimpernschlag, mit dem der Arzt ihn anblitzte und ihm die entsetzliche Gewissheit übermittelte, dass Sophie schon bald sterben würde. Die Zeiger ihrer Lebensuhr würden sich nicht mehr oft um ihr Ziffernblatt drehen.

Es war eine quälende Autofahrt von Garniers Praxis nach Hause. Clements Hände krampften sich um das Lenkrad. Wenn er zu sprechen versuchte, füllten sich seine Augen mit Tränen, die über seine Wangen liefen und wie kleine Glutstücke auf seiner Gesichtshaut brannten.

Und Sophie? Sie war wieder einmal die Stärkere von ihnen, wie schon so oft zuvor. Ihre schlanken Finger ruhten liebevoll auf seinem Nacken, als wäre er der Todgeweihte, der Aufmunterung und Zuspruch benötigte. Er hätte alles dafür gegeben, die Rollen zu tauschen. Einfach alles.

Wenn doch nur Romain da gewesen wäre! Wenn er zurückgekehrt und ihnen durch seine Anwesenheit Kraft gegeben hätte!

Aber er kam nicht zurück. Und die Ergebnisse der anschließenden Untersuchungen waren niederschmetternd. Es hatten sich schon Metastasen in Sophies Knochenmark und der Lunge gebildet. Aufgrund des fortgeschrittenen Stadiums empfahlen die Ärzte, von einem operativen Eingriff und einer Brustamputation abzusehen. Sophie willigte ein. Neben einer Bestrahlung der Herde beschränkte sich die Behandlung der Mediziner auf beschwerdelindernde Verfahren – so bezeichneten sie die medikamentöse Schmerztheraphie. Sophie hatte den Kampf gegen ihre Krankheit bereits verloren, bevor sie ihn überhaupt hatte aufnehmen können. Was folgte, war eine Zeit des Leides und der Verzweiflung, die insbesondere Clement heimsuchte. Er meinte, spüren zu können, wie seine Seele Stück für Stück zerbarst.

Drei Monate später, an einem lauen Frühlingsabend, starb Sophie. Nicht in einem kühlen Krankenhauszimmer, sondern in ihrem Haus, in ihrem Schlafraum. Als sich ihr Tod abzeichnete, brachte Clement sie aus der Klinik nach Hause. Das war alles, was er noch für sie tun konnte.

Den Tag über lag Sophie bei offenem Fenster im Bett. Sie befand sich entweder in einem durch die hohe Dosis Morphin verursachten schmerzfreien Dämmerzustand oder rutschte in einen tiefen Schlaf. Clement verbrachte etliche Stunden auf einem Schemel sitzend vor ihrem Bett. Ab und zu wischte er die Schweißtropfen von ihrer Stirn und ihrem haarlosen Schädel oder drückte die mit Wasser gefüllte Schnabeltasse zwischen ihre spröden, aufgeplatzten Lippen. Er konnte regelrecht zusehen, wie das Leben aus ihr wich. Hin und wieder halluzinierte sie, und trotz ihrer schwachen Stimme hörte Clement, dass sie seinen Namen und den ihres Sohnes murmelte. Gegen sechs Uhr am Abend schlug sie ruckartig die Augen auf, die trotz der Trübe aus ihrem weißen Gesicht hervorstachen.

»Es tut mir leid«, flüsterte sie.

Leise und melodisch, ein zarter Wohlklang in Clements Ohren. Aber statt diesen einen kostbaren Augenblick aufzusaugen, in dem Sophie seine Gegenwart noch einmal bewusst wahrnahm, stand er auf, um sich vor das Fenster zu stellen. Seine Frau sollte nicht sehen, dass er anfing zu weinen. Wie er jede Nacht mit dem sicheren Wissen weinte, dass sie ihn schon bald verlassen würde.

Und während er dort am Fenster stand und sich darum bemühte, seiner Tränen Herr zu werden, schlief Sophie wieder ein. Dieses Mal für immer.

7

Die Nacht verwandelte einen Teil der Straßenzüge zwischen dem Cours Julien und dem Place Jean Jaurès in Marseille in einen gottlosen Sündenpfuhl. Das Viertel, das tagsüber von vielen bunt angemalten Häusern und einladenden Cafés geprägt war, wurde in der Dunkelheit zu einem Hort für Obszönitäten und Käuflichkeiten. In versteckten Gassen und Hinterhöfen wechselten sich Bars und Laufhäuser miteinander ab, die am Tage keinerlei Beachtung fanden. Dazwischen stand ein heruntergekommenes Gebäude in viktorianischem Stil, aus dessen Fenstern schummrig-rotes Licht auf den grauen Asphaltboden fiel. Im Erdgeschoss trennten nur einfach verglaste Scheiben die halb nackten Huren von den ausschließlich männlichen Gaffern. Angelockt von billigem Sex und dem Drang, ein verruchtes Erlebnis mit nach Hause zu nehmen, waren es nicht wenige, die das Haus schließlich betraten.

Als der Mann aus Grimaud an den Glaskäfigen der Frauen vorbeischritt, um in diese vulgäre Welt einzutauchen, wehten Stimmengewirr, heisere Rufe und verächtliches Lachen zu ihm herüber. Aus den Augenwinkeln heraus nahm er die erhitzten Gesichter der Voyeure wahr. Ihre gebannten Blicke, ihre Erregtheit und ihre animalische Kopflosigkeit in Anbetracht dessen, was sie hinter den Fensterscheiben erwartete. Doch der Mann empfand keine Verachtung für die Gaffer – er wusste, dass er schlimmer war als sie alle zusammen.

Er ging bis zur Rückseite des Hauses. Hier tummelten sich keine Dirnen hinter Fensterscheiben, deswegen wurde dieser Bereich des Gebäudes von den Massen vernachlässigt. Vor einem verschlossenen Hintereingang blieb der Mann stehen. Er sah über seine Schulter hinweg. Außer einer Gruppe grölender Jugendlicher war niemand zu sehen. Der Mann wandte sich den Namensschildern neben den in der

Wand eingefassten Briefkästen zu. *Grazyna L.* prangte ganz oben in dunkelroter Schrift. Mit dem Wissen um die eigene Armseligkeit drückte er auf den Klingelknopf. Ein Surren ertönte. Er betrat einen dunklen Treppenaufgang, der in die obersten Stockwerke führte. Doch zunächst hielt er inne und lauschte. Von draußen drangen gedämpfte Laute zu ihm, eine Etage über ihm sprintete jemand über den Flur, irgendwo in der Nähe lachte eine Frau hinter einer Tür. Dann vernahm er ein dumpfes Stöhnen und einen unterdrückten Lustschrei. Er zögerte nicht länger, sondern ging los, die Treppe hinauf in den dritten Stock. Dort blieb er vor einer grün lackierten Eingangstür stehen und klopfte an.

Es dauerte nicht lange und Grazyna öffnete ihm.

»Du bist pünktlich«, sagte sie zur Begrüßung mit diesem unüberhörbaren polnischen Akzent.

»Das bist du doch von mir gewohnt«, antwortete er, während er sie musterte.

Sie hatte sich zurechtgemacht, so wie er es von ihr verlangte. Ihr blondiertes Haar hatte sie zu zwei Zöpfen zusammengebunden, die über ihren Ohren herabhingen. Sie trug einen kurzen, karierten Rock und eine durchsichtige Bluse, durch die sich ihre kleinen Brüste abzeichneten. Ihre Wangen und ihr Nasenrücken waren mit Sommersprossen übersät, die sie fein säuberlich mit einem braunen Kajal aufgemalt hatte, um unschuldiger auszusehen.

Zufrieden trat er ein, drückte die Tür hinter sich ins Schloss und folgte der Hure mit entschlossenem Schritt. Sie passierten ein Badezimmer, eine kleine, unaufgeräumte Küche und begaben sich in ein abgedunkeltes Schlafzimmer. Nur eine kleine Stehlampe und die spärlichen Lichtstreifen, die von außen durch die Jalousien drangen, spendeten etwas Helligkeit. Außer einem Spiegelschrank und einem abgenutzten Doppelbett gab es keine Möbel in dem Raum. Ein Schwall warmer, abgestandener Luft strömte ihm entgegen. Zudem stieg ihm ein leichter Geruch nach Schweiß und Alkohol in die Nase.

»Du hättest ruhig noch einmal lüften können«, meinte er vorwurfsvoll.

Dann beobachtete er, wie sich Grazyna auf die Bettkante setzte. Zumindest hatte sie ein frisches Laken über die Matratze gezogen und die übrige Bettwäsche in einer Truhe unter dem Fenster verschwinden lassen. Eine weitere Bedingung von ihm. Er mochte sich nicht im Schmutz anderer Freier wälzen. Dafür bezahlte er sie auch entsprechend gut.

»Soll ich das Fenster öffnen?«, fragte sie und machte bereits Anstalten, noch einmal aufzustehen.

»Nein, ich möchte nicht, dass uns jemand hört«, sagte er bestimmt und setzte sich neben sie.

Grazyna schlug die Beine übereinander und legte den Kopf in den Nacken. »Hast du Lust auf ein Rollenspiel? Soll ich wieder das unartige Kind sein?«

»Heute nicht«, verneinte er. Er war nicht in der Stimmung für ein derartiges Spiel. Er wollte nur diesen immensen Druck loswerden, der sich in den letzten Tagen in ihm aufgestaut hatte. Er musste ihn loswerden, unbedingt!

Wortlos knöpfte er ihre Bluse auf, streichelte mit seinen zittrigen Fingern über ihre nackten, festen Brüste mit den rosa Knospen. Dann ließ er seine Hände über ihre gebrechlich wirkenden Hüften gleiten. Ihr hagerer Körperbau entsprach genau seinen Vorlieben. Deswegen hatte er sie vor einiger Zeit ausgewählt.

Grazyna keuchte leise. Aber er wusste, dass es nur gespielt war.

»Wie willst du mich heute ficken? Von hinten?« Sie öffnete ihre dünnen Lippen und ihre zu weit vorstehenden Zähne blitzten hervor.

»Ja, von hinten. Dreh dich um!«

Seine Stimme war belegt. Er schaute zu, wie die Hure seinem Wunsch folgte. Sie stützte sich mit den Unterarmen, den Knien und den Füßen ab und erwartete ihn dann in dieser schamlosen Position.

Was für ein verkommenes Dreckstück!

Hastig richtete er sich auf, öffnete seinen breiten Ledergürtel und zog seine Hose nach unten, bis sie um seine Unterschenkel baumelte. Dann ließ er den Gürtel achtlos fallen und wandte sich Grazyna zu. Er hob ihren Rock an, riss ihr den Slip entzwei und drang grob in sie ein. Nun stieß er zu, hektisch und brutal. Seine Augen tasteten über ihre gescheitelten Haare und die stramm geflochtenen Zöpfe, begutachteten ihren knochigen Rücken, über dem die zu eng anliegende Bluse fast zerriss.

Grazyna wirkte nur auf den ersten Blick jung, weil ihr Körper schlichtweg unterentwickelt war. Dabei hatte sie die dreißig schon längst überschritten. Als sie ihren Kopf zu ihm drehte und ihn anstarrte, wurde ihm ihr Alter wieder einmal bewusst. Ihr Gesicht war bereits ziemlich verbraucht und von den Spuren ihres lasterhaften Daseins gebrandmarkt. Er bemerkte die Schweißtropfen, die ihre von feinen Falten durchzogene Stirn säumten. Ein paar ihrer aufgemalten Sommersprossen begannen bereits zu zerlaufen.

»Ist es gut so?«, fragte sie und bemühte sich darum, lüstern zu klingen.

Er nickte. Aber in Wahrheit war es nicht gut. Er schloss die Augen und dachte an Oceane. An den Genuss, den er bei ihr empfunden hatte. Doch dann verschwand ihr schemenhaftes Antlitz schlagartig und machte unerwartet einem anderen Bild Platz – dem Gesicht ihrer Freundin. Es gab viele hübsche Mädchen in Grimaud, doch keins hatte ein solch engelschönes Gesicht wie Camille Jeunet. Er verspürte eine quälende Spannung, die ihn verängstigte. Ein ungestümes Verlangen erfasste mit aller Macht jede einzelne Pore seines Körpers. Unwillkürlich stöhnte er auf, erstarrte in der Bewegung und öffnete erneut die Augen. Diesmal betrachtete er Grazynas Körper mit offenkundiger Abscheu, diesen von vielen Männerhänden berührten Leib, der sich nur mechanisch und leidenschaftslos vor ihm bewegte. Der Mann spürte, wie ihn eine unbändige Wut durchdrang. Weil er für diesen Betrug auch noch bezahlte.

»Was ist los?«, fragte Grazyna grinsend. »Bist du etwa schon fertig?«

Ihm entging der hämische Unterton in ihrer Stimme nicht. Der Hohn und die Verachtung, die ihn entwürdigten. Er spürte, dass seine angestauten Emotionen versuchten, aus ihm herauszubrechen. Er fühlte sich unbefriedigt, gedemütigt und zornig.

»Du hast mir den Slip zerrissen, das kostet extra«, sagte Grazyna provokant und richtete sich auf, um sich den Rock zurechtzuziehen.

Der Lichtkegel traf ihr Gesicht. Wie hässlich sie doch war! Wie verlebt und abstoßend!

Sie hatte nicht das Recht, ihn zu belächeln. Sie war nur eine billige Hure, die ihren Körper gegen Bezahlung zur Verfügung stellte und ihm offensichtlich keine Befriedigung mehr verschaffen konnte.

In diesem Augenblick überrollte ihn ein gnadenloser Hass. Er zog instinktiv seinen Gürtel aus der Hose, schwang ihn, ohne über die Folgen nachzudenken, in die Luft und peitschte ihn voller Wucht gegen Grazynas Oberkörper.

Die Hure erstarrte in ihrer Bewegung. Sie öffnete den Mund, aber vor Schmerz und Entsetzen kam ihr kein Ton über die Lippen. Die Gewalt des nächsten Schlages, der gegen ihr Ohr schmetterte, war noch um ein Vielfaches größer. Grazyna fiel zur Seite, krümmte sich gequält auf der Matratze zusammen und hielt die Hände schützend vor ihr Gesicht.

Doch der Mann war wie enthemmt und ignorierte ihr Heulen und Flehen, er möge aufhören und von ihr lassen. Purpurne Streifen zeichneten bereits ein bizarres Muster auf ihre Haut, aus einer Platzwunde unterhalb ihres Haaransatzes strömte Blut über ihre Stirn und verklebte ihre Augen. Dann fing Grazyna an zu schreien, als würde sie erst jetzt begreifen, in welcher Gefahr sie schwebte. Der Mann jedoch erstickte ihre gellenden Laute, indem er mit Fäusten auf sie einschlug und ihr den Unterkiefer brach wie ein Stück trockenes Holz.

Plötzlich stieg Panik in ihm auf. Er war zu weit gegangen. Viel zu weit. Und deswegen durfte Grazyna nicht überleben.

Er wusste, dass er es zu einem Ende bringen musste.

Dass sie um ihr Leben bangen musste, erkannte Grazyna erst, nachdem sie bereits eine Vielzahl von Schlägen eingesteckt hatte. Ebenso begriff sie, dass nun genau jene Situation eingetreten war, vor der sie sich gefürchtet hatte, seit der erste Freier über ihre Türschwelle getreten war. Obwohl sie inzwischen den Großteil ihrer Kundschaft kannte, die hauptsächlich aus gelangweilten Ehemännern und alleinstehenden Burschen mit Spaß an unkompliziertem Sex bestand, hatte Grazyna diese Furcht nie ganz abgelegt. Die Panik, irgendwann einmal an den Falschen zu geraten, einem Perversen in die Hände zu fallen. Wenn man als Prostituierte arbeitete, ging man dieses Risiko zwangsläufig ein, davor konnten einen auch die Luden nicht bewahren. Es waren vor allem die Kunden, die speziellere Wünsche hatten, denen Grazyna mit Respekt entgegentrat. Doch das Geld lockte und deshalb ließ sie sich auf einige Praktiken ein, die ihr selbst abstrus erschienen. Dazu gehörten Fesselungen und eigentümliche Rollenspiele, wie sie der Mann aus Grimaud so oft von ihr forderte.

Der Mann, der ihr in diesem Moment nicht nur höllische Qualen mit seinem Gürtel zufügte, sondern ihr mit seiner Raserei auch eine unbeschreibliche Angst einjagte.

Er wird erst aufhören, wenn ich tot bin!, dachte sie urplötzlich mit einer erschreckenden Klarheit.

Blut lief in ihre Augen und Grazyna sah ihren Peiniger nur noch wie durch ein feinmaschiges, rotes Netz. Schließlich hörte sie auf, ihn anzubetteln, sie in Ruhe zu lassen, und machte das ihrer Meinung nach einzig Richtige: Sie schrie los. Weitere Hiebe folgten, diesmal benutzte er seine Fäuste. Ihr Schreien verstummte, als mit einem dumpfen Knacken ihr Kiefer brach. Sie spürte den Schmerz und stand kurz davor, das Bewusstsein zu verlieren.

Wenn ich jetzt ohnmächtig werde, ist es endgültig aus.

»Bitte, nicht ...«, versuchte sie den Mann ein weiteres Mal zu beschwören. Es hörte sich an, als hätte sie den Mund voll.

Doch es war sinnlos. Der Kerl reagiert überhaupt nicht auf sie.

»Du schmutzige Hure!«, zischte er ihr stattdessen entgegen wie eine Schlange.

Er wird mein Gesicht zertrümmern und nicht eher Ruhe geben, bis ich aufhöre zu atmen. Und ich kann nichts dagegen tun. Oder doch?

All ihrer Hoffnungslosigkeit zum Trotz bemühte sich Grazyna, dem Drang zu widerstehen, sich wehrlos einem Schicksal zu fügen, das ihr dieses perverse Schwein aufzwängte. Sie konnte stark sein, das wusste sie! Ihre Verzweiflung setzte ungeahnte Kräfte in ihr frei. Grazyna bäumte sich auf und schlug in Richtung ihres Peinigers. Mit ihrem Handballen traf sie die Schläfe des Mannes, der überrascht zurückzuckte. Sie setzte nach, zog unter ungeheurer Anstrengung das rechte Bein an und trat ihrem Widersacher in den Unterleib. Der Mann kippte zur Seite und prallte hart auf den Boden, wo er nach Luft ringend liegen blieb.

Jetzt versuchte Grazyna aufzustehen, aber die stechenden Schmerzen in ihrem Oberkörper und Kopf ließen es nicht zu. Ihr wurde schwindlig und sie sackte sofort wieder zurück auf die Matratze. Doch noch funktionierte ihr Überlebensmechanismus, der sie dazu zwang, aus dem Bett zu kriechen, an dem Mann vorbei, der sich keuchend am Boden wand. Wie ein verletztes Tier schleppte sich Grazyna auf allen vieren voran in Richtung Flur. Sie ignorierte die schmierige Blutspur, die sie hinterließ. Wollte nur noch hier raus und die Eingangstür erreichen.

Sie kam nur mühsam voran. Doch sie kämpfte und hoffte. Jeder Zentimeter machte ihr Mut.

Bis sie die unheimliche Stille registrierte.

Der Mann gab keine Geräusche mehr von sich.

Warum keucht er nicht mehr? Wieso hat er damit aufgehört?

Eine unglaubliche Hysterie durchströmte sie. Es waren doch nur noch wenige Meter bis zur rettenden Tür!

Nicht nach hinten sehen. Ich muss nach vorn blicken, nur nach vorn! Vielleicht ist das Schwein ja mittlerweile bewusstlos. Bestimmt ist er bewusstlos. Ich habe ihn hart getroffen, sehr hart …

Trotz aller Vorsätze hielt es Grazyna nicht mehr aus. Sie musste nachsehen und sich Gewissheit verschaffen. Gerade als sie über ihre Schulter schaute, spürte sie, wie sich der lederne Gürtel um ihren Hals legte.

Grazynas letzter Blick streifte die Heilige Jungfrau von Orléans, die mit einem Schwert in der Hand auf einem Pferd saß und voller Stolz zu ihr herabsah.

Teil IV

Bittere Gerüche, erfüllt von Angst und Leid

1

Mitternacht war längst vorüber. Doch in dem kleinen Schuppen hinter dem frei stehenden Einfamilienhaus in der Rue des Hoirs brannte noch Licht. Philippe Nuret saß in seiner Werkstatt hinter seiner Hobelbank und blickte mit müden Augen und einer gewaltigen Portion Verdruss auf den geschnitzten Steinadler in seinen Händen. Dessen Unvollkommenheit würde sich erst in den nächsten Stunden verflüchtigen, wenn der Polizist mit dem Schnitzeisen sämtliche Feinheiten der aus Lindenholz bestehenden Figur herausgearbeitet hätte. Vor über einem Jahrzehnt, als ihm das Schnitzerhandwerk nach seiner täglichen Dienstzeit beigebracht worden war, hatte er daran gezweifelt, dass seine Anfertigungen jemals an die perfekten Unikate seines Schnitzmeisters heranreichen könnten. Dennoch hatte er Freude an dieser Beschäftigung gefunden und mit Begeisterung wahrgenommen, wie er zusehends geschickter wurde. Für ihn war das Arbeiten mit Holz eine willkommene Abwechslung zu seinem eintönigen Job in einem Kaff, aus dem er seit seiner Geburt kaum herausgekommen war, und einem Familienleben, das ihn gelegentlich überforderte. Er liebte seine Frau und seine Tochter. Aber manchmal hatte er das Gefühl, dass ihm ihre stete Gesellschaft am Abend und am Wochenende sowie der durchorganisierte Alltag nicht nur die Eigenständigkeit, sondern auch einen großen Teil seiner Freiheit raubten. Nur allzu gern zog er sich zurück und verkroch sich in seiner Werkstatt, wenn ihn der Wunsch nach Ruhe oder Kurzweil übermannte. Seine Frau nannte seine Zufluchtsstätte eine Höhle, in der er sich viel zu oft vor seiner Familie und seiner Verantwortung verstecken würde. Damit hatte sie sicherlich recht. Aber er würde seine Höhle niemals aufgeben. Hier konnte er seiner Fantasie freien Lauf lassen und seine Kreativität ausleben.

Er war ein aufmerksamer Schüler gewesen. Sein Schnitzmeister hatte ihn gelehrt, wie und wofür er die unterschiedlichen Werkzeuge einsetzen musste. Mit den Raspeln konnte er flache raue Teile entfernen, während er für die Formengebung Messer mit unterschiedlichen Klingen verwenden musste. Und um Oberflächen zu glätten, benutzte er Feilen und Schabeisen. Mit Genugtuung hatte Nuret schon bald festgestellt, welch außerordentliche Gebilde er erschaffen konnte. Vor fünf Jahren, als ihn seine Tochter Isabelle fragte, ob er für die kommende Weihnachtszeit eine Krippe für ihre Schule anfertigen könnte, war ihm sein persönliches Meisterwerk gelungen. Zunächst hatte er gezögert, da er wusste, wie viel Arbeit und Zeit ihn ein solches Projekt kosten würden. Doch dann hatte er Isabelles Drängen nachgegeben. Er war über Monate hinweg mit nichts anderem beschäftigt und registrierte mit Freude, wie seine zauberhaften kniehohen Figuren und der beleuchtbare Stall großes Interesse im Dorf erregten. An Heiligabend war die Krippe schließlich in der Kirche aufgestellt worden. Daraufhin wurde Christophe Cercès, der geschäftstüchtige Besitzer eines Souvenirladens im Herzen von Grimaud, auf ihn aufmerksam. Er sprach Nuret an und fragte, ob er ihm nicht ein paar seiner handgefertigten Erzeugnisse verkaufen wolle. Nuret erklärte sich einverstanden und seitdem fertigte er dem Händler regelmäßig Einzelstücke gegen ein kleines Handgeld an. Erst am vergangenen Freitag hatte Cercès ihm eine besonders gelungene Madonna abgekauft, die Nuret mit zarten Ölfarben veredelt hatte. Auch den Steinadler würde er noch mit verschiedenen Farbtönen lasieren müssen – allerdings nicht mehr in dieser Nacht.

Nuret seufzte und legte den Kopf in den Nacken. Die Müdigkeit setzte ihm erheblich zu, doch er wusste genau, dass er nur schwer einschlafen könnte, wenn er sich jetzt zu seiner Frau ins Bett legen würde. Wie seit genau sechzehn Nächten. Die Ermittlungen mit Balleroy machten ihm zu schaffen, aber das war es nicht allein. Auch die bohrenden

Fragen der Dorfbewohner, die ihre Kinder nur noch ungern allein auf die Straßen ließen, quälten ihn. Den Kommissar behelligten sie nicht, dafür waren sie zu scheu. Nein, sie fragten ihn, den Dorfpolizisten, nach dem Stand der Untersuchungen. Er spürte ihre wachsende Beunruhigung, ihre unausgesprochenen Vorwürfe, die seine eigene Besorgnis verstärkten. Er litt unter Schwierigkeiten beim Einschlafen und wurde nachts ständig wach. Diese Insomnie schwächte ihn und deswegen verschwand er inzwischen jede Nacht in seinem Schuppen. Hier, zwischen all den halb fertigen Heiligenfiguren, Tieren, Reliefs und Symbolen aus Holz, versuchte er, seine Erschöpfung auszublenden und die drückenden Gedanken zu verbannen.

Es gelang ihm nur teilweise.

2

Balleroy fuhr auf der menschenleeren Landstraße durch die Nacht. Die Dunkelheit um ihn herum wich lediglich den Scheinwerfern seines Renaults. Im Radio wurde *Que Je T'Aime*, ein altes Stück von Johnny Hallyday, gespielt. Balleroy summte leise mit. Nicht, weil ihm das Lied gefiel, sondern um die Müdigkeit zu bekämpfen. Er war mindestens genauso gerädert wie einige Kilometer entfernt von ihm Philippe Nuret. Aber davon ahnte der Kommissar nichts. Balleroy grübelte über den Dorfpolizisten nach, den er nicht richtig einschätzen konnte. Nuret wirkte auf den ersten Blick etwas schlicht und unbeholfen. Doch zuweilen hatte Balleroy den Eindruck, dass Nuret ihm gegenüber zwar den Einfältigen mimte, in Wahrheit jedoch ohne jede Mühe in der Lage war, die Gedankengänge des Kommissars nachzuvollziehen. Auffällig war außerdem Nurets blinder Gehorsam gegenüber Höhergestellten, ohne die entsprechenden Anweisungen je infrage zu stellen, geschweige denn, sie zu kritisieren. Andererseits konnte sich der Kommissar nicht des Eindrucks erwehren, dass sich hinter dem blassen Gesicht und den starren Zügen des Polizisten durchaus ein scharfer Verstand verbarg. Eins war jedoch klar: Nuret half Balleroy, zahlreiche Zusammenhänge in Grimaud besser zu verstehen. Angefangen von der Verbindung des Bürgermeisters zu dem einflussreichsten Mann im Dorf, zu Nicolas Leroche, bis hin zu den Personen, die auf unterschiedlichste Weise mit Oceane Guilline zu tun gehabt hatten und dadurch auch untereinander in Berührung gekommen waren. Im Gegenzug weihte der Kommissar Nuret in manche Ergebnisse seiner Nachforschungen ein, ohne sein Wissen jedoch völlig vor ihm auszubreiten. Gewisse Resultate und Schlüsse behielt Balleroy lieber für sich. Er war ein Einzelgänger und würde es auch allezeit bleiben.

Der Kommissar drehte das Radio lauter. Auf der Autobahn nach Marseille drückte er das Gaspedal durch und rauschte an Leitplanken und Hinweisschildern vorbei. Er ignorierte sämtliche Geschwindigkeitsbegrenzungen, denn er wollte die Sache möglichst schnell hinter sich bringen. Die Kollegen aus Marseille hatten die Leiche einer polnischen Dirne gefunden. Nichts Außergewöhnliches für eine Stadt, in der Gewalt und Prostitution auf der Tagesordnung standen. Aber die Frau war wie ein Mädchen bekleidet gewesen und ihre geflochtenen Zöpfe und aufgemalten Sommersprossen hatten die Marseiller Mordkommission hellhörig werden lassen. Das Sexualverbrechen an Oceane Guilline hatte sich herumgesprochen und den gesamten südfranzösischen Polizeiapparat sensibilisiert. Zu schockierend war die Tatsache, dass ein derart grausiger Mord außerhalb der großen Städte in einem idyllischen Dorf wie Grimaud geschehen war. Demnach hatte es Balleroy einem oder mehreren wachsamen Beamten zu verdanken, dass er zu später Stunde von seinem Vorgesetzten René Martin angerufen und gebeten worden war, sich sofort auf den Weg zu machen. Es war zwar nicht sonderlich wahrscheinlich, dass eine Verbindung zwischen den beiden Mordfällen bestand, aber es war eben auch nicht auszuschließen. Immerhin schien auch der Täter in Marseille pädophile Neigungen zu besitzen, die er in dieser Nacht ausgelebt hatte. Deswegen sollte sich Balleroy am Tatort umsehen.

»Sicher ist sicher«, hatte Martin gesagt. »Besser, Sie betreten einen Pfad zu viel als einen zu wenig.«

Ungeachtet dessen, dass Balleroy der gleichen Meinung war, hatte der bildhafte Satz aus Martins Mund wie eine hohle Phrase geklungen. Doch der Mann mit dem harten Gesicht und der bulligen Figur eines Schlachters war für seine Sprücheklopferei bekannt. Balleroy respektierte ihn, leiden konnte er ihn nicht.

»Sicher ist sicher«, murmelte der Kommissar gähnend und rieb sich über die Wangen.

Endlich, nach einer Autofahrt, die eigentlich viel kürzer war, als sie ihm erschien, erreichte er den Stadtrand von Marseille. Schlagartig nahm der Verkehr zu. Die grellen Lichter der Laternen und der zahlreichen Leuchtreklamen blendeten Balleroy und zwangen ihn, mit zusammengekniffenen Augen weiterzufahren. Gewaltige Straßenschluchten empfingen ihn. Er tauchte in die Anonymität der Stadt ein, die sich in den vergangenen Jahren deutlich gewandelt hatte. Der sich dem Kollaps nähernde Verkehr, die zunehmende Kriminalität und Verschmutzung der letzten Jahrzehnte waren unter den erheblichen Anstrengungen eines engagierten Bürgermeisters zumindest eingedämmt worden. Der Verfall der Hafenstadt hatte kurz bevorgestanden, schien aber nun gestoppt. Es war sogar gelungen, die Zahl der illegalen Einwanderer aus Nordafrika zu reduzieren. Marseille blühte zwar noch längst nicht wieder auf, doch der Wandel wurde in einigen Vierteln bereits augenscheinlich. Neue Industrien siedelten sich am Stadtrand an und das Zentrum wurde zusehends attraktiver – wenigstens am Tag.

Nur jetzt, in der Nacht, konnte Balleroy nichts davon erkennen. Er blickte hin und wieder auf das Display seines Navigationsgeräts und schlängelte sich nach dessen Beschreibung durch den Großstadtdschungel. Etwa zwanzig Minuten später blendete ihn das Blaulicht einiger Polizeiwagen, das durch die verzweigten Gassen in der Nähe des Place Jean Jaurès strömte.

Er war angekommen und parkte sein Fahrzeug vor dem gelben Absperrband. Bereits beim Aussteigen zog er seinen Dienstausweis aus der Jackentasche. Sein Blick fiel auf die Polizisten, die sich darum bemühten, die Presse und eine kleine Schar Neugieriger von einem Gebäude fernzuhalten. Ihre Gesichter wirkten irreal in dem zuckenden Blaulicht. Verhaltenes Flüstern und das Rauschen von Funkgeräten prägten die beengende Atmosphäre.

Balleroy stieg über das Absperrband und hielt seinen Ausweis einem jungen Beamten vor die Nase, der ihn mit unverhohlener Skepsis musterte.

»Leo Balleroy, ich werde erwartet«, sagte der Kommissar trocken.

Der Polizist nickte und ließ ihn wortlos passieren.

Balleroy ging ein paar Schritte auf das Gebäude zu und drehte sich dann noch einmal um. »In welche Etage muss ich gehen?«, rief er dem Polizisten fragend zu.

Der junge Mann deutete mit dem Daumen nach oben. »In den dritten Stock.«

»Danke.«

Balleroy sprintete die Treppen hinauf. Im richtigen Stockwerk angekommen, näherte er sich einer offen stehenden Wohnungstür, vor der ein weiterer Polizist Wache hielt. Neben dem Mann lag ein Stapel weißer Schutzanzüge, Füßlinge und Latexhandschuhe, die jeweils in Zellophan verpackt waren. Balleroy zückte erneut seinen Ausweis.

»Ah, der Kommissar aus Toulon«, lächelte der Polizist und deutete auf den Packen neben ihm. »Die Jungs von der Spurensicherung sind noch drin. Ohne Schutzbekleidung darf ich Sie nicht reinlassen.«

»Und die Leiche?«

»Ist schon fort.«

Balleroy steckte den Ausweis in die Tasche seines Sakkos zurück und schlüpfte anschließend in einen der Overalls. Er sah grotesk aus: Der Anzug war ihm mindestens zwei Nummern zu klein, aber das hatte er auch nicht anders erwartet. Balleroy stülpte sich noch ein Paar Handschuhe und die Füßlinge über und betrat danach die Wohnung. Dort folgte er den leisen Stimmen, die aus dem Schlafraum am Ende des Flurs zu ihm drangen.

Fünf Personen untersuchten das Zimmer. Mit Ampullen, Vakuumverpackungen und speziellen Staubsaugern ausgerüstet, sammelten sie alle erdenklichen Spuren, um sie später am Computer begutachten zu können. Als Balleroy den Raum betrat, stachen ihm sofort die alles dominierenden französischen Nationalfarben ins Auge. Das Bettlaken und der abgenutzte Teppichboden waren blau, die Schutzanzüge der anwesenden Polizisten, die Wände sowie die Decke strahlten in einem auffallenden Weiß, und an jedem gefundenen Indiz stand eine rote Tafel mit einer Nummer. Außerdem war der Fußboden mit getrocknetem Blut verschmiert.

Inmitten des Schlafraums stand ein spindeldürrer Mann, der seine fettigen Haare streng zur Seite gekämmt hatte. Hässliche Aknenarben prägten sein von feinen Äderchen durchzogenes Gesicht. Als er Balleroy bemerkte, musterte er den Ankömmling neugierig mit unfreundlichen Schweinsaugen und hob die Hand zum Gruß.

»Die Verstärkung aus Toulon«, sagte er mit unverhohlenem Zynismus in der Stimme. »Mir wurde Ihr Besuch zwar angekündigt, aber ich hatte ja keine Ahnung, dass man einen Riesen schicken würde.«

»Der Riese heißt Leo Balleroy und ist nicht gekommen, um Ihre Mannschaft zu verstärken. Allerdings wird er die eine oder andere Frage stellen, wenn Sie es erlauben«, erwiderte Balleroy, um von Anfang an klarzustellen, dass er sich nicht ungefragt in die Angelegenheiten der Marseiller Mordkommission einmischen würde.

»Paul Bruel, leitender Ermittler«, erklärte der Dünne und glotzte Balleroy weiterhin an, zweifellos beeindruckt von dessen Körpergröße. »Sie sind für den Mordfall an der Kleinen in Grimaud zuständig? Jedenfalls hat man mir das mitgeteilt.«

»Sie wurden richtig informiert.«

»Tja, wenigstens das bekommen die Schreibtischtäter immer recht gut hin.« Er schnaubte verächtlich und deutete auf die getrockneten Blutspuren am Boden. »Nun sollen wir also gemeinsam feststellen, ob der Mann, den Sie suchen, auch für diese Schweinerei hier verantwortlich ist.«

»Wer hat denn die Leiche gefunden?«

»Vor etwa zwei Stunden ging ein anonymer Anruf in einem unserer Polizeireviere ein. War wahrscheinlich irgendein Freier, der in einer der angrenzenden Wohnungen auf seine Kosten kommen wollte und durch den Krach alarmiert wurde. Offensichtlich hatte er nicht vor, als Zeuge in Erscheinung zu treten. Hat sich nach dem Anruf aus dem Staub gemacht. Zwei Polizisten sind hergefahren und haben die Polackenhure hier vorn an der Tür gefunden.« Bruel zeigte auf den mit Kreide gezeichneten Umriss vor ihren Füßen. Dann verzog er missmutig das Gesicht. »Das ist schon mein drittes Mordopfer innerhalb einer Woche. Muss wohl an der verfluchten Hitze liegen. Macht die Menschen aggressiv.«

»Wie wurde die Frau getötet?«

»Unser Gerichtsmediziner vermutet, dass sie erwürgt wurde. Mehr hat er allerdings noch nicht von sich gegeben. Das macht er nie. Dr. Palazzin ist ein ungemein gewissenhafter Mensch. Er will den Leichnam erst eingehend untersuchen, bevor er sich zu weiteren Äußerungen hinreißen lässt. Er befürchtet immerzu, dass er mit seinem ersten Eindruck auch einmal danebenliegen könnte. Aber das war bislang noch nie der Fall. Wie ich ihn kenne, hat er schon mit der Untersuchung begonnen.« Bruel trat einen Schritt nach vorn. Sein Blick taumelte zwischen Gleichgültigkeit und Verachtung. »Bevor der Mistkerl die Hure umgebracht hat, muss er sie heftig in die Mangel genommen haben. Sie war ziemlich übel zugerichtet.«

Balleroy stakste durch das Zimmer, darauf bedacht, nicht an die Tafeln zu stoßen. »Gibt es Zeugen? Haben Sie schon mit den Befragungen im Haus begonnen?«

»Zwei meiner Männer sind unterwegs und klopfen an jede Tür. Bedenken Sie aber, wo wir uns befinden, Kommissar Balleroy. In einem Etablissement wie diesem verspürt keiner große Lust, mit der Polizei zusammenzuarbeiten, geschweige denn, sich in einen Mordfall verwickeln zu lassen.« Bruel verschränkte die Arme vor der Brust. »Außerdem war Grazyna Lewandowski eine Polin, die wie viele osteuropäische Nutten vermutlich zu günstigen Konditionen gearbeitet und damit die Preise ruiniert hat. Die meisten Huren werden ihr keine Träne nachweinen.«

»Könnte schon sein.« Balleroy blieb stehen und schaute seinen Kollegen nachdenklich an. »Haben Sie eventuell einen Terminkalender gefunden?«

»Einen Terminkalender?«

»Ja, einen Terminkalender oder ein Notizbuch. So wie die Polin gekleidet und geschminkt war, könnte es doch möglich sein, dass sie sich schon vor dem Eintreffen ihres Mörders für ihn zurechtgemacht hat. Das würde aber bedeuten, dass sie sich mit ihm zu einer bestimmten Uhrzeit verabredet haben müsste. Und dann wiederum wäre es doch sehr naheliegend, dass sie eine solche Verabredung in einen Kalender eingetragen hat. Vielleicht arbeitete sie sogar generell mit festen Terminen. Deswegen frage ich danach.«

Bruels Mundwinkel zuckten. In seiner Miene spiegelte sich eine Mischung aus Verdruss und Respekt wider. Dann drehte er sich einmal um die eigene Achse.

»Hat jemand von euch einen Terminkalender gefunden?«, rief er mit spöttischem Unterton lauthals in die Runde.

Die Beamten der Spurensicherung verneinten.

»Tut mir leid, Kommissar Balleroy. Aber Sie hören es ja, wir haben nichts dergleichen gefunden. Doch schauen Sie sich gern selbst um.« Er machte mit den Armen eine einladende Geste.

Balleroy ließ sich nicht anmerken, wie sehr ihm Bruels gönnerhafte Art missfiel. Stattdessen nahm er das Angebot dankend an. Er öffnete die Schranktüren und wühlte sich durch einen Stapel Kleidung und Sexspielzeuge. Anschließend ging er in die kleine Küche und in das angrenzende Badezimmer. Er durchsuchte sämtliche Schränke und spähte in jede Ecke, ohne jedoch etwas Nennenswertes zu entdecken. Er musste auf die Ergebnisse der Spurensicherung hoffen.

»Und? Fündig geworden?«, fragte Bruel grinsend, als Balleroy zurückkam.

»Nein, leider nicht. Wo finde ich Ihren Rechtsmediziner?«

»Sie wollen noch zu ihm?«

»Das würde ich gern, aber nur mit Ihrer Genehmigung. Hier bin ich momentan überflüssig.«

Balleroy war froh, die Wohnung wieder verlassen zu können, nachdem Bruel ihm die Adresse des gerichtsmedizinischen Instituts gegeben hatte.

Der menschliche Pulk vor dem Absperrband war indessen größer geworden, der Geräuschpegel hatte zugenommen. Die Kunde vom Nuttenmord war durch sämtliche Mauern gedrungen und, von Neugierde getrieben, waren die Anwohner aus ihren Löchern gekrochen.

Balleroy schaute in die Menge. Ob der Mörder womöglich unter ihnen weilte? Es geschah schließlich nicht selten, dass ein Verbrecher an den Ort seines eigenen Vergehens zurückkehrte, um sich unter die Schaulustigen zu mischen und der Polizei bei der Arbeit zuzusehen. Aber die Chance, hier tatsächlich einen Verdächtigen zu erkennen, war äußerst gering. Dachte Balleroy zunächst.

Doch dann blieb sein Blick instinktiv an einem breitschultrigen Kerl in der vordersten Reihe hängen. Der Typ trug trotz der Hitze eine graue Jacke mit einer Kapuze, unter der er sein Gesicht verbarg. Seine ungewöhnliche Reglosigkeit hob ihn von den aufgeregten Leuten um ihn herum ab. Der Kommissar überlegte kurz, dann ging er spontan auf den Mann zu. Als jener den Polizisten bemerkte, wich er zurück und verschwand blitzschnell in der dicht hinter ihm stehenden Menschenmasse, nur um Sekunden später auf der gegenüberliegenden Straßenseite wieder aufzutauchen.

»Hey, bleiben Sie stehen«, rief Balleroy lautstark. Das schien auf den Mann wie ein Startschuss zu wirken, denn er fing an zu laufen. Der Kommissar zögerte keinen Augenblick, bahnte sich einen Weg durch das Gedränge und rannte hinter ihm her.

Schon nach wenigen Metern brannten Balleroys Lungen. Er bemühte sich darum, gleichmäßig zu atmen und die Schrittfrequenz zu erhöhen, doch er erkannte rasch, dass sein Abstand zu dem Verfolgten größer wurde.

Der Bursche war schnell. Zu schnell. Er bog nach links in eine Seitengasse ab und entschwand Balleroys Blickfeld.

Der Kommissar fluchte leise, zückte seinen Revolver und legte den Sicherungshebel um. Die Waffe im Anschlag erreichte er den schmalen Durchgang, der ihn mit einer durchdringenden Finsternis empfing. Balleroy versuchte, die Dunkelheit mit den Augen zu durchbohren und jede Bewegung, jedes Geräusch aufzunehmen. Sein eigener Atem ging schwer, das Blut rauschte in seinen Ohren. Er musste die Waffe trotz des erhöhten Pulsschlages ruhig halten.

All diese klischeehaften Vorstellungen vom mutigen, heldenhaften Polizisten, an die er als kleiner Junge nicht nur geglaubt, sondern nach denen er sich regelrecht gesehnt hatte, waren ihm im Laufe seiner Dienstjahre abhandengekommen. Er hatte gelernt, was Angst bedeutete, und er hatte gelernt, dass Angst durchaus ein Lebensretter sein konnte. Denn wer sich fürchtete, war im Regelfall aufmerksam, konzentriert. Furcht durfte einen nur nicht lähmen, in keiner Situation. Auch dann nicht, wenn man wie Balleroy in eine lichtlose Passage eindringen musste, in der jemand in böser Absicht lauerte.

Behutsam ging der Kommissar vorwärts. Schritt für Schritt. Allmählich gewöhnten sich seine Augen an die Dunkelheit. Schemenhaft registrierte er, dass die meisten Häuser durch winzige Höfe, in denen insbesondere Mülltonnen ihren Platz fanden, von der Gasse getrennt wurden. Vor den Haustüren und den untersten Fensterreihen waren durchweg Schutzgitter angebracht. Balleroy ging mit klopfendem Herzen vorsichtig weiter.

Plötzlich nahm er eine Bewegung unmittelbar neben seinem Kopf wahr. Er fuhr blitzartig herum. Doch es war zu spät, um noch reagieren und den Schlag abwehren zu können. Er wurde an der Schläfe getroffen und taumelte gegen eine Wand. Der Mann, den er bis hierher verfolgt hatte, war wie eine Schattengestalt aus dem Nichts aufgetaucht. Eine Schattengestalt, die unbarmherzig nachsetzte und Balleroy auch noch eine harte Faust in den Magen jagte. Der Polizist verlor das Gleichgewicht und stürzte zu Boden. Mit letzter Willenskraft hielt er den Revolver fest, als wäre es sein Todesurteil, würde er die Waffe fallen lassen. Doch noch bevor er damit auf den Angreifer zielen konnte, trat dieser mit Wucht gegen Balleroys Handgelenk. Der Revolver entglitt dem Polizisten und polterte auf die Erde.

Aber der Angreifer hatte nicht vor, Balleroy zu töten. Nachdem er sicher sein konnte, dass der Kommissar kampfunfähig war, ließ er von ihm ab und rannte hastig davon.

Balleroy verdrehte die Augen. Erleichtert und schmerzerfüllt flüsterte er: »So ein Mist. So ein verdammter Mist!«

Mit brummendem Schädel fuhr Balleroy den Boulevard Dugommier entlang. Zahllose Fluter beleuchteten die breite Straße, deren Asphaltdecke an einigen Stellen aufgerissen war und die von zerfallenen Mietskasernen gesäumt wurde. Ein trister Straßenzug, in dem das architektonisch hochwertige Gebäude des rechtsmedizinischen Instituts völlig fehl am Platz wirkte.

Balleroy lenkte seinen Renault so nah wie möglich an das Haus heran und parkte schließlich neben einem schnittigen Range Rover. Er schaltete den Motor aus und öffnete die Wagentür. Das Aussteigen bereitete ihm Schwierigkeiten, denn sobald er sich duckte, verstärkte sich der Schmerz hinter seinen Schläfen. Der unbekannte Angreifer hatte ihm ordentlich eine verpasst. Aber dennoch war der Kommissar nicht derart verletzt worden, dass er die Hilfe eines Arztes benötigte – jedenfalls soweit er das selbst beurteilen konnte. Es war ihm nach dem Angriff in der düsteren Gasse gelungen, mit zusammengebissenen Zähnen in das Freudenhaus zurückzukehren und Bruel über den Vorfall zu informieren, der sofort eine Fahndung eingeleitet hatte. Trotzdem konnte sich Balleroy des Eindrucks nicht erwehren, dass sich sein Marseiller Kollege insgeheim über sein Malheur amüsierte. Seufzend ging Balleroy auf das bogenförmige Portal des Instituts zu. Er drückte auf einen eisernen Klingelknopf und hielt seinen Dienstausweis einer Überwachungskamera entgegen.

»Wer ist dort?«, knurrte eine männliche Stimme aus der Sprechanlage.

»Leo Balleroy, Kommissar aus Toulon. Ich möchte zu Dr. Palazzin. Er hält sich doch im Gebäude auf, oder?«

»Ja, er ist hier. Aber was wollen Sie denn mitten in der Nacht von ihm?«

»Mit ihm reden.«

»Halten Sie Ihren Ausweis etwas höher, ja?«

Balleroy tat der Stimme den Gefallen. »Ist es so gut?«

»Ja, in Ordnung. Ich mache Ihnen auf.«

Ein surrender Ton erklang und die Pforte öffnete sich wie von Geisterhand. Balleroy betrat eine eindrucksvolle Vorhalle mit einem glänzenden Boden aus Granit, in der sich der halbrunde Empfangstisch des Wachmanns verlor. Er winkte Balleroy zu sich heran, um dessen Ausweis noch einmal aus der Nähe zu inspizieren. Dann verwies er auf die gläsernen Aufzüge am Ende der Halle.

»Fahren Sie in den zweiten Stock. Dort gehen Sie zweimal nach links, danach folgen Sie einem langen Gang, bis Sie zu einer doppelflügeligen Brandschutztür gelangen. Können Sie eigentlich nicht verfehlen. Dahinter befindet sich das Herrschaftsgebiet von Dr. Palazzin. Er weiß doch, dass Sie kommen, oder?«

Balleroy zuckte mit den Schultern. »Spielt das eine Rolle? Es ist wichtig, dass ich mit ihm spreche. Ermittlungen in einem Mordfall, wenn Sie verstehen, was ich meine.«

Der Wachmann nickte artig. »Verstehe.«

Balleroy hielt sich an die Wegbeschreibung und fand die doppelflügelige Tür problemlos. Er drückte die Klinke nach unten und gelangte in einen überdimensioniert anmutenden Autopsiesaal. Gleißendes Neonlicht und ein leises Gemurmel empfingen ihn. Drei lange Stahltische befanden sich im Zentrum des Raumes. Zwei waren nicht belegt, nur auf dem in der Mitte lag ein nackter, weiblicher Körper. Daneben stand ein Mann in einem faltigen Kittel und in sterilen Handschuhen, von dem Balleroy annahm, dass es sich bei ihm um Dr. Palazzin handelte. Außerdem erkannte er eine junge dunkelhäutige Frau mit krausem Haar und einer randlosen Brille. Auch sie trug einen Kittel und Handschuhe. Beide sahen auf, als Balleroy eintrat. Der Kommissar hob die Hand zum Gruß.

»Sind Sie Dr. Palazzin?«, fragte er und näherte sich den beiden Medizinern.

»Ja«, antwortete der Mann verblüfft. Er hatte kurz geschnittenes, silbergraues Haar und grüne Augen, die im Schein der Lampen einen eigenartigen Glanz verströmten. »Und Sie? Wer sind Sie?«

»Balleroy ist mein Name. Leo Balleroy. Kommissar aus Toulon.« Er zückte zum wiederholten Mal in dieser Nacht seinen Ausweis.

»Was wollen Sie hier? Doch bestimmt nicht in einem fremden Revier wildern. Oder habt ihr in Toulon nichts mehr zu tun?«, fragte Palazzin belustigt.

»Oh, sicher haben wir das«, sagte Balleroy. »Und das ist auch der Grund dafür, weshalb ich hier bin. Ich untersuche einen Fall in meinem Zuständigkeitsbereich und möchte nun herausfinden, ob eventuell eine Parallele zu dem Mord an Grazyna Lewandowski existiert. Das hier ist doch die Polin, oder?«

Er zeigte auf den Leichnam und erschauderte. Durch das aufdringliche Neonlicht wurde die Frau jeglicher Intimität beraubt. Jede Körperregion, jede Unebenheit ihrer hellen Haut und auch jedes Muttermal, das zwischen auffälligen dunkelvioletten Striemen hervorstach, waren ersichtlich. Ihr Gesicht war fürchterlich geschwollen, ihr zertrümmerter Unterkiefer hing schief, und der Hals wies eine deutlich erkennbare Strangulationsmarke auf, die von getrockneten, inneren Blutungen umgeben war.

»Das ist sie, ja«, sagte Palazzin, dann winkte er die Frau zu sich heran. »Ich darf Ihnen meine Assistentin vorstellen? Talisha Vodajo.«

»Angenehm«, entgegnete der Kommissar knapp.

Der Arzt hielt kurz inne und sah sich suchend um. »Wo ist Bruel? Haben Sie ihn nicht mitgebracht? Nicht, dass ich diesen dürren Proleten vermisse. Aber es wundert mich, dass er Sie nicht begleitet.«

»Er ist noch am Tatort und sieht sich dort um«, antwortete Balleroy. »Aber sicherlich sind Sie in der Lage, auch mir schon etwas Aufschlussreiches zu verraten, oder etwa nicht?«

»Wie Sie unschwer erkennen können, liegt die Obduktion noch vor uns. Aber Sie sind herzlich eingeladen zuzuschauen, Kommissar.«

»Erzählen Sie mir doch einfach, was Sie jetzt schon wissen, Doc«, beeilte sich Balleroy zu sagen. Er war nicht sonderlich erpicht darauf, der Sektion beizuwohnen. Ihm genügten die Resultate. »Bitte!«

Palazzin zögerte. »Nun gut, aber hieb- und stichfest ist meine Bewertung erst nach der Leichenschau, klar?«

»Klar.«

»Die Frau wurde stranguliert. Sehen Sie die Drosselmarke an Ihrem Hals?« Palazzin beugte sich über Grazynas Kehle und winkte Balleroy etwas näher heran. »Die Rinne ist klar zu erkennen, was bedeutet, dass der Täter ein stabiles Werkzeug benutzt hat. Der Furchentiefe nach zu urteilen könnte es ein Gürtel gewesen sein. Und sehen Sie hier, die punktförmigen Hautblutungen an der Stirn und an den Oberlidern der Augen? Das Verteilungsmuster kombiniert mit der Zyanose des Gesichtes lässt einen weiteren Schluss zu: Die Karotiden wurden später abgeklemmt als die Jugularvenen.«

»Sie sprechen in Rätseln.«

»Ein Experte kann daraus schließen, dass sich die Polin lange gewehrt hat, weshalb ihr Mörder mehrfach zuziehen und den Druck stetig erhöhen musste. Bei der Obduktion werden wir darauf achten, ob wir Brüche am Kehlkopfskelett, vor allem an den Fortsätzen des Schild- und Ringknorpels lokalisieren können. Um differenzialdiagnostisch wertvolle Befunde zu erhalten, müssen wir die Sektion der Halsorgane in der sogenannten Walcher'schen Hängelage vornehmen. Dafür werden wir zuvor das Gehirn und die Brustorgane herausnehmen, damit das Blut in zwei Richtungen abfließen kann und …«

»Bitte, Doc! Ich bin ein Laie!«

»Schon gut, ich schweife ab, entschuldigen Sie. Was für Sie allerdings wirklich noch interessant sein könnte, haben wir auf den Röntgenaufnahmen festgehalten. Neben der Fraktur des Unterkiefers weist auch das Jochbein der Frau einen Bruch auf. Auf den Aufnahmen ist eine Linie erkennbar, die über das Innere der Augenhöhle bis zur Wand der Kieferhöhle reicht. Verursacht wurde auch diese Verletzung durch die Einwirkung direkter mechanischer Gewalt.«

»Liege ich mit der Annahme richtig, dass der Täter über sehr viel Kraft verfügen muss, um derlei Verletzungen verursachen zu können?«

»Nicht unbedingt. Eigentlich will ich auf etwas anderes hinaus. Denn wenn ich mir die Art der Verletzungen und die ungleichmäßige Anordnung der Hämatome auf dem Körper der Frau ansehe, führt mich das eher zu der Vermutung, dass der Täter äußerst wütend gewesen sein muss. Sehr wütend sogar. Und Wut ist erfahrungsgemäß kaum beherrschbar.«

»Er hat die Kontrolle verloren?«

»Ist wie gesagt nur eine Vermutung von mir, Kommissar. Aber in Stresssituationen wird ein im Nebennierenmark gebildetes Hormon ins Blut ausgeschüttet. Dieses Stresshormon, das allgemein als Adrenalin bekannt ist, kann einen erhöhten Energieumsatz und durchaus auch einen zeitlich limitierten Kraftzuwachs bewirken. Das heißt also, dass der Täter unter Umständen nicht sonderlich stark sein muss, um zu einer derartigen Brutalität fähig zu sein. Es kategorisch auszuschließen wäre womöglich aber auch ein Fehler.«

Palazzin stellte sich neben seine Assistentin, die zwischenzeitlich einen Instrumentenwagen mit Seziermessern, Knochenmeißeln, Sägen, Pinzetten sowie Behältnissen, Tupfern und Obduktionsbestecken neben den Metalltisch geschoben hatte. Die Autopsie stand unmittelbar bevor.

»Er hat also in einer Art Wutanfall getötet, wie in einem Rausch«, murmelte Balleroy.

»Das ist Ihre Auslegung meiner Deutung«, flüsterte Palazzin verschwörerisch. »Mehr werden Sie im Moment nicht von mir erfahren. Außerdem wird es nun Zeit, dass Talisha und ich mit unserer eigentlichen Arbeit beginnen.«

Balleroy kehrte erst in den frühen Morgenstunden nach Grimaud zurück, als der Ort noch friedlich zu schlafen schien. Doch der Kommissar konnte die Stille nicht genießen – er wusste um die trügerische Natur behaglicher Friedfertigkeiten.

In seinem Hotelzimmer wusch er sich gründlich die Hände und das Gesicht. Danach begutachtete er sich schlaftrunken im Badezimmerspiegel und rümpfte die Nase. Im Autopsiesaal hatte es nicht nur nach Desinfektionsmitteln gerochen, sondern auch nach Angst und Tod. Es war ein beißender, ihm viel zu vertrauter Geruch, der noch an dem Leichnam der ermordeten Frau gehaftet und ihn bis hierher begleitet hatte.

3

Staunend stand Camille auf dem Plateau de la Garoupe und blickte über die komplette Baie des Anges hinweg bis nach Nizza und zum Cap Ferrat. Gut sichtbar zeichneten sich im Hintergrund die imposanten Dreitausender der Seealpen ab. Der wolkenlose Himmel leuchtete in einem schillernden Blau und schien sich weit draußen mit dem Meer zu vereinen. Eine atemberaubende Aussicht, die wie ein geschöntes Motiv auf einer Postkarte wirkte.

Mit Camille hierherzukommen, war Clement in der vergangenen Nacht eingefallen. Ihre Andeutung am Vortag, dass Nicolas Leroche ihr in irgendeiner Form Leid zufügte, trug einen nicht unerheblichen Anteil an diesem Geistesblitz. Clement musste unbedingt mit dem Mädchen sprechen und hatte sich deswegen am Dienstagmorgen dazu durchgerungen, bei ihr anzurufen. Zunächst hatte die Haushälterin, Monique Puchon, das Gespräch angenommen, den Hörer jedoch rasch an Anne Jeunet weitergereicht. Diese wiederum versicherte Clement, nichts dagegen zu haben, wenn er ihre Tochter mitnahm – sofern Camille es selbst wollte. Camille wollte und Clement war zunächst einmal beruhigt. Jetzt würde er nur noch den passenden Augenblick erwischen müssen, um dem Sinn ihrer beängstigenden Worte auf den Grund zu gehen.

Er wählte ein Ziel aus, von dem er fest überzeugt war, dass es ihr gefiel: Das Cap d'Antibes östlich von Cannes, an dem er früher viele glückliche Stunden mit seiner Familie verbracht hatte. Als er jetzt jedoch nach all den Jahren wieder hier oben stand und über das Wasser und die Küste schaute, wurde ihm schwer ums Herz.

»Komm, lass uns nach unten gehen«, sagte er, verscheuchte die aufflammende Melancholie und deutete auf eine winzige Bucht. Abseits des Hauptstrandes von Antibes gab es auf der Halbinsel auch kleine, einsame Uferabschnitte wie jenen, den Clement ins Auge gefasst hatte.

»Ja, das ist eine gute Idee. Lassen Sie uns runtergehen«, freute sich Camille.

Der Hund, den sie mitgenommen hatten, fing wild an zu bellen, als wollte auch er sein Einverständnis zum Ausdruck bringen. Camille kicherte und strich ihm über das Fell.

Sie fuhren mit Clements Wagen zunächst zu einer ausgedehnten Klamm. Clement stellte das Auto nahe an einem gewaltigen Felsvorsprung ab. Nachdem sie ausgestiegen waren, machte Camille ein erstauntes Gesicht.

»Wie kommen wir nur von hier aus zu der Bucht?«, fragte sie ehrfurchtsvoll und starrte in die Senke.

»Wer etwas Schönes erleben will, darf die Anstrengung nicht scheuen«, schmunzelte Clement.

»Schaffen Sie es denn überhaupt? Ich meine, wegen Ihrer Knie?«

»Ich werde mir Mühe geben. Außerdem war ich schon öfter hier und kenne mich aus.« Clement grinste und zeigte auf eine natürliche Treppe aus massiven Felsbrocken, die hinter Büschen versteckt nur schwer zu erkennen war und zu der Bucht hinabführte. »Da hinten geht es am einfachsten.«

»Stimmt, dort sieht es nicht so steil aus«, bestätigte Camille und klang beruhigt.

Clement schnappte sich den mit Baguette, Frischkäse, Obst, Wasserflaschen und Plastiktellern prall gefüllten Rucksack aus dem Kofferraum und klemmte sich noch eine Decke unter den Arm, bevor sie losmarschierten. Der Abstieg war zwar nicht extrem steil, aber dafür mit losem Geröll übersät. Das machte das Laufen beschwerlich und verlangte ihm mehr ab, als er Camille gegenüber zugeben wollte. Immer wieder hielt sie an und sah besorgt nach hinten, um zu überprüfen, ob der alte Mann es schaffen würde. Aber Clement war zäher, als sie glaubte. Mit zusammengebissenen Zähnen ignorierte er seine Arthrose, die unbarmherzig seine Kniegelenke durchbohrte.

Unten angekommen, erwarteten Camille und der Hund ihn bereits. Clement setzte ein breites Lächeln auf.

»Und, was sagst du nun, Camille?«

Sie streckte den rechten Daumen nach oben. »Hat prima geklappt«, lobte sie. Dann zog sie die Sandalen aus und jagte mit dem Hund quer über den schmalen, menschenleeren Sandstreifen.

Clement starrte ihr nachdenklich hinterher. Wieder einmal legte sie eine beschwingte Sorglosigkeit fernab von jeglicher Betrübnis an den Tag. Ihre Furcht – und es war unverkennbar Furcht gewesen, die sie gestern beim Anblick von Nicolas Leroche erfasst hatte – war heute wie weggewischt.

Clement ertappte sich einen Moment lang bei der Vorstellung, wie sie wohl in zwei, drei Jahren aussähe. Sie würde ihren kindlichen Liebreiz gegen ausdrucksvollere Formen eintauschen. Und all die äußerlichen Attribute, die schon jetzt ihre außergewöhnliche Schönheit ausmachten, kämen durch die wachsende Reife erst recht zu Geltung. Kurzum, Clement war davon überzeugt, dass Camilles betörendes Aussehen in Zukunft zahllose Männer um den Schlaf bringen würde.

Peinlich berührt registrierte Clement, wie er vor Scham errötete und ein schlechtes Gewissen bekam. Er war ein Mann, der seine besten Jahre schon längst hinter sich hatte. Und Camille war fast noch ein Kind! Er durfte sich solchen Gedanken nicht hingeben!

Mit schleppendem Schritt ging er zum Ufer, breitete die Decke aus und nahm die Lebensmittel und Plastikteller aus dem Rucksack. Anschließend setzte er sich hin, zog den Stoff seiner dünnen Sommerhose über die Waden und beobachtete, wie Camille durch das seichte Wasser stapfte. Sie schwenkte ihren Arm hin und her und bedeutete ihm, ihr zu folgen. Clement schüttelte lachend den Kopf und sog die wohltuende, salzige Meeresluft ein. Nach einer Weile gesellte sich Camille zu ihm, während der Hund noch im Wasser blieb. Lässig kreuzte sie die Beine übereinander und schnappte sich einen Apfel.

»Das ist ein wundervoller Platz«, erklärte sie begeistert.

»Ja, ein wundervoller Platz«, bekräftigte er.

»Ich habe ihn gleich wiedererkannt.«

»Tatsächlich?«

»Das Foto in dem Messingrahmen. Von Ihrem Sohn und Ihrer Frau. Das wurde hier gemacht. Habe ich recht?«

Clement stutzte. Er wurde ernst und stierte auf das Meer hinaus. »Ist schon eine alte Aufnahme«, murmelte er. »Aber hier hat sich nicht viel verändert.«

Nur mein Leben hat sich seitdem verändert, fügte er in Gedanken hinzu. Es ist, als wanderte ich durch einen frostigen Winter, auf der Suche nach früherer Wärme. Oder zumindest nach einem Zeichen, das es mir ermöglicht, auf ein Wiedersehen mit meinem Sohn zu hoffen. Denn Romain lebt noch. Sicher lebt er noch …

»Warum kümmern Sie sich um mich, Monsieur Saver?«, wollte Camille unvermittelt wissen und holte ihn abrupt wieder in die Realität zurück.

Clement drehte seinen Kopf und sah sie an. Ihre Frage brachte ihn aus der Fassung. »Warum ich mich um dich kümmere? Tue ich das denn?«

»Sicher, und das wissen Sie auch. Gestern der Ausflug nach Nizza, heute der Trip ans Meer. Sie sind für mich da. Warum?«

»Sagen wir, ich mag dich. Reicht das aus?«

Camille legte den Kopf in den Nacken und biss in den Apfel. »Das reicht aus. Vollkommen«, sagte sie zufrieden.

Dann saßen sie minutenlang stumm nebeneinander, aßen, tranken und schauten gemeinsam aufs Meer hinaus. Doch die behagliche Atmosphäre wurde jäh getrübt, als Clement ansprach, was er glaubte, ansprechen zu müssen.

»Du hast gestern etwas gesagt, was mich seitdem sehr beschäftigt, Camille«, fing er zaghaft an.

»Ich weiß«, erwiderte sie scharfsinnig und schlang die Arme um ihren Oberkörper, als würde sie plötzlich frösteln. »Sie meinen, was ich über den Verlobten meiner Mutter gesagt habe.«

»Genau das meine ich.«

Ihr Blick wurde hart. »Ich möchte aber nicht darüber reden.«

Clement starrte sie an. »Möglicherweise ist es wichtig, dass du darüber redest, Camille. Du hast gesagt, dass er dir wehtut und ...«

Mit einer jähen Bewegung wirbelte das Mädchen herum und funkelte ihn mit aggressiv blitzenden Augen an. Clement zuckte erschrocken zusammen.

»Er ist ein böser Mensch, Monsieur Saver, ein sehr böser Mensch! Bitte, Sie dürfen mich nicht weiter ausfragen! Wenn er wüsste, dass ich mit Ihnen darüber spreche, dann ...« Sie vergrub das Gesicht in den Händen.

»Was tut er dir an, Camille? Erzähl es mir, bitte!« Clement zwang sich, ruhig zu bleiben. Doch einen Moment war er versucht, sie an den Schultern zu packen und zu schütteln, damit sie seinen Blick erwiderte.

»Sie werden nichts von mir erfahren, Monsieur. Überhaupt nichts! Das muss ich völlig allein durchstehen! Bitte fahren Sie mich nach Hause«, stieß sie panisch hervor und stand mit einem Ruck auf.

»Ich möchte dir doch nur helfen!«, setzte er nach, weil er nicht aufgeben wollte und spürte, dass das Mädchen Hilfe benötigte.

»Das glaube ich Ihnen ja auch. Doch Sie wissen nicht, wie er ist. Keiner kann mir helfen!«

Ihr versteinertes Gesicht machte ihm klar, dass er definitiv nichts mehr aus ihr herausbekommen würde. Er hatte es versaut. Vermutlich war nun auch ihr Vertrauen in ihn gesunken. Am liebsten hätte er lauthals geflucht. Er hätte es behutsamer angehen müssen! Oder den Zeitpunkt geschickter auswählen sollen. Doch welcher Zeitpunkt wäre in einem solch heiklen Fall schon der richtige gewesen?

Clement wusste es nicht und registrierte beunruhigt, dass Camille anfing, die Lebensmittel in unangemessener Hektik in den Rucksack zu räumen. Als sie fertig war, wendete sie sich wieder Clement zu.

»Fahren Sie mich bitte nach Hause, Monsieur Saver«, sagte sie sanft, aber mit Nachdruck.

Frustriert erhob sich Clement. Stumm faltete er die Decke zusammen, nahm den Rucksack auf und pfiff den Hund aus dem Wasser.

Camille saß während der gesamten Rückfahrt neben ihm auf dem Beifahrersitz wie ein Häufchen Elend. Clement biss sich auf die Zunge, um sie nicht erneut zu bedrängen. Die Versuchung war groß, doch er unterdrückte jeden Impuls, das Thema nochmals anzuschneiden. Stattdessen konzentrierte er sich auf die Straße und sehnte das Ende der Fahrt herbei.

Als sie an ihrem Ziel ankamen und Clement den Wagen an der Auffahrt zu Leroches Villa stoppte, bedachte das Mädchen ihn mit einem unergründlichen Blick.

»Ich habe Sie beunruhigt, Monsieur Saver, aber das wollte ich gar nicht«, sagte sie beinahe entschuldigend.

»Dein Verhalten trägt nicht gerade dazu bei, meine Beunruhigung zu beseitigen, Camille«, erwiderte er.

»Das kann ich auch nicht. Ich habe es Ihnen erklärt. Aber allein das Wissen, dass jemand da ist, dem ich vertrauen könnte, tut gut. Und wenn ich Ihre Hilfe doch einmal benötige, werde ich Sie rufen, Monsieur Saver.«

»Versprochen?«

»Versprochen!«

»Du kannst mir vertrauen, Camille!«

Wie gerne hätte er sie zur Bekräftigung seiner Worte umarmt, damit sie sich an ihn lehnte – dieses schutzbedürftige, verunsicherte Mädchen, das er anfing, in sein Herz zu schließen! Doch dafür fehlte ihm die nötige Selbstsicherheit, was er dem mangelnden Umgang mit anderen Menschen zu verdanken hatte.

Camille stieg aus und lief hastig auf die Villa zu. Clement wartete nicht ab, bis sie im Innern des Hauses verschwunden war, sondern legte den ersten Gang ein und fuhr ins Dorf.

Er war an einem Punkt angelangt, an dem er sich mit jemandem austauschen und gegebenenfalls sogar einen Rat einholen musste. Und dafür fiel ihm nur eine Person ein, der er bedingungslos vertraute: Hugo Durand, der eingefleischte Junggeselle, sein einziger Freund.

Clement lenkte sein Fahrzeug durch die engen Gassen im Zentrum, bis er die Büßerkapelle am Place des Penitents passierte. Dann bremste er ab und hielt vor Louberts Apotheke an. Hugo wohnte direkt in dem schmalen Haus nebenan in einer spartanisch eingerichteten Dreizimmerbude, verteilt auf zwei Stockwerke. Mit einem engen Badezimmer im Erdgeschoss und einer noch engeren Küche in der ersten Etage, von der aus man Zugang zu einem Balkon hatte. Dort saß Hugo oftmals bei gutem Wetter auf einem abgewetzten Liegestuhl und ließ sich die Sonne auf den entblößten Oberkörper brennen. Neben sich ein Glas Wein und in den Händen meist leichte provenzalische Unterhaltungsliteratur.

Heute saß er nicht auf dem Balkon, obwohl das Wetter gut war. Entweder war er im Keller, im Dorf oder er frönte dem Schachspiel. Hugo Durand war bei den Älteren im Dorf bekannt als der Vollstrecker, als unbesiegbarer Stratege, der es genoss, seinen Kontrahenten mit brillanten Zügen in eine hoffnungslose Lage zu treiben, bevor er ihm den Gnadenstoß gab. Nur einen Steinwurf von der Büßerkapelle entfernt befand sich ein begehbares Schachbrett mit Steinmosaikflächen und großen Eichenholzfiguren. Ein Treffpunkt für all jene, die in die Jahre gekommen waren, wie Hugo die Alten nannte, welche tagein, tagaus hier herumlungerten.

Clement verließ das Fahrzeug und klingelte zunächst, doch die Haustür blieb verschlossen. Also setzte er sich in Bewegung und hatte Glück: Hugo war tatsächlich am Spielen. Sein Gegner, vielmehr sein Opfer, war Gabriel Cercès, der ehemalige Inhaber des Souvenirladens am Marktplatz. Gabriel war allgemein als Querulant verschrien, ein Bursche, der mit hochrotem Kopf dastand und versuchte, der unausweichlichen Niederlage zu entkommen. Auch wenn Clement selbst kein besonders begabter Schachspieler war, konnte er die Situation dennoch lesen. Er war sicher, dass das Spiel bald beendet wäre. Gabriels Dame befand sich kurz vor der Fesselung, der absoluten Bewegungsunfähigkeit, während der König in weniger als fünf Zügen im Schach stünde.

Auf einer der Parkbänke, die rund um das Spielfeld angebracht waren, saßen die Rousseau-Brüder – beide schon deutlich jenseits der achtzig, trotzdem noch mit erstaunlich geistiger Wachsamkeit gesegnet. Sie schienen sich prächtig darüber zu amüsieren, dass Hugo seine letzten Züge mit einem Gabelangriff eröffnete und Gabriel zu einem donnernden Fluchen verführte.

Hugo, der Clement erst jetzt bemerkte, hob den Arm zum Gruß, sichtlich erfreut, seinen Freund zu sehen. Dann beendete er das Spiel auf die kürzeste Weise, wofür er lediglich noch drei Züge benötigte. Gabriel reichte ihm zähneknirschend die Hand und forderte eine Revanche für den nächsten Tag. Hugo sagte zu. Anschließend schlenderte er um das Spielfeld herum zu Clement und ließ Gabriel die Figuren in die ursprüngliche Position stellen – die Aufgabe des Unterlegenen.

»Schön, dich zu sehen, Clement«, sagte er. Das Erstaunen in seiner Stimme war nicht zu überhören. »Bist du gekommen, um an meinem neuerlichen Triumph über Gabriel teilzuhaben? Diese Ratte müsste eigentlich die Schnauze voll haben, immer wieder aufs Neue gedemütigt zu werden. Aber er kriegt nie genug und hofft auf eine Schwächephase von mir, um irgendwann einmal zuzubeißen. Den Tag wird er nie erleben, bei Gott, das schwöre ich dir!«

»Ich muss mit dir reden, Hugo, aber nicht hier«, sagte Clement ernst.

»Was ist passiert?« Hugo runzelte die Stirn.

»Können wir zu dir gehen?«

»Na klar. Komm mit, alter Freund.«

»Danke.«

»Deinem Blick nach zu urteilen, ist es wichtig.«

»Das ist es, Hugo, das ist es in der Tat.«

Auf dem Weg begegneten sie Yves Guilline, der dicht an den Häusern entlangschwankte. Seine rot geränderten Augen starrten stumpf ins Leere und sein Mund stand weit offen wie bei einem Geisteskranken. Er konnte sich nur mit größter Mühe auf den Beinen halten. Als er die beiden Männer passierte, schenkte er ihnen keinerlei Beachtung. Es kam Clement vor, als würde er sie gar nicht bemerken. Ein unerträglicher Gestank nach Alkohol, Urin und verschwitzter Wäsche umwehte ihn. Beim Anblick dieser verlorenen Gestalt bildete sich eine Gänsehaut auf Clements Armen.

»Armer Teufel!«, meinte Hugo, während sie dem Weinbauern nachsahen. »Er säuft nur noch, als könne er seinen Kummer im Alkohol ertränken.«

»Wer will es ihm verübeln? Nüchtern ist sein Leben doch nicht mehr zu ertragen!«, entgegnete Clement mitfühlend.

Dann gingen sie weiter. Als sie das Haus von Hugo erreicht hatten, folgte Clement seinem Freund in die Küche.

»Was möchtest du trinken?«, fragte Hugo.

»Ein Kaffee wäre prima.«

»Schon so gut wie gemacht.«

Hugo setzte Kaffee auf und nahm Tassen, Milch und Zucker aus einem der Hängeschränke. Erst danach hockten sie sich an einen länglichen Tisch in der Mitte des Raumes.

»Ich höre«, sagte Hugo blinzelnd.

Clement zögerte. Er war unschlüssig, wie weit er ausholen sollte, um die Dinge ins rechte Licht zu rücken und kein wichtiges Detail zu vergessen.

»Spann mich nicht auf die Folter!«, klagte Hugo und erhob sich noch einmal, um den Kaffee zu holen. Dann fixierte er seinen Freund mit durchdringendem Blick.

Clement gab sich einen Ruck und fing an zu erzählen. Hugo hörte ihm aufmerksam zu. Hin und wieder hob er die Augenbrauen oder schnalzte mit der Zunge, als fände er bestimmte Stellen in Clements Monolog besonders interessant. Ansonsten verhielt er sich zurückhaltend. Denn Hugo war nicht nur ein guter Plauderer, sondern durchaus auch in der Lage, hingebungsvoll zuzuhören – eine Eigenschaft, für die Clement in diesem Moment sehr dankbar war. Als er geendet hatte, schnaufte er erleichtert auf – froh, dass er die Bürde des Wissens nun mit seinem Freund teilte.

»Hm«, grunzte Hugo und setzte einen vogelartigen Blick auf. »Gehe ich recht in der Annahme, dass du den Faden noch viel weiterspinnst, als du es mir gerade eröffnest?«

»Inwiefern?«

»Es ist so offensichtlich, was du denkst, Clement.«

»Dann lass es mich doch bitte hören!«

»Du glaubst, dass Leroche das Mädchen missbraucht, und siehst zwangsläufig einen Zusammenhang zwischen diesem möglichen Vergehen und dem Mord an Oceane Guilline.«

»Ein solcher Zusammenhang wäre auch nicht von der Hand zu weisen, falls ... «

»... sich dein Verdacht bewahrheiten würde«, ergänzte Hugo. »Ohne jeden Zweifel. Aber glaubst du daran denn wirklich? Die Kleine hat dich bislang nur mit zweideutigen Bemerkungen gefüttert, Clement! Reicht das aus, um eine solch schwerwiegende Anschuldigung zu erheben oder gar weiterzutragen?«

»Was willst du damit andeuten?«

»Oh, Clement! Tu nicht so, als wüsstest du das nicht selbst!«

Clement presste die Kiefer fest aufeinander und mahlte mit den Zähnen, bevor er antwortete: »Ich benötige Beweise.«

»Du sagst es!« Hugo strich sich über den kahlen Schädel. »Du bist nicht zu mir gekommen, um mich um Rat zu fragen – du bist zu mir gekommen, damit ich dich in deiner eigenen Meinung bestärke. Wie ein Fahrzeugkäufer, der sich längst für ein bestimmtes Modell entschieden hat und den Testbericht im Automagazin nur noch liest, um sich seine Wahl bestätigen zu lassen.«

»Du glaubst, dass ich dich benutze?«

Hugo zuckte die Achseln. »Dafür sind Freunde schließlich da. Eins solltest du mir jedoch versprechen: dass du auf dich aufpasst und begreifst, mit wem du es zu tun hast! Leroche ist ein windiger und gefährlicher Bursche, von seinen Verbindungen ganz zu schweigen. Ihm auf die Pelle zu rücken, dürfte ein waghalsiges Unternehmen werden. Darüber musst du dir im Klaren sein«, sagte er und es klang aufrichtig besorgt.

»Ich muss an Camille denken. Sie steht ziemlich allein da.«

»Was ist mit ihrer Mutter?«

»Ich habe sie nur flüchtig kennengelernt. Meinem ersten Eindruck nach ist sie eine recht oberflächliche Person.«

»Wieder so eine vorschnelle Behauptung, Clement. Hoffentlich verrennst du dich da nicht in etwas!«

»Schon gut, Hugo, du hast mich durchschaut. Aber ich glaube tatsächlich, dass sich Anne Jeunet momentan nicht ausreichend um ihre Tochter sorgt.«

»Deswegen setzt du dich jetzt für sie ein?«

»Das Mädchen durchlebt eine schwierige Zeit. Ihre beste Freundin wurde getötet und offenbar leidet sie unter dem Verlobten ihrer Mutter, weshalb auch immer! Sie benötigt Hilfe.«

»Und du, wie schon erwähnt, Beweise! Vielleicht könnte ich dir dabei ja helfen.«

»Wie denn?«

»Eine Rundumüberwachung, Clement. Wir könnten uns abwechselnd an Leroches Hintern festsaugen wie zwei Blutegel.« Hugo bemühte sich um ein verschmitztes Lächeln.

»Ich möchte und werde dich nicht mit in diese Sache reinziehen, Hugo! Das ist allein meine Angelegenheit, verstanden?«

»Aber du hast mich bereits involviert!«

»Nur bis zu einem gewissen Grad. Und dabei bleibt es!« Clement stand auf und legte eine Hand auf Hugos Schulter. »Ich danke dir, dass du mir zugehört hast. Aber versprich mir, dass dieses Gespräch nie stattgefunden hat. Bitte!«

Es kostete Hugo zwar einige Überwindung, dennoch nickte er behäbig. Das mulmige Gefühl allerdings, das seit Beginn ihrer Unterhaltung von ihm Besitz ergriffen hatte, hielt weiter an. Auch dann noch, als Clement schon längst gegangen war.

Ein einziges Mal in seinem Leben hatte er zu spät reagiert. Damals war ihm seine anfängliche Untätigkeit zum Verhängnis geworden, wodurch er und seine Frau den gemeinsamen Sohn verloren hatten. Natürlich wusste Clement nicht, ob er überhaupt etwas hätte bewirken können, wenn er früher reagiert hätte. Aber aus der heutigen Sicht hatte er zweifelsohne einen Fehler begangen. Einen von der Sorte, die man nur einmal begeht. Passiv zuzusehen, wie ein Unglück naht, und erst zu handeln, wenn es schon viel zu spät dafür ist – das durfte ihm nie wieder geschehen. Nie wieder!

Mit entschlossener Miene fuhr Clement an dem alten Friedhof vorbei und war für einen Augenblick versucht anzuhalten, um Sophies Grab aufzusuchen. Aber er tat es nicht. Er kam ohnehin nicht oft hierher. Anfangs hatte er geglaubt oder zumindest gehofft, dass es ihn seiner Frau näher bringen würde, wenn er vor ihrer kalten Grabplatte eine stille Andacht hielt und ihr gemeinsames Leben reflektierte. Aber das war ein Irrtum gewesen. Nach jedem Besuch hatte er der Stätte mit einem entsetzlichen Gefühl der Leere den Rücken gekehrt, bis er eines Tages begann, seine Friedhofsvisiten zu reduzieren und die Grabpflege auf das Nötigste zu beschränken.

Also ließ er diesen Ort jetzt links liegen. Und während er gedankenverloren nach Hause fuhr, begann in seinem Kopf ein Plan konkretere Formen anzunehmen.

4

Draußen war es windstill. Außer den Motorengeräuschen aus Richtung der Schnellstraße war es ruhig. Camille stand an einem weit aufgerissenen Fenster in ihrem Zimmer und beobachtete die Sonne, wie sie gemächlich dem westlichen Horizont zustrebte. Bald würde sie untergehen – und mit ihr der Tag, der Camille so sehr beschäftigte und verwirrte. Das Gesicht von Monsieur Saver ging ihr nicht mehr aus dem Kopf. Wie er zusammengefahren war, als sie ihm sagte, was für ein böser Mensch Nicolas Leroche sei! Wie betrübt er gewirkt hatte, als er spürte, dass er nicht mehr aus ihr herausbekommen würde!

Was Camille ihm über den Verlobten ihrer Mutter sagte, war gründlich gefiltert und entsprang einer explosiven Mischung aus Gedanken und Gefühlen. Dennoch begegnete ihr der alte Mann ohne Misstrauen und mit einer gewaltigen Portion Zuneigung. Sie fing an, eine Spur in Monsieur Savers Leben zu ziehen. Eine Spur, deren Verlauf noch nicht absehbar war. Dabei berücksichtigte sie, dass sein Leben ihm übel mitgespielt hatte und er genau aus diesem Grund eine Art Schattendasein jenseits des Dorfes führte.

Für Camille selbst bedeutete ihre Begegnung jedenfalls eine Perspektive. Nicht nur, dass sie sich in seiner Gegenwart wohl und geborgen fühlte. Es ging vielmehr deutlich darüber hinaus, denn Monsieur Saver entwickelte sich allmählich zu einer Art Verbündeten. Er würde sie nicht im Stich lassen, wenn sie ihn riefe. Er würde ihr beistehen. Ganz sicher!

Camille atmete tief durch und schloss die Augen. Auf diese Weise nahm sie das Surren der Motoren auf der Kraftfahrstraße intensiver wahr. Allerdings konnte sie dadurch nicht sehen, dass genau in diesem Moment ein grauer VW Transporter an der Villa vorbeiraste. Und natürlich ahnte sie nicht einmal im Entferntesten, dass der Fahrer vorhatte, ihr in Kürze aufzulauern.

Ungefähr zwei Stunden später und nur durch ein paar dicke Mauerwände von Camille getrennt, lagen Anne Jeunet und Nicolas Leroche nebeneinander im Bett. Anne musterte ihren Verlobten im Halbdunkel des Schlafzimmers. Er lag nur mit Boxershorts bekleidet auf dem Rücken und atmete gleichmäßig, als würde er jeden Augenblick einschlafen. Nicolas war am Nachmittag nach Hause gekommen und hatte sich sofort in sein Büro zurückgezogen. Erst gegen Abend tauchte er wieder auf und war sichtlich verstimmt. Beim gemeinsamen Essen – zu dem Camille nicht erschien, weil sie sich kränklich fühlte – gab er sich Anne gegenüber wesentlich reservierter als üblich. Wortkarg und in Gedanken versunken saß er da, mit einem Gesicht, das sie nicht an ihm mochte. Es war offensichtlich, dass irgendetwas an ihm nagte.

»Worüber denkst du so angestrengt nach?«, hatte sie offensiv gefragt.

Er hatte ein paar Sekunden verstreichen lassen, als überlegte er, ob er Anne überhaupt antworten sollte. »Andréa Guilline hat mich angerufen«, stieß er schließlich hervor. »Sie möchte wieder arbeiten kommen. Anscheinend hält sie es zu Hause nicht mehr aus.«

»Andréa? Oh, wie tragisch!«

»Wenn es ihr hilft, dann soll sie kommen. Sie fehlt mir ohnehin. Roger ist zwar bemüht, einen gewissen Part ihrer Tätigkeiten zu übernehmen, aber im Grunde genommen ist er damit überfordert. Er ist ein Buchhalter, der sich nur mit Zahlen und Kontierungen auskennt. Was darüber hinausgeht, ist für ihn nur eine Qual.«

»Meinst du, dass es richtig war, ihr sofort zuzusagen? Ich meine, sie ist doch sicherlich noch von der Rolle und …«

Nicolas' Augen wurden schmal. »Glaubst du, darüber hätte ich mir keine Gedanken gemacht? Glaubst du, es fällt mir leicht, eine Entscheidung zu treffen, die solche Emotionen mit einbezieht?«

»Deswegen solltest du keinesfalls voreilig reagieren.«

»Anne, ich sage es dir jetzt zum ersten und auch zum letzten Mal: Versuche niemals, mich in geschäftlichen Entscheidungen zu beeinflussen! Und stelle niemals Entscheidungen von mir infrage, die mein Unternehmen betreffen! Dieser Teil meiner Existenz wird dich niemals etwas angehen. Hast du verstanden?«

Ihr Gesicht glühte plötzlich. Sie nickte eingeschüchtert. Derart angriffslustig hatte sie Nicolas selten zuvor erlebt! Und sie hatte nicht vor, sich in eine missliche Lage zu manövrieren, in der sie letztendlich mit dem Rücken zur Wand stünde. Als sie jetzt etwas genauer darüber nachdachte, wurde ihr gewahr, dass sich Nicolas in den letzten Tagen ohnehin äußerst unnahbar gegeben hatte.

Anne betrachtete unauffällig den Ring an ihrem Finger. Eine Verlobung war nur ein Heiratsversprechen. Nicht mehr. Sie war sich bewusst, wie schnell sie wieder in dem trostlosen Alltag ihres früheren Daseins landen würde, wenn Nicolas ihr den Laufpass gäbe. Nichts fürchtete sie mehr. Deswegen war es für sie wichtig, dass er sie möglichst bald heiratete. Als er sie vor einigen Monaten fragte, ob sie seine Frau werden wolle, hatte sie sich schon am Ziel ihrer Träume geglaubt. Ein Glaube, den sie allerdings seit wenigen Tagen anzweifelte.

Der Hochzeitstermin war bisher noch nicht fixiert. Irgendwann im Herbst sei es so weit, hatte Nicolas kürzlich gesagt, als sie ihn darauf ansprach. Nichts durfte diese Eheschließung gefährden! Vor allem nicht ihr eigenes Verhalten!

»Ich habe es nur gut gemeint«, sagte sie kleinlaut und sah ihn über den Tisch hinweg demütig an.

Er machte eine wegwerfende Handbewegung. »Schon gut. Wechseln wir das Thema. Was ist mit deiner Tochter? Monique hat mir gesagt, dass sie sich wieder mit dem alten Saver getroffen hat. Findest du das nicht seltsam?«

Anne horchte auf. Am liebsten hätte sie ihm gesagt, dass die Erziehung ihrer Tochter nur ihre Angelegenheit sei und es ihn nichts anging, mit wem sich Camille verabredete. Aber sie verkniff es sich.

»Camille ist alt genug, um zu wissen, was sie tut. Du weißt, dass ich sie zur Selbstständigkeit erziehe. Deshalb möchte ich auch nicht den Eindruck erwecken, dass ich sie kontrolliere und unnötig einschränke.«

Nicolas legte das Besteck beiseite und wischte sich mit der Serviette über den Mund. »In Anbetracht dessen, was mit Oceane geschehen ist, solltest du sie besser im Auge behalten«, meinte er sarkastisch und stand auf. »Saver ist zumindest nicht der Umgang, dem man einem vierzehnjährigen Mädchen wünscht.«

»Was willst du damit sagen?«

»Er ist schon weit über siebzig. Findest du es nicht merkwürdig, dass er sich mit einem vierzehnjährigen Mädchen abgibt? Und sie sich mit einem alten Mann?«

Anne erhob sich ebenfalls. »Dieser Saver scheint aber ganz in Ordnung zu sein«, erklärte sie mit sanfter Stimme. »Er hat Camille nach ihrem Sturz geholfen und dafür ist sie ihm nun dankbar. Außerdem ist meine Tochter aus einem anderen Holz geschnitzt als Oceane. Sie musste sich auf den Straßen von Nizza durchsetzen, das hat sie stark gemacht. Ja, Camille ist sehr stark!«

»Du musst es wissen. Sie ist deine Tochter«, erwiderte Nicolas barsch.

Dann verließ er den Raum und ging zurück ins Büro, um sich seinen laufenden Geschäften zu widmen.

An diesem Abend schliefen sie nicht miteinander. Ein Umstand, der Anne Jeunet wach im Bett liegen und keine Ruhe finden ließ. Erstmalig verspürte sie die Furcht, all das verlieren zu können, was sie in den letzten Monaten zu schätzen, ja, zu lieben gelernt hatte.

5

Mittwochmorgen. Hauptquartier der Kriminalpolizei in Toulon.

Leo Balleroy saß an dem runden Konferenztisch im Büro seines Vorgesetzten René Martin und musterte die Unterlagen aus Marseille, die fein säuberlich aufgereiht vor ihm lagen. Es handelte sich um den Bericht der Spurenuntersuchung sowie die Ergebnisse der forensischen Medizin, eine präzise Expertise, die von Dr. Palazzin unterschrieben worden war. Außerdem war ein Report über die bislang ergebnislose Fahndung nach dem Mann in der Kapuzenjacke beigefügt, der Balleroy niedergeschlagen hatte. Der Kommissar hatte bislang noch keine Zeit gehabt, sich näher mit den Unterlagen zu beschäftigen. Aber der erste Eindruck, den er gewonnen hatte, war ernst.

René Martin zog die Fensterlamellen zu, um das morgendliche Sonnenlicht ein wenig abzublenden. Dann setzte er sich neben Balleroy, lehnte sich lässig zurück und klopfte mit dem Zeigefinger belehrend auf den obersten Bericht.

»Ein und derselbe Täter«, resümierte er. »Die tatsächlichen Fingerabdrücke und der aus den Spermaspuren extrahierte genetische Fingerabdruck lassen keinen Zweifel zu: Der Mörder von Oceane Guilline hat erneut zugeschlagen, diesmal in Marseille. Ich hatte den richtigen Riecher, als ich Sie anrief und dorthin schickte.«

»Das hatten Sie«, gab Balleroy unumwunden zu. »Und das sollte uns Kopfzerbrechen bereiten. Zwischen den Taten lagen gerade einmal zwei Wochen und zwei Tage.«

»Ein soziopathischer Serientäter?«

Balleroy war skeptisch. »Schwer zu sagen. Er weist zwar einige Merkmale auf, die für eine dissoziale Persönlichkeitsstörung sprechen, aber für eine grundlegende Bewertung fehlen uns noch entscheidende Erkenntnisse. Klar ist, dass er über eine sehr geringe Frustrationstoleranz und ein äußerst aggressives Gewaltpotenzial verfügt. Letzteres scheint wie aus heiterem Himmel aus ihm herauszubrechen. Es braucht offenbar nur einen Funken, um ihn in Brand zu setzen. Jedenfalls entnehme ich das dem Bericht von Dr. Palazzin. Die äußeren Verletzungen des Opfers veranschaulichen das eindrücklich. Inwiefern er unfähig ist, sich in andere hineinzuversetzen, und inwiefern er mit einem fehlenden Schuldbewusstsein ausgestattet ist, können wir noch nicht beurteilen.«

Martin verschränkte die Arme hinter dem Kopf. Sein gemustertes Hemd spannte und drohte über seinem massiven Körper zu zerreißen. »Sein Beuteschema differiert nur bei flüchtiger Betrachtung. Die pädophilen Ansätze sind auch bei seinem jüngsten Vergehen erkennbar«, sagte er und verlieh jedem einzelnen Wort eine unheilschwangere Betonung.

»Das ist wahr. Allerdings war die Motivation zu töten diesmal eine andere. Nicht die Angst vor einer Identifizierung trieb ihn dazu an, wie es bei Oceane wohl der Fall gewesen war, sondern ein Gefühl ohnmächtiger Wut. Blinder Hass. Aber wodurch fühlte er sich provoziert?«

»Dürfte schwierig werden, das herauszubekommen«, meinte Martin.

»Es gibt noch einen anderen, wichtigen Aspekt. Nachdem er die Prostituierte getötet hat, fing er offensichtlich an, etwas zu suchen.« Der Kommissar griff nach dem Bericht der Spurensicherung und wedelte ihn hin und her. »Seine Fingerabdrücke waren überall zu finden, am Kleiderschrank, an den Schubläden und dem Mobiliar in der Küche. Aber das war ihm egal, denn er wusste genau, dass sie ihn nicht entlarven würden. Er hat nicht aufgegeben, bis er gefunden hat, wonach er suchte. Etwas, das uns auf seine Fährte gelockt hätte und das in der Liste der asservierten Beweismittel fehlen sollte. Vielleicht ist es ein Notizblock oder ein Terminkalender.«

Martin schnaubte. »Sie sehen eine Menge Dinge, Balleroy, und treten dennoch auf der Stelle! Deswegen habe ich bis gestern Abend ernsthaft in Erwägung gezogen, die Öffentlichkeit wider die politische Meinung mit in diesen Fall einzubeziehen.«

»Was meinen Sie konkret?«

»Ich habe über einen freiwilligen Massengentest in Grimaud nachgedacht, Balleroy. Und das, obwohl ich selbst eigentlich Zweifel am Sinn solcher Aktionen hege und ohnehin nach wie vor die Anweisung zu befolgen habe, dass wir diskret vorgehen sollen.« Er seufzte. »Ich weiß, dass ein Massengentest immer die Gefahr eines unabsehbaren finanziellen Risikos in sich birgt. Unschuldige werden unter Teilnahmedruck gesetzt, Datenschützer auf den Plan gerufen, und es gibt Unruhen, weil die Grenzen des Teilnehmerkreises im Regelfall immer weiter gezogen werden. Und wenn ein solcher Test dann am Schluss auch noch negativ verläuft, fliegt dem Verantwortlichen der politische Druck um die Ohren wie eine Scheißrakete!« Martin schnaubte. »Na ja, aber all diese Überlegungen können wir ja jetzt getrost ad acta legen. Der Mord in Marseille würde ein solches Vorgehen nicht mehr rechtfertigen. Die Wahrscheinlichkeit, dass der Täter aus dem Dorf stammt, hat sich durch das jüngste Verbrechen verringert.«

Balleroy nickte stumm. Er konnte die Logik seines Vorgesetzten nachvollziehen. Martin verfügte über ein exzellentes Urteilsvermögen und ging stets kalkulierend vor. Nicht umsonst war er als Abteilungsleiter eingesetzt worden und hatte in dieser Position entsprechende Erfolge zu verzeichnen. Allerdings stieß dem Kommissar häufig Martins autoritäre Art auf, durch die er sich in seiner eigenen Vorgehensweise eingeschränkt fühlte.

Martin gestikulierte mit den Händen und knirschte mit den Zähnen. »Leider gibt es auch für den Mord an der Polin keinen einzigen Zeugen. Niemand hat etwas gesehen. Niemand!«

Balleroy stand auf und ging zum Fenster. Er schob die Lamellen beiseite und blickte auf die Straße hinunter. »Ich habe die Berichte bisher noch nicht gründlich genug studiert, aber ich habe das dumpfe Gefühl, als würde sich mein Kollege in Marseille nicht genügend in die Ermittlungsarbeit reinhängen können. Er hat angedeutet, dass er momentan an zwei weiteren Fällen arbeitet.«

»Worauf wollen Sie hinaus, Balleroy?«

»Ich möchte mich an den Ermittlungen in Marseille beteiligen. Die Ansätze für weitere Nachforschungen sind dort derzeit eher gegeben als in Grimaud.«

Martin rieb sich über den massigen Nacken. »Ich kann Ihnen nicht die Legitimation erteilen, in Marseille herumzuschnüffeln, Balleroy. Das ist nicht unser Gebiet, nicht unser Revier. Sie würden wildern und das kann ich nicht zulassen.«

»Aber vielleicht könnten Sie ja Ihre Verbindungen spielen lassen.«

Der Abteilungsleiter richtete sich auf und stützte sich mit den Handflächen auf der Tischplatte ab. »Ich werde sehen, was ich tun kann, Balleroy. Aber ich kann Ihnen nichts versprechen. Bis Sie von mir hören, konzentrieren Sie sich ausschließlich auf die Unterlagen aus Marseille und Ihre Arbeit in Grimaud.«

»In Ordnung.«

Balleroy wusste, dass Martin alle Hebel in Bewegung setzen würde, um ihm bei seinem Anliegen behilflich zu sein. Deswegen war er auch bereit, sich an dessen Anweisung zu halten.

»Und noch etwas, Balleroy. Ich habe mich bereits mit Marseille verständigt, dass wir den Zusammenhang zwischen den beiden Morden peinlichst unter Verschluss halten. Davon darf nichts nach außen dringen. Niemand möchte einen Flächenbrand verursachen, kapiert?«

»Kapiert!«

»Gut. Sie hören von mir.«

6

Den Mann trieb es aus dem Dorf hinaus zum bewaldeten Maurenmassiv, das sich von Hyères bis Fréjus ausdehnte. Grimaud, seine Heimat, schien ihm plötzlich die Luft zum Atmen zu entziehen. Als hätte sich ein Gürtel um seine Kehle gelegt, der langsam zugezogen wurde. Es waren seine eigenen Hände, die das Mordwerkzeug umschlossen. Seine eigenen Hände!

Doch im Spiegel seines Gewissens betrachtete er nicht sein Antlitz. Es war die abgezehrte Grimasse der polnischen Hure, die ihn mit brennenden Augen anklagte.

Sie war ein weiteres Opfer. Ein anderes Opfer. Er spürte, wie ihm die Kontrolle über seine Handlungen entglitt, wie er immer mehr die Beherrschung verlor. Es war beängstigend. Jahrelang hatte er sich zurückgehalten. Und jetzt war es, als schlüge diese selbst auferlegte Enthaltsamkeit mit einer brachialen und zerstörerischen Kraft ins Gegenteil um. Lediglich nach außen hin wahrte er noch den Schein, präsentierte sich seinem Umfeld gegenüber unauffällig und lebte seinen Alltag wie gewohnt. Eine perfekte Tarnung, um sich vor der Verurteilung durch seine Mitmenschen zu schützen.

Seine rechte Hand krampfte sich um den Gurt der braunen Umhängetasche, die er sich um die Schulter gehängt hatte. Die Mittagssonne kochte ihn erbarmungslos, sein kurzärmeliges Hemd war bereits durchgeschwitzt. Aber das nahm er in Kauf. Er hatte seinen Wagen in der absurden Hoffnung zu Hause stehen lassen, dass die körperliche Anstrengung vielleicht seinen Ekel einschläfern würde. Doch er wurde eines Besseren belehrt.

Am Waldrand tauchte der Mann in das Zwielicht einer dichten Baumgruppe ein und hockte sich auf den Stumpf einer gefällten Kiefer. Dann sah er sich sorgfältig um. Er war allein. Dennoch fühlte er sich nicht geschützt. Dafür war der

Wald zu geräuschvoll. Knackendes Holz, raschelnde Blätter und ein stetes, unaufdringliches Wispern in den Baumkronen verunsicherten ihn, animierten ihn aber dennoch nicht dazu, seinen Marsch fortzusetzen. Er war viel zu erschöpft.

Er legte die Tasche auf dem Boden ab und zog ihren Reißverschluss auf. Behutsam griff er hinein, nahm das Messer heraus, mit dem er die Kehle des Mädchens ...

Er hielt abrupt inne und verbot sich, wieder und wieder daran zu denken. Das wäre fatal. Stattdessen legte er das Messer beiseite und ließ seine Hand ein weiteres Mal in die Tasche gleiten, bis er die Umrisse Jeanne d'Arcs ertastete. Diese wundervollen, perfekten Formen, die ihrer jungfräulichen Reinheit gerecht wurden. Eine Reinheit, nach der er trachtete, die er besitzen wollte. Und die zugleich ungeahnte Gefühle in ihm freisetzte. Neid und Begehr. Er nahm die Nachbildung der von Benedikt XV. heiliggesprochenen französischen Nationalheldin aus der Tasche und stierte die Figur wie besessen an. Plötzlich hatte er das Gefühl, als ginge etwas Bedrohliches von ihr aus, was mit aller Macht von ihm Besitz ergriff. Und als wollte er sich ihrem Schuldspruch entziehen, der unweigerlich folgen musste, umschloss er das Messer erneut und bohrte es in ihre Augen. Sie war ein Geschenk gewesen. Ein Geschenk, das die Polin nie gewürdigt hatte. Ein Geschenk, das er nun zerstören wollte.

Der Mann war wie von Sinnen und hielt erst wieder inne, als er von weit her eine weiche Stimme zu vernehmen meinte. Eine Stimme, die ihm zuflüsterte, dass er erwartet wurde. Sehnlichst erwartet! Er versteifte sich und hörte zu, gespannt und hingebungsvoll.

Die Stimme gehörte Camille, der Quelle seines neuen Leidens. Eine Stimme, die ihm köstliche Verlockungen entgegenhauchte – und schlagartig verstummte, als das Mädchen in den Wirren seines Bewusstseins zu einem Objekt verkam.

Der Mann wusste um die verhängnisvolle Bedeutung dieses Wandels.

Teil V

Entscheidungen, geboren im Dickicht vager Instinkte

1

Fünf langwierige, anstrengende Tage lagen hinter Clement. Fünf Tage, die er größtenteils in seinem Peugeot verbringen musste und die ihm bis zum heutigen Sonntagabend nur eine ernüchternde Ausbeute an Hinweisen geliefert hatten – von Beweisen ganz zu schweigen. Ausgerüstet mit einem dürftigen Lunchpaket, einer technisch überholten Spiegelreflexkamera und einem gefüllten Tank hatte er sich in den frühen Morgenstunden des vergangenen Mittwochs etwa dreihundert Meter von Leroches Villa entfernt auf die Lauer gelegt. Um nicht aufzufallen, hatte er seinen Wagen hinter einem Kombi am Straßenrand geparkt. Noch hingen die Reste der Nacht wie dunkle Schwaden am Himmel, aber am Horizont war der herannahende Tag bereits zu erahnen. Nicht mehr lange und die künstliche Straßenbeleuchtung würde durch einen verheißungsvollen Sonnenaufgang und natürliche Helligkeit ersetzt.

Am Anfang seiner Observation hatte sich Clement unwohl gefühlt und sich regelrecht einreden müssen, dass seine ungewöhnliche Maßnahme gerechtfertigt war. Doch nach und nach wuchs seine Überzeugung, dass er zunächst nur diese eine Möglichkeit besaß, um an bedeutsame Informationen zu gelangen.

Gegen neun Uhr hielt ein Fiat vor dem Gebäude. Clement traute seinen Augen nicht, als er die Fahrerin erkannte: Es war Andréa Guilline, Leroches Privatsekretärin, die Mutter von Oceane. Sie ging zu der Villa und klingelte. Nach kurzer Zeit öffnete die Haushälterin die Tür und Andréa trat ein.

War sie etwa schon wieder in der Lage zu arbeiten? Ihren normalen Alltag aufzunehmen? Jeder geht mit Trauer anders um, das wusste Clement aus eigener Erfahrung. Vielleicht versuchte Andréa, ihren unermesslichen Kummer in der Trivialität des Gewohnten zu ertränken, so wie es ihr Mann mit einem übermäßigen Alkoholkonsum probierte.

Nur eine halbe Stunde später erschien Roger Doise, Leroches Buchhalter, auf der Bildfläche. Er stellte seinen Wagen neben Andréas Fiat ab und betrat dann ebenfalls das Haus. Clement kannte ihn nur flüchtig. Seine Eltern hatten in früheren Jahren den Campingplatz *Les Prairies de la Mer* betrieben, bevor es sie aus irgendwelchen Gründen in die Bretagne verschlug. Clement hatte nie erfahren warum. Ihr längst volljähriger Sohn blieb in der Provence zurück. Er schloss eine Ausbildung bei dem einzigen Steuerberater im Dorf ab und führte ansonsten ein recht unscheinbares Dasein. Nur ein einziges Mal machte er von sich reden. Als er dreißig Jahre alt war, wurde ihm eine Affäre mit der achtzehnjährigen Tochter des Einzelhändlers Gabriel Cercès nachgesagt. Ihr Name war Ines, ein adrettes, unbeschwertes Mädchen. Aus Gründen, die Clement ebenfalls verborgen blieben, verließ Ines noch vor ihrem zwanzigsten Geburtstag das Dorf und kehrte nie wieder zurück – wie sein eigener Sohn Romain. Roger wiederum zog nach Port Grimaud, wo er ein Haus kaufte und eine nur unwesentlich jüngere Frau ehelichte. Dann nahm er Leroches Angebot an und begann in dessen Unternehmen eine Tätigkeit als Buchhalter.

Kurz nach elf schreckte Clement plötzlich auf. Er sah, wie Leroche in seinen Lamborghini stieg und das Villengrundstück verließ. Clement musste sich zusammenreißen, um den Zündschlüssel nicht augenblicklich umzudrehen und mit der Stoßstange des Sportwagens auf Tuchfühlung zu gehen. Er plante, Leroche einen entsprechenden Vorsprung einzuräumen, um nicht Gefahr zu laufen, gleich zu Beginn seines Vorhabens von dem Unternehmer erkannt zu werden. Doch kaum waren sie auf der Hauptstraße angelangt, endete die Verfolgung bereits. Denn Leroche drückte das Gaspedal durch und raste davon. Clement versuchte erst gar nicht mitzuhalten. Gegen den Lamborghini hatte er keinerlei Chancen. Frustriert hielt er am Straßenrand an und schüttelte verärgert den Kopf. Wie sollte er auf diese Weise jemals etwas herausbekommen?

Am nächsten Tag schienen sich die Ereignisse vom Mittwoch zunächst einmal zu wiederholen. Gegen neun Uhr erschien Andréa und verschwand im Haus, eine halbe Stunde später tat es ihr Doise gleich, und wiederum anderthalb Stunden nach dessen Ankunft verließ Nicolas Leroche das Anwesen. Diesmal benutzte er jedoch sein Mercedes Cabrio, mit dem er schließlich wesentlich gemächlicher in Richtung Meer fuhr. Clement konnte ihm in sicherer Entfernung folgen.

Eine Zeit lang fuhren sie die Küstenstraße N 98 entlang, die immer wieder von Palmen, Oleander und den unterschiedlichsten Blumen gesäumt wurde und einen weiten Blick über das Mittelmeer bot. Hinter Le Lavandou verließen sie die Straße und fuhren ins Landesinnere, bis sie schließlich an einer Bergkette angelangten. Clement musste den Abstand vergrößern, um nicht aufzufallen, denn die Straßen wurden hier schmaler und übersichtlicher, der Verkehr nahm rapide ab. Schließlich steuerte der Unternehmer auf einen Steinbruch zu. Vor einem der zahlreichen Büro- und Wohncontainer am Rand des Areals hielt er an und stieg aus. Zwei Männer in Jeans, T-Shirts und Schutzhelmen begrüßten ihn per Handschlag. Dann gingen sie gemeinsam über das weitläufige Territorium, das von hydraulischen Baggern, Muldenkippern sowie einem hohen Straßenkran mit Gittermast gesäumt wurde. Clement, der auf einem Hang oberhalb des Steinbruchs angehalten hatte, konnte mehrere Dutzend Arbeiter erkennen.

Er seufzte auf. Inzwischen hatte sich das Innere seines in die Jahre gekommenen Fahrzeuges in einen Backofen verwandelt. Als er ein Fenster herunterkurbelte, drang ein Schwall staubiger Luft in das Auto, der keinerlei Abkühlung bot. Clement schloss das Fenster daraufhin sofort wieder. Er begnügte sich stattdessen mit einem Schluck Wasser als Erfrischung und beobachtete aus der Ferne, wie Leroche sich mit den Männern – es war nicht schwer zu erraten, dass es seine Mitarbeiter waren – besprach. Erst nach einer Stunde ging die Fahrt weiter.

An diesem Tag suchte der Unternehmer noch zwei Kiesgruben und einen weiteren Steinbruch im Süden des Landes auf. Clement war angenehm überrascht, mit welcher Ausdauer sich Leroche diesen Bereichen seines Geschäftes widmete.

Der Freitag verlief ähnlich. Allerdings waren diesmal nicht die Produktionsorte die ausgesuchten Ziele, sondern verschiedene Baustellen in der Region. Leroche unterhielt sich stundenlang mit den jeweiligen Polieren. Und Clement blieb nur die Gewissheit, dass er dem Unternehmer inzwischen zwar mit einigem Geschick folgen konnte, ihn seine bisherigen Bemühungen jedoch nicht weitergebracht hatten.

Wie an den Vortagen brach er seine Observation abends ab, um nach Hause zu fahren und den Hund zu versorgen. Als er an diesem Abend zu Hause ankam, stand Camille auf der Holzbrücke und winkte ihm entgegen. Er war schon etwas beunruhigt gewesen, weil er seit Dienstag nichts mehr von ihr gehört hatte. Aber heute hatte sie auf ihn gewartet, das erleichterte ihn. Gemeinsam fütterten sie den Hund und spazierten anschließend durch den Wald. Das Thema, das sie beide am meisten beschäftigte, sparten sie zwanghaft aus. Clement litt unter diesem Gefühl, womöglich jeden Moment eine falsche Saite anzuschlagen, wenn er versuchte, ihre ohnehin spärliche Unterhaltung auf Leroche zu lenken. Camille ihrerseits verhielt sich reserviert, bot ihm keine Gelegenheit für ein Gespräch. Als sie ihn verließ, ohne dass er ihr von seinen jüngsten Unternehmungen berichtet hatte, fühlte er sich deprimiert.

Der Samstag verging ohne nennenswerte Ereignisse. Weder Andréa Guilline noch Roger Doise tauchten an der Villa auf. Und auch Leroche ließ sich nicht blicken, sondern verbrachte den gesamten Tag im Haus. Stundenlang hockte Clement mit dem bitteren Wissen in seinem Fahrzeug, dass er noch kein einziges Foto geschossen, keinen einzigen Hinweis erhalten hatte. Am Nachmittag schwoll zu allem Überfluss auch noch sein rechtes Knie an, außerdem machten ihm Wadenkrämpfe zu schaffen. Gegen achtzehn Uhr hatte er genug und fuhr enttäuscht nach Hause. Er fühlte sich schlecht, auch weil sich Camille nicht meldete. Lediglich Hugo rief an, um sich zu erkundigen, ob sich Clements Verdachtsmomente inzwischen erhärtet hatten. Clement verneinte wahrheitsgemäß und betonte noch einmal, dass sich Hugo nicht sorgen sollte. Es sei allein seine Sache, die Wahrheit herauszufinden.

Am Sonntagabend, kurz bevor Clement erneut aufgeben und seinen Platz vor der Villa räumen wollte, kam Leroche plötzlich aus dem Haus, in einem edlen Designeranzug und einer weinroten Krawatte. Sein Gang war auffallend beschwingt. Erneut wählte er für seine bevorstehende Fahrt den Mercedes aus. Dann führte er Clement nach Nizza, in Camilles frühere Heimat. Vor einem prachtvollen Nobelrestaurant auf der Promenade des Anglais parkte Leroche schließlich auf einem eigens für ihn reservierten Platz. Clement passte sich dem schleppenden Verkehr an und fuhr bedächtig an dem Restaurant vorbei. Er hoffte inbrünstig, dass Leroche ihn nicht bemerkte.

Nachdem der Unternehmer in dem Gebäude verschwunden war, wendete Clement im Innenhof eines Hotels und lenkte seinen Peugeot zurück. Auf Höhe des Restaurants befand sich ein kleiner, öffentlicher Parkplatz, unmittelbar an der Promenade. Während er seinen Wagen abstellte, sah Clement, wie Leroche von einem Kellner an einen Fensterplatz geführt wurde. Dort saßen bereits drei Männer in erwartungsvoller Haltung. Clement zuckte unwillkürlich zusammen. Einer von ihnen war Jean Rispal, Grimauds Bürgermeister. Der andere schien etwas älter als Leroche zu sein, hatte aber eine verblüffende Ähnlichkeit mit ihm. Der dritte wiederum war ein bekannter Politiker. Auch wenn Clement die Nachrichten im Fernsehen nur noch halbherzig verfolgte, erkannte er den Mann wieder. Irgendein Staatssekretär aus Paris.

Was hatte Hugo zu ihm gesagt, nachdem Clement ihm von seinem Verdacht berichtet hatte? Dass Leroche ein windiger und gefährlicher Bursche mit guten Verbindungen sei. Hier war der Beweis! Der Unternehmer saß in einem First-Class-Restaurant mit einflussreichen Politikern zusammen wie mit guten Freunden.

Clement griff nach seiner Kamera, um die Zusammenkunft der Männer zu dokumentieren, auch wenn er sich noch nicht darüber im Klaren war, wozu ihm die Fotos überhaupt dienen sollten. Vielleicht nur, um sich später selbst noch einmal zu vergegenwärtigen, mit wem er es zu tun hatte. Oder vielleicht, um sie Hugo zu zeigen und ihm zu bestätigen, dass seine Warnung berechtigt war.

Gerade als Clement die ersten Fotos schoss, klopfte es heftig an seinem Seitenfenster. Einen Moment lang glaubte er, die Scheibe würde zerbersten. Ein athletischer Mann in einem dunklen Zweireiher war wie aus dem Nichts neben ihm aufgetaucht. Er hatte einen auffallend missmutigen Gesichtsausdruck und sah sehr entschlossen aus.

Clement kurbelte das Fenster nach unten.

»Was gibt's?«, fragte er irritiert.

»Keine unerlaubten Fotos vom Staatssekretär«, erwiderte der Mann grimmig. »Er ist privat unterwegs.«

Clement hatte also recht. Der dritte Mann war ein hochrangiger Politiker und der Kraftmensch, der ihn gerade anstarrte, sein Bodyguard. Dessen Partner saß in einer grauen Limousine vor dem Restaurant und starrte mit eisigem Blick zu ihnen herüber. In diesem Moment griff der Mann neben Clements Auto durch das geöffnete Fenster nach der Kamera.

»Hey, was soll das?«, fuhr Clement den Kerl an und hielt den Apparat krampfhaft fest.

»Gib mir den Film!«, kam die schroffe Antwort.

»Den Film?«

»Ja, gib ihn mir! Freiwillig!«

»Wieso? Ich habe nichts Illegales getan. Herrgott, Sie haben mir überhaupt nichts zu sagen! Und deswegen werde ich Ihnen den Film ganz bestimmt nicht geben!«

»Nun mach schon! Der Staatssekretär ist privat hier. Also, keine Fotos! Auch nicht fürs Familienalbum, klar?«

Die linke Hand des Kraftmenschen legte sich blitzschnell auf Clements Nacken und drückte hart zu. Der alte Mann befürchtete einen Augenblick, dass der Kerl ihm sämtliche Nervenstränge zermalmen würde. Jedwede Gegenwehr war zwecklos. Clement wurde schwarz vor Augen, ihm blieb die Luft weg. Schemenhaft registrierte er, wie ihm die Kamera entwendet wurde. Dann ließ der Druck, der von seinem Nacken bis in die Lenden strahlte, endlich nach. Als er seinen Kopf wieder drehen und aufschauen konnte, sah er nur noch, wie der Leibwächter den Film mit verächtlicher Miene aus dem Apparat nahm, zu einem langen Streifen aufzog und anschließend in seine Jackentasche steckte. Clement benötigte ein paar Sekunden, um wieder halbwegs normal atmen zu können. Noch immer glaubte er, die gewaltige Pranke des Mannes in seinem Genick zu spüren.

»Jetzt kannst du deine Kamera von mir aus wiederhaben«, meinte der Bodyguard kühl und warf ihm den Apparat abfällig auf den Schoß. »Den Schmerz hättest du dir wirklich ersparen können.«

Mit Befremden registrierte Clement, dass einige Spaziergänger auf der Promenade auf sie aufmerksam geworden waren und ihn voller Neugierde anstarrten. Als warteten sie nur darauf, dass er aus dem Wagen hechten würde, um dem Kerl eine Faust in den Magen zu rammen. Gott allein wusste, wie gerne Clement genau das in diesem Augenblick getan hätte! Doch sein Verstand flüsterte ihm zu, dass es nun wirklich besser wäre, den Schwanz einzuziehen, um nicht mit gebrochenen Knochen zu enden und die Aufmerksamkeit noch mehr auf sich zu ziehen. Deshalb drehte er den Zündschlüssel um und legte den Rückwärtsgang ein – gedemütigt, aber mit dem festen Willen, die Tränen zurückzuhalten, die ihm das Erkennen der eigenen Schwäche in die Augen jagte.

Er fuhr davon, ohne den maliziösen Blick Leroches wahrzunehmen, der ihm aus dem Restaurant heraus nachsah.

2

Tief in der Nacht, versunken in einen traumlosen Schlaf, lag Camille in ihrem Bett und bemerkte nicht, wie sich die Tür ihres Zimmers öffnete. Spürte nicht, wie die Decke von ihrem Körper gezogen wurde. War sich nicht der Blicke gewahr, die auf ihrem unter einem kurzen Nachthemd verborgenen Leib ruhten.

Erst als sich Hände um ihre Schultern legten und sie sanft schüttelten, wurde sie allmählich wach und bemerkte ihn. Nicolas! Er hatte sich über sie gebeugt. Sein heißer, von Wein durchdrungener Atem war dicht an ihrem Ohr.

Camille spürte, wie sie eine Gänsehaut bekam und ihr der Schrecken in die Glieder fuhr. Es musste einen Grund haben, wenn er um diese Uhrzeit bei ihr auftauchte.

»Wach auf, kleine Prinzessin! Ich muss dir etwas zeigen«, flüsterte er verheißungsvoll.

»Was denn? Um diese Uhrzeit? Ich bin müde«, antwortete Camille und griff nach der Decke.

»Ja, um diese Uhrzeit, Camille. Wenn es nicht wichtig wäre, wäre ich nicht hier. Also komm, steh auf!«

Sie seufzte. Aber sie gehorchte. Stand langsam und mit noch wackeligen Beinen auf. Ihr war ein wenig mulmig.

»Was willst du mir zeigen?«

»Wir gehen in mein Büro«, sagte er bestimmt und lief voraus. Er schaltete das Licht im Korridor und im Treppenhaus ein.

Camille folgte ihm widerstandslos. Ihre gedämpften Schritte zerschnitten die nächtliche Stille. Unheimlich war es zu dieser Stunde im Haus, mit den vielen dunklen Ecken, in die das Licht nicht vordringen konnte. Camille fühlte beunruhigende Stiche in ihrer Magengrube. Ihre Sinne schärften sich, gleichzeitig schüttelte sie ihre Schlaftrunkenheit ab.

Dann betraten sie das Büro. Nicolas schaltete lediglich die Stehlampe hinter seinem Schreibtisch ein. Die schwache

Beleuchtung verwischte den Eindruck, den Camille normalerweise von diesem Raum hatte. Ein großes Arbeitszimmer mit edlen Teakholzmöbeln, mehreren Rollcontainern, einer Minibar sowie zwei in die Wand eingelassenen Stahlschränken. Mehrere Fiederpalmen trugen tagsüber dazu bei, eine beschauliche Atmosphäre zu schaffen. Aber jetzt, mitten in der Nacht und mit spärlichem Licht bei heruntergelassenen Rollläden, erschien ihr das Büro eher wie eine unheilvolle Höhle, die zu betreten sie gezwungen worden war.

Mit dem starren Blick einer Eule wies Nicolas auf einen Stuhl hinter einem der Schreibtische.

»Setz dich hin!«, forderte er sie auf.

Eingeschüchtert kam sie seiner Anweisung nach. Trotz der nächtlichen Wärme fror sie. Es war eine innere Kälte, ausgelöst durch die Gegenwart des Mannes, der vor einiger Zeit begonnen hatte, ihr Leben zu beeinflussen. Und zwar auf eine Weise, die sie von Tag zu Tag mehr zu verletzen begann.

Sie schauten sich über den Schreibtisch hinweg an. Camille hielt seinem Blick stand. Schließlich ließ er sich auf seinem Bürosessel nieder, die Finger unter dem Kinn verschränkt.

»Weißt du, worauf mein Erfolg beruht?«, fragte er. Das glich einer rhetorischen Frage, die er im nächsten Moment selbst beantwortete. »Ich arbeite systematisch und versuche stets, die eigenen Zielsetzungen zu erfüllen. Wenn es möglich ist, gehe ich jeden Abend in mein Büro, auch am Wochenende. Ich genehmige mir etwas Cognac aus der Minibar, dann setze ich mich hierher und kontrolliere die Auftragsliste, E-Mails, die öffentlichen Ausschreibungen und an Werktagen die Terminvorschläge, die mir Monique in meinen Spiralkalender eingetragen hat. Mein Handeln konzentriert sich auf ein Zentrum, das aus Kontrolle und äußerst wichtigen Ritualen besteht, die mich disziplinieren. Hinzu kommt, dass ich meine guten Beziehungen pflege und ausbaue. All diese Teile bilden einen durchdachten, geradezu magischen Kreislauf.«

Er machte eine kurze Pause, bevor er sich nach vorn beugte und die Ellenbogen auf der Tischplatte abstützte. »Klingt vielleicht etwas kompliziert, aber ich halte dich für intelligent genug, dass du begreifst, was ich meine.«

Gleichgültig zuckte sie mit den Schultern. Insgeheim fragte sie sich allerdings, worauf Nicolas hinauswollte.

»Wenn ich zulassen würde, dass dieser Kreislauf jemals gestört oder gar unterbrochen wird, wäre das ein unverzeihlicher Fehler. Verstehst du das, Camille?«

Die zwischen Bedrohung und Bitterkeit oszillierende Stimme irritierte Camille doch mehr, als sie es zulassen wollte.

Nicolas zog die oberste Schublade seines Schreibtischs auf, fischte einen Schlüssel hervor und ging zu einem der Stahlschränke. Er schloss die Tür auf. Zwischen diversen Fotoalben, Bildern von Menschen, die Camille nicht kannte, und verschiedenartigen Steinen lag eine Mappe mit einem auffallenden silbernen Verschluss und einem langen Gurt. Nicolas nahm sie heraus.

»Ist schon lange her, dass ich diesen Stahlschrank geöffnet habe. Er birgt einige Relikte, wie die Gesteinsbrocken aus meinen Abbaubetrieben, und Fotos von Menschen, die mich auf meinem bisherigen Lebensweg begleitet haben. Für so sentimental hättest du mich gar nicht gehalten, was?« Er lachte heiser auf. Dann verwies er auf die Mappe mit dem Silberverschluss. »Und das hier ist eine Hinterlassenschaft meines Vaters, der in der Armee gedient hat. Ich habe sie immer aufbewahrt, im Gedenken an den verschrobenen Herrn«, grinste er süffisant.

Camille kniff die Augen zusammen und stierte die Mappe an. Sie sagte kein Wort.

»Clement Saver, dein Freund, schnüffelt hinter mir her und berührt damit meinen Kreislauf«, fuhr Nicolas fort, als er sich wieder hingesetzt hatte. »Er war heute Abend in Nizza, hat seinen Wagen genau vor dem Restaurant abgestellt, in dem ich mich mit meinem Bruder und zwei anderen einflussreichen Männern getroffen habe. Ich frage dich, warum er mich verfolgt, Camille. Weshalb bespitzelt er mich?« Seine Stimme klang jetzt gereizt.

Camille zuckte hastig mit den Achseln. »Woher sollte ich das wissen?«

»Weil ich annehmen muss, dass du dahintersteckst.«

»Ich? Nein, das stimmt nicht. Ganz sicher nicht!«

»Wie kommt es nur, dass ich dir nicht glaube?«

»Ich sage die Wahrheit.«

»Mich kannst du nicht täuschen, Camille! Lass dir nur gesagt sein, dass ihr ein gefährliches Spiel eröffnet. Du und der Alte. Ein sehr gefährliches Spiel. Und das werde ich keinesfalls tolerieren!«

Er spie ihr seine Worte beinahe ins Gesicht. Camille saß steif vor ihm und sah stumm zu, wie er den Verschluss der Tasche öffnete.

»Jetzt pass gut auf, was ich dir zeige«, forderte er sie auf und zog mit einer schnellen Bewegung einen düster schimmernden Gegenstand aus der Mappe.

Was Camille erblickte, empfand sie im ersten Augenblick als dermaßen angsteinflößend, dass sie geneigt war, panisch aufzustehen und aus dem Raum zu laufen. Sie kämpfte jedoch erfolgreich gegen diesen Drang an, blieb trotzig sitzen und betrachtete mit stumpfem Blick die Pistole, die Nicolas voller Hochmut in den Händen hielt.

»Sag deinem Freund, er soll sich aus meinem Leben raushalten! Aus meinem und aus deinem Leben«, hauchte er. Dabei lag ein sardonisches Grinsen auf seinem Gesicht.

Es gefiel ihm sehr, ihr eine fürchterliche Angst einzujagen.

3

Die roten Leuchtziffern seines Weckers zeigten drei Uhr an. Drei Uhr in der Nacht. Clement war nicht in der Lage zu schlafen. Selten zuvor hatte er eine solche Unruhe verspürt, bei der jeder einzelne Nerv in seinem Körper zum Zerreißen gespannt schien. Clement ahnte zu diesem Zeitpunkt noch nicht, dass dies die Vorboten einer kräftezehrenden Schlafstörung waren, die ihn künftig zu einer steten inneren Rastlosigkeit verdammen und seinen Verstand einnebeln sollte.

Der alte Mann wälzte sich in seinem Bett herum. Sein Schlafanzug war an einigen Stellen klamm vom Schweiß. In seinem geschwollenen Knie, das er nach seiner Heimkehr mit einem Eisbeutel gekühlt hatte, pochte es unaufhörlich und in seinem Nacken meinte er nach wie vor die bohrenden Finger des Bodyguards zu fühlen, wie eine entwürdigende Brandmarkung.

In diesem Moment hätte er einiges dafür gegeben, einfach nur einschlafen und die Eindrücke des Abends vergessen zu können. Aber wie gesagt: Es gelang ihm nicht. Er war viel zu wach. Viel zu aufgewühlt. Viel zu hellhörig.

Aus dem Erdgeschoss drang unversehens ein schwaches Geräusch zu ihm ins Schlafzimmer und lenkte ihn kurzerhand ab. Es war der Hund, der im Flur herumschlich, als hätte sich Clements Unruhe auf ihn übertragen.

Sekunden später wusste er, warum das Tier erwacht war: Jemand stand vor seiner Haustür und klopfte an. Zaghaft. Zurückhaltend.

Clement fuhr hoch. Wer besuchte ihn denn um diese Zeit?

Aus dem Klopfen entwickelte sich ein verlangendes Hämmern. Clement war plötzlich mulmig zumute. Er stand auf, wobei ihm das rechte Bein einzuknicken drohte, humpelte durch das Schlafzimmer in den Korridor und riss das Flurfenster auf. Er starrte durch die Dunkelheit und erkannte die Umrisse einer schmächtigen Gestalt, die vor der Haustür stand und gegen den Rahmen schlug.

»Wer ist dort?«

»Ich bin' s, Camille.«

»Camille? Was machst du hier, mitten in der Nacht?« Er war hochgradig verwirrt.

»Ich wusste nicht, an wen ich mich wenden sollte, Monsieur Saver. Bitte, ich muss reden. Mit Ihnen reden. Lassen Sie mich rein. Bitte!« Ihre Stimme zitterte besorgniserregend.

»Warte einen Augenblick! Ich mache dir auf!« Clement eilte, das Pochen in seinem rechten Knie ignorierend, ins Schlafzimmer zurück und streifte sich einen Morgenmantel über. Dann polterte er die Treppe nach unten, schob den kläffenden Hund beiseite und riss die Tür auf.

Camille stand mit hängenden Schultern vor ihm. In ihrem Gesicht spiegelten sich Angst und unterdrückte Panik wider. Sie hatte sich angezogen, als sei sie in großer Eile gewesen, trug einen zerknitterten Mantel und ausgelatschte Turnschuhe. Von ihrer rechten Hand baumelte eine Tasche.

Der Hund begrüßte sie schwanzwedelnd, doch Camille schenkte ihm keinerlei Aufmerksamkeit.

»Komm rein«, sagte Clement mit wachsendem Unbehagen und führte das Mädchen ins Wohnzimmer, wo er das Deckenlicht einschaltete. Der Hund folgte ihnen und legte sich auf die Couch, ohne sie aus den Augen zu lassen.

»Bitte, können Sie ein anderes Licht anmachen? Ein Licht mit weniger Helligkeit?«, fragte Camille kleinlaut.

Clement zog die Augenbrauen zusammen, tat ihr aber den Gefallen, schaltete die Deckenlampe wieder aus und stattdessen die Wandleuchte ein, deren Schein wesentlich trüber war.

»Willst du etwas trinken?«, fragte er und bemerkte, dass in ihren Augen Tränen standen.

Camille schüttelte energisch den Kopf. Behutsam legte sie die Tasche auf den Wohnzimmertisch, zog den Mantel aus und ließ ihn achtlos auf den Boden gleiten.

Clement schluckte. Nun stand sie fast nur noch mit einem Nachthemd bekleidet vor ihm. Es bestand aus einem derart dünnen Stoff, dass sich darunter ihre nackten Brüste und eine weiße Mädchenunterhose aus Feinripp abzeichneten.

»Was machst du bloß? Zieh den Mantel wieder an!«, schnaubte er brüsk.

Sie hörte nicht auf ihn. Stattdessen zog sie das Nachthemd über ihren Kopf und verschränkte wortlos die Arme über ihre entblößten Brüste. Ihre schlanke Gestalt wirkte im Schein der diesigen Beleuchtung zerbrechlich. Sie vermittelte den Eindruck einer Halluzination. Fast erwartete Clement, dass sie sich jede Sekunde in Luft auflöste – und mit ihr die unwirkliche Szenerie.

Aber den Gefallen tat sie ihm nicht. Erst jetzt fielen Clement die frischen Bisswunden an ihrem rechten Oberarm auf. Außerdem entdeckte er rote Flecken an ihren Innenschenkeln, in der Nähe ihres Schambereiches und unterhalb ihrer Brustansätze.

Ihre Blicke begegneten sich, vielsagend und vertrauensvoll. Dennoch zog sich Camille in die Ecke des Raumes zurück, als wäre sie sich plötzlich ihrer verletzlichen Nacktheit bewusst geworden. Aber sie machte keine Anstalten, sich wieder anzuziehen. Sie blieb im Raum stehen, entkleidet, mit ihrer transzendent wirkenden Körperlichkeit. Und mit ihrem ganzen Schmerz.

Es war unfassbar!

»Wer hat dir das angetan?«, fragte Clement, obwohl er die Antwort bereits kannte.

»Nicolas«, erwiderte sie knapp.

Clement trat näher und betrachtete ihre Verletzungen. Camille wich nicht mehr zurück. Die Wundränder der Bisswunden waren zwar leicht eingerissen, aber nicht sonderlich tief. Die Hautrötungen an ihren Beinen und ihrem Oberkörper wirkten ebenfalls nicht besonders tragisch. Das eigentliche Drama war die Art, wie die Blessuren zustande gekommen waren.

»Bleib hier«, murmelte Clement und verschwand in der Küche, um kurz darauf mit einer Schüssel lauwarmem Wasser zurückzukommen. Mit zitternden Händen säuberte er die mit einem hauchdünnen, getrockneten Blutfilm bedeckten Wunden an ihrem Arm.

»Danke.« Camille griff nach ihrem Nachthemd und streifte es endlich wieder über.

»Was tut er dir nur an, Camille? Sag es mir!«

»Sie wissen es doch schon längst«, erwiderte sie und senkte betreten den Kopf.

»Wir werden zur Polizei gehen«, sagte Clement und umging damit eine Antwort. »Du und ich. Ich werde dir beistehen, Camille, dich unterstützen. Du musst nicht allein damit fertig werden.«

Sie hob den Kopf. »Niemals werde ich das tun! Hören Sie, Monsieur Saver? Niemals!« Ihre Stimme glich auf einmal dem Kreischen eines aufgeschreckten Vogels.

»Wieso nicht? Wir müssen ihn aufhalten, Camille. Wir müssen verhindern, dass er dich weiterhin …«

»Nein! Er würde mich töten! Mich und meine Mutter«, unterbrach sie ihn. Sie war außer sich, stand kurz davor, die Beherrschung zu verlieren. »Er hat es mir gesagt! Ein Wort zur Polizei und deine Mutter stirbt zuerst, hat er gesagt. Und danach wäre ich dran. Er würde es tun und niemand könnte es ihm nachweisen. Nicolas ist viel zu gerissen.«

»Wir müssen es versuchen, Camille! Deine Verletzungen werden deine Aussagen beweisen.«

»Sie würden ihm glauben, nicht mir. Nur ihm. Er kann Menschen manipulieren, er kann sie kaufen. Und die Menschen fürchten ihn. Also verlangen Sie nicht von mir, zur Polizei zu gehen. Ich bin nicht zu Ihnen gekommen, damit Sie mich dazu zwingen, Monsieur Saver.« Ihr Kinn bebte, sie fing an zu weinen.

Camilles Sätze schlugen wie Gertenhiebe auf Clement ein. Er schwankte und meinte einen Augenblick lang, der Raum würde sich um ihn herum drehen. Und er dachte an seine Beobachtung, an die Politiker, mit denen sich Leroche getroffen hatte. In was für eine Tragödie war er nur hineingeschlittert?

»Ich werde dich nicht dazu zwingen«, sagte er leise, um sie zu beruhigen. »Aber es wäre vernünftig und der einzig richtige Weg.«

»Ich kann und will nicht mit der Polizei reden. Und Sie dürfen es auch nicht! Bitte, versprechen Sie mir, dass Sie nichts verraten werden. Auch meiner Mutter dürfen Sie nichts sagen!«

»Bemerkt sie denn nicht, was vor sich geht? Was Nicolas dir antut?«

»Nein, sie bemerkt es nicht.«

»Camille, wir sollten …«

»Sie haben gesagt, ich könnte Ihnen vertrauen. Und ich vertraue Ihnen. Deswegen müssen Sie mir jetzt Ihr Wort geben, dass Sie mit niemandem darüber reden!«

Clement verzog die Mundwinkel und zögerte. Er fühlte sich in die Enge getrieben und spürte, wie er sich innerlich sträubte. Camilles Forderung widersprach seiner Überzeugung grundlegend.

Schließlich stieß er einen Seufzer aus und nickte schwerfällig. »Gut. Ich gebe dir mein Wort.«

Camille rückte dicht an ihn heran und presste sich unvermittelt an ihn. Clement erwiderte ihre Hilfe suchende Umarmung. Er spürte ihre Haare in seinem Gesicht, ihren unter Schluchzen bebenden, warmen Körper und ihren Herzschlag, der sich nicht zu beruhigen schien.

»Danke«, flüsterte sie.

»Ich werde dir helfen, Camille. Irgendwie werde ich dir helfen«, sagte er.

»Wirklich?«

»Wirklich!«

Dann sprach sie aus, was Clement nicht auszusprechen wagte.

»Ich habe Nicolas gefragt, ob er Oceane getötet hat«, flüsterte sie mit erstickter Stimme.

Clement hielt abrupt die Luft an und stierte Camille verdattert an. Seine Hände wurden feucht. Etwas in seinem Inneren sehnte sich danach, das erschütternde Gespräch an dieser Stelle abzubrechen. Doch er wusste, dass er sich nicht mehr aus seiner Verantwortung stehlen konnte und durfte.

»Und? Was hat er geantwortet?«, fragte er gepresst.

»Er hat es geleugnet.«

»Glaubst du ihm?«

»Wie könnte ich ihm glauben, Monsieur Saver?«

»Wir müssen etwas unternehmen, Camille!«

Sie löste sich von ihm und wischte sich über die Augen, bevor sie ihm einen tiefen Einblick in ihre gedankliche Welt gewährte.

»Meine Mutter hat mir einmal gesagt, dass die Seele eines Menschen verdirbt, wenn sich böse Gedanken in seinen Kopf einschleichen. Manchmal habe ich böse Gedanken, Monsieur Saver. Sehr böse Gedanken. Dann wünsche ich mir nicht nur, dass Nicolas mich in Ruhe lässt, sondern bete voller Inbrunst zu Gott, er möge ihn für immer aus meinem Leben entfernen. Am besten wäre es, er würde ihn töten, vernichten, zertreten wie ein gefährliches Insekt. Ich weiß, dass man sich so etwas nicht wünschen darf, aber ich kann nicht dagegen ankämpfen. Meine Seele ist wohl schon sehr verdorben, nicht wahr?«

»Nein, Camille, deine Seele ist nicht verdorben«, sagte Clement und strich ihr unbeholfen über die Arme. »Sie ist verwundet. Das ist die Wahrheit! Sie ist nur verwundet, verstehst du? Deine Seele ist keinesfalls verdorben.«

Du sprichst nur aus, was du fühlst, ergänzte er im Geiste seine Worte. Dein Wunsch ist ein verzweifelter Hilferuf. Bei mir kommt dieser Ruf an. Ich werde dir zur Seite stehen, Camille!

Sie lächelte gequält. »Es gibt zu wenige Menschen wie Sie in dieser Welt.«

Clement wollte etwas antworten, doch seine Lippen waren wie eingefroren. Das lag an ihren traurigen Augen, die ihm das Gefühl gaben, in einen schwarzen Abgrund zu blicken.

Camille streifte sich den Mantel über und verließ mit gesenktem Kopf das Wohnzimmer in Richtung Haustür.

»Wo willst du hin?« Clement lief ihr hinterher.

»Nach Hause.« Sie öffnete die Tür.

Er fasste sie am Handgelenk, sanft, als befürchtete er, ihre Knochen mit nur einem einzigen Griff zermalmen zu können. »So darfst du nicht weggehen!«

Sie wirbelte herum und klammerte sich erneut an ihn. Wieder liefen ihr Tränen über die Wangen, benetzten Clements Kinn und seinen Hals. Bevor sie ihn losließ und in die Nacht hinauseilte, blickte sie ihn aus ihren dunklen, geheimnisvollen Augen flehend an.

»Erlösen Sie mich, Monsieur Saver!«, wisperte sie in sein Ohr. »Töten Sie ihn, ehe er mich tötet!«

Camille verblasste zu einer fliehenden Silhouette, bis sie sich gänzlich in der Schwärze der Nacht verlor.

Der Gedanke, ihr keinen Halt geben, sie nicht schützen zu können, setzte Clement empfindlich zu. Und wie gerne hätte er aus seinem Gedächtnis verbannt, wozu ihn dieses erst vierzehnjährige Mädchen aufgefordert hatte! Was musste sie ertragen haben, dass sie eine Grenze überschreiten wollte, der sie sich niemals hätte auch nur nähern dürfen?

Clement stand noch lange an der Tür, den Blick ins Unbestimmte gerichtet, bevor er sich einen Ruck gab und schweren Schrittes zurück ins Wohnzimmer stakste. Sein Gang war steif, als wären seine Beine eingeschlafen.

Der Hund lag noch auf dem Sofa und beäugte sein Herrchen wachsam, als dieser sich mit trübem Blick neben ihm niederließ.

Kaum saß Clement, fiel ihm die Tasche auf, die Camille auf den Tisch gelegt hatte. Von Argwohn erfasst, runzelte er die Stirn. Hatte Camille die Tasche nur vergessen? Oder hatte sie sie absichtlich liegen lassen?

Er musste es wissen! Da keine Spekulation den Blick auf den Inhalt ersetzen würde, nahm er die Tasche an sich, öffnete den Verschluss und klappte sie auf.

Seine Ahnung verwandelte sich in eine erschreckende Gewissheit. Er hielt eine Waffentasche in den Händen – mit einem gefüllten Schalldämpferfach, einem Magazin und einer Pistole mit braunem Griff. Unwillkürlich strich er mit den Fingern über die Handfeuerwaffe, die er verstört anstarrte, als sei sie eine giftige Schlange.

Clement Saver war endgültig aus der Bahn geworfen worden.

Camille huschte durch die Finsternis wie ein unsichtbarer Geist. Beherrscht wurde sie von der schlichten Einsicht, dass sie alles auf eine Karte gesetzt hatte.

Auf eine einzige Karte! Was für ein Risiko!

Sie hoffte, eine gute Entscheidung getroffen zu haben. Das würde sie in kürzester Zeit erfahren. Sie hatte das Blatt, welches ihr das Schicksal zugeteilt hatte, ausgespielt. Nun entwickelten sich die Dinge. So oder so.

Nachdem Nicolas die üble Inszenierung in seinem Büro beendet und endlich wieder von ihr gelassen hatte, forderte er sie schroff auf, in ihr Zimmer zurückzugehen. Wie befreit eilte Camille aus dem Arbeitsraum, in dem sie kaum noch Luft bekommen hatte. Sie ließ die Tür jedoch einen Spalt breit offen stehen und täuschte nur vor, die Treppe nach oben zu steigen. In Wirklichkeit schlich sie zurück, darauf bedacht, kein verräterisches Geräusch zu verursachen. Sie spähte durch den winzigen Türspalt und schaute zu, wie Nicolas die Pistole wieder in die Mappe steckte und aufstand. Er ging zu dem Stahlschrank und legte die Waffentasche auf ihren alten Platz. Danach ließ er den Schlüssel in der obersten Schublade verschwinden.

Camille vermutete, dass er das Büro nun verlassen würde. Überdies hatte sie genug gesehen. Deshalb stahl sie sich eilig in ihr Zimmer und wartete ab. Kurz darauf vernahm sie Nicolas' Schritte im Treppenhaus, die verstummten, als er sich in sein Schlafzimmer begab.

Sein und Mutters Schlafzimmer, dachte Camille bitter und wäre am liebsten sofort wieder in das Büro geschlichen.

Aber sie blieb geduldig. Später, nach einer gefühlten Ewigkeit, wagte sie es, ihr Vorhaben in die Tat umzusetzen.

Es erforderte viel Mut. Insbesondere die Tasche mit der Waffe zu stehlen. Ihr saß ununterbrochen die Angst im Nacken, ertappt zu werden.

Doch sie wurde nicht erwischt. Und die Wahrscheinlichkeit, noch aufzufliegen, weil Nicolas das Fehlen der Mappe frühzeitig bemerkte, schien ihr gering. Immerhin hatte Nicolas selbst gesagt, es sei schon lange her, seitdem er den Stahlschrank zuletzt geöffnet hatte. Folglich schloss er ihn nicht regelmäßig auf. Damit aber servierte er Camille eine einmalige Chance wie auf einem silbernen Tablett.

Sie war der festen Überzeugung, dass sie angesichts dieser unerwarteten Möglichkeit und unter Berücksichtigung ihrer prekären Not richtig handelte.

4

Grünes Licht. Endlich.

Tagelang hatte er Martins Anruf entgegengefiebert und sich währenddessen mit den Unterlagen aus Marseille beschäftigt. Erreicht hatte er jedoch nichts. Genauso wenig wie durch seine weiteren Nachforschungen in Grimaud. Leo Balleroy befand sich in einer Sackgasse und strebte nach neuen Lösungsansätzen, die er in der Hafenstadt zu finden hoffte. Und jetzt, am Montagmorgen, war es schließlich soweit. René Martin erteilte ihm einen Freifahrtschein für Marseille. Einzige Bedingung war, dass Balleroy seinen eigentlich zuständigen Kollegen Bruel und dessen Mitarbeiterstab über sämtliche seiner Informationen in Kenntnis setzte. Zeitnah und detailliert. Mit dieser Bedingung konnte er leben. Insbesondere deshalb, weil er im Gegenzug ebenfalls über den jeweils aktuellen Ermittlungsstand auf dem Laufenden gehalten werden sollte.

Die Aussichten auf mögliche neue Ansatzpunkte setzten ihn unter Strom. Er rief Nuret in der Polizeistation an und teilte ihm mit, dass er eine Spur außerhalb von Grimaud verfolgen musste. Nur für einen begrenzten Zeitraum, den er allerdings noch nicht eindeutig definieren könne. Über die Hintergründe ließ er Nuret absichtlich im Unklaren. Zwar konnte er sich dessen Enttäuschung über sein ausbleibendes Vertrauen sehr gut vorstellen, aber der Kommissar hatte Martin wiederholt versichern müssen, den Zusammenhang zwischen den Mordfällen in Marseille und Grimaud streng vertraulich zu behandeln.

Es war kurz nach zehn Uhr, als Balleroy das Hotel *La Boulangerie* verließ und auf dem Weg zu seinem Wagen den Kragen hochschlug. Ein unangenehmer Südwind fegte durch die Straßen, tief hängende Wolkenformationen kündigten einen schweren Regen an. Ein Sommersturm drohte.

Aber nicht einmal ein Tornado hätte Balleroy davon abhalten können, auf der Stelle nach Marseille zu fahren. Er klemmte sich hinter das Steuer seines Renault und donnerte los. Nur kurze Zeit später schüttete es wie aus Kübeln. Der Polizist schaltete die Scheinwerfer ein und war gezwungen, das Tempo zu verringern. Ab und zu schlingerte er über den Asphalt, wenn er durch mit Wasser gefüllte Schlaglöcher fuhr oder wenn ihn heftige Böen seitlich erwischten. Balleroy musste sich höllisch konzentrieren und war froh, als ihn die Straßenschluchten Marseilles empfingen. Sie boten ausreichend Schutz vor den kontinuierlich anschwellenden Winden.

Sein Ziel war das Laufhaus. Der einzigartige Klang eines Verbrechens hallt für gewöhnlich besonders von seinem Tatort wider. Deswegen wollte der Kommissar zunächst dorthin zurück. Diesmal wäre er allein in Grazynas kleiner Wohnung und vielleicht könnte er dadurch irgendein verräterisches Echo vernehmen, das er in der Nacht des Leichenfundes überhört hatte. Oder etwas erkennen, was er zuvor nicht wahrgenommen hatte. Bisweilen empfand er es als sinnvoll, einen solchen Ort ungestört und in vollkommener Ruhe auf sich einwirken zu lassen.

Zumindest war es ein logischer Schritt, die Ermittlungen in Marseille an der Stelle zu beginnen, an der das Leben der Polin beendet worden war. Ein trister Ort, den Balleroy betrat, nachdem er die polizeilichen Absperrbänder vor der Wohnungstür abgezogen und das primitive Buntbartschloss mit einem Schraubenzieher aus dem Werkzeugkoffer seines Renault geknackt hatte. Auf dieselbe Weise war er schon zuvor unbemerkt in das Laufhaus eingedrungen, wobei er den Hintereingang benutzte. Es war ihm zu umständlich und zeitraubend erschienen, Bruel zu bitten, ihm die Schlüssel auszuhändigen.

Er begab sich ins Schlafzimmer, in den Raum, in dem Grazyna Lewandowski vergeblich um ihr Leben gekämpft hatte, und ließ den Blick in einem engen Radius über das Bett, die Wände, den Schrank schweifen. Dabei blieb er wie angewurzelt stehen, inhalierte die abgestandene Luft und saugte die schauerliche Atmosphäre auf.

Er dachte an die tote Polin.

An ihren Leichnam auf dem Obduktionstisch.

An ihr zerschlagenes Gesicht.

An ihre todbringende Wunde am Hals.

Er stellte sich vor, wie das Verbrechen wohl abgelaufen war. Und was Grazyna gefühlt haben musste, als ihr klar wurde, in welch fatale Lage sie geraten war.

Dann sah er den Schatten im Rahmen der Wohnungstür, die er nur angelehnt hatte. Eine Frauengestalt in einem purpurroten Kleid, das eng und durchnässt an ihrem Körper klebte. Sie hatte die Tür mit einer Hand weiter geöffnet, mit der anderen hielt sie eine Einkaufstüte fest. Als Balleroy sie erblickte, geriet sie in Panik und rannte augenblicklich davon. Der Polizist zögerte jedoch keine Sekunde, stürmte aus der Wohnung und holte die Frau noch am Treppengeländer ein.

»Was wollten Sie an der Wohnungstür?« Seine Stimme klang scharf, und statt sich vorzustellen, zückte er seinen Dienstausweis.

Die Frau blickte ihn aus großen Augen an. »Ich habe ein Geräusch in der Wohnung gehört«, erklärte sie mit einem deutlichen Akzent. Eine Osteuropäerin, wie Grazyna Lewandowski. Sie hatte auch ungefähr das gleiche Alter.

»Sie kannten die Frau, die dort gewohnt und gearbeitet hat?« Balleroy taxierte sie. Ihr ausdrucksvolles Gesicht wurde von einer matten Blässe und dunklen Augenringen getrübt. Halblange, braune Haare kräuselten sich nass auf ihrem Kopf. Unter ihren trockenen Lippen blitzten schiefe Zähne hervor.

»Ja. Grazyna und ich waren befreundet.«

»Wie ist Ihr Name?«

»Sylwia Gorcyzka.«

»Kommen Sie bitte mit.« Balleroy trat einen Schritt beiseite. »Ich würde mich gerne mit Ihnen unterhalten.«

Sie zögerte. Doch der Kommissar fasste sie am Ellenbogen und führte sie entschlossen in Grazynas Wohnung. Diesmal zog er die Tür ins Schloss. Vertrauen gewann man am ehesten in geschlossenen Räumen.

Sie gingen ins Schlafzimmer. Die Frau stierte entsetzt auf das getrocknete Blut und den aufgezeichneten Körperumriss ihrer Freundin am Boden. Sie ließ die Einkaufstüte fallen und hielt sich die Hände vor den Mund.

»Kein schöner Anblick, ich weiß«, sagte Balleroy einfühlsam. Doch er hatte sie bewusst in dieses Zimmer manövriert. »Haben Sie eine Ahnung, wer das getan haben könnte?«

Sie schüttelte heftig den Kopf und murmelte wimmernd Worte in einer fremden Sprache.

»Woher kommen Sie?«

»Aus Warschau.«

»Sie leben und arbeiten auch hier, in diesem Haus?«

Sie nickte zaghaft.

»Erzählen Sie mir von Ihrer Freundin, von ihrer Arbeit, ihrem Leben.«

»Da gibt es nicht viel zu erzählen, Kommissar.«

»Versuchen Sie es.«

Sie schluckte schwer. »Grazyna kam vor vielen Jahren aus Braniewo hierher. Das ist eine öde Kleinstadt im Nordwesten von Polen, an der russischen Grenze. Sie lebte dort in ziemlich großer Armut. Ein einfaches Mädchen vom Land, das diesem ständigen Hungergefühl und der sinnlosen Schufterei auf dem Hof ihrer Eltern entkommen wollte und genau wie ich hoffte, in Ihrem schönen Land einfaches Geld verdienen zu können. Aber wir haben uns getäuscht.« Sie setzte eine verdrießliche Miene auf. »Wir wurden getäuscht.«

»Hatte Grazyna Freunde?«

Sylwia lächelte wehmütig. »Freunde? Sie war eine billige, ausländische Hure. Frauen wie wir haben keine Freunde. Wir hatten nur uns.«

»Und hat sie mit Ihnen über ihre Kunden gesprochen?«

»Nein. Grazyna war nicht stolz auf das, was sie tat, und ich bin es auch nicht. Deswegen haben wir es immer vermieden, darüber zu sprechen.«

»Hatte sie einen … Beschützer? Jemand, der sich um sie gekümmert hat?« Balleroy vermied es bewusst, den Begriff ›Zuhälter‹ zu verwenden.

Sylwia blickte scheu an ihm vorbei. Dann nickte sie erneut, diesmal ziemlich verängstigt.

»Verraten Sie mir seinen Namen?« Balleroy trat dichter an sie heran.

»Aber ich habe doch schon ausgesagt! In der Nacht, in der Grazyna getötet wurde. Da habe ich Ihren Kollegen bereits erklärt, dass ich keinen Namen nennen kann.«

»Sagen Sie mir bitte seinen Namen! Sie wissen doch, wie er heißt.«

»Nein.«

»Ihnen wurde geraten, den Mund zu halten, weil niemand in diesen Fall hineingezogen werden möchte, habe ich recht?« Balleroy berührte sie an den Schultern. »Jetzt sage ich Ihnen etwas. Ich werde Sie aus der Sache heraushalten, wenn Sie mir zuflüstern, wer für Grazyna verantwortlich war. Wenn Sie es nicht tun, werde ich das Gerücht in die Welt setzen, dass Sie mir einige pikante Details über das Geschäft hier im Haus anvertraut haben. Es wird mich nicht viel Mühe kosten, Sie in eine unangenehme Situation zu bringen. Haben Sie mich verstanden?«

»Sie erpressen mich?«

»Tut mir leid. Sie lassen mir keine andere Wahl.«

»Wenn herauskommt, dass ich ihn verraten habe, wird er mein Gesicht zerschneiden«, erklärte sie mit resignierter Stimme.

»Er ist auch Ihr … Aufpasser?«

»Ja.«

»Wie heißt er?«

Sie seufzte hörbar auf. »Ihm darf nie zu Ohren kommen, von wem Sie seinen Namen erfahren haben. Er ist so brutal. Seine Frauen müssen viel einstecken, sehr viel einstecken. Er würde es mir heimzahlen. Bitte, Sie …«

»Er wird es nie herausbekommen.«

Sylwia schaute dem Polizisten starr in die Augen, als wollte sie darin ablesen, ob sie ihm vertrauen konnte.

»Bernard Jumas«, sagte sie schließlich gedämpft.

»Bernard Jumas«, wiederholte Balleroy. »Wo finde ich ihn?«

»Das weiß ich nicht. Bernard ist ein ruheloser Mensch, er kommt und geht wie der Wind.«

»Hat er denn schon mal im Gefängnis gesessen?«

»Ja, für ein paar Monate. Wegen Körperverletzung. In der Zeit hat sich ein Freund von ihm um uns gekümmert.«

»Dann werde ich ihn aufstöbern«, sagte Balleroy zufrieden. Er war fest davon überzeugt, dass Bernard Jumas ihm weiterhelfen konnte. Der Stillstand der letzten Tage schien durchbrochen zu sein.

Wider Erwarten erreichte er Bruel bereits beim ersten Versuch. In seinem Renault sitzend und das Handy fest ans Ohr gepresst, berichtete Balleroy seinem Marseiller Kollegen, was er herausgefunden hatte. Dann gab er ihm den Namen des Luden durch.

Erleichtert registrierte er, dass Bruel kein einziges Wort darüber verlor, auf welch illegitime Weise sich Balleroy Zugang zur Wohnung der Polin verschafft hatte. Stattdessen tippte er den Namen *Bernard Jumas* in die Polizeidatenbank STIC ein und wartete darauf, welche Informationen ihm der Computer ausspucken würde.

Balleroy drückte das Mobiltelefon noch fester gegen sein Ohr. Er fühlte, wie sich seine Muskulatur anspannte. Jetzt würde sich herausstellen, ob Sylwia Gorcyzka die Wahrheit gesagt hatte.

»Treffer!«, vernahm er Bruels Stimme wieder.

»Treffer?«

»Ja. Der Typ hat ein stattliches Vorstrafenregister. Raub, Nötigung, schwere Körperverletzung. Ist nur auf Bewährung draußen, deswegen musste er einen festen Wohnsitz angeben.«

Besser konnte es nicht laufen. Balleroy erhielt die in der Datenbank registrierte Adresse und gab sie in das Navigationssystem seines Renault ein. Sicherlich wusste er, dass der vorbestrafte Jumas weder Oceane Guilline noch Grazyna Lewandowski umgebracht hatte. Denn sonst wären seine Daten bereits nach dem Abgleich der Fingerabdrücke in Grimaud selektiert worden. Aber für den Kommissar bestand nun die Möglichkeit, durch eine Vernehmung des Luden Hinweise über den Täter zu erlangen.

»Können Sie mir auch noch seine dokumentierten Personalien und sein Foto aus der Polizeiakte auf mein Handy senden?«

»Ist schon so gut wie unterwegs. Ich werde ihn außerdem auf die Fahndungsliste setzen und einen Kontakt zu seinem Bewährungshelfer herstellen.«

»Danke für die Hilfe«, antwortete Balleroy, erstaunt über die Kooperationsbereitschaft seines Marseiller Kollegen.

Dann startete der Kommissar sein Auto. Er durchquerte die Stadt in nördlicher Richtung, sah die Umgebung hinter einem dichten Regenschleier verschwimmen und musste abermals aufpassen, um nicht von der Straße zu rutschen.

Als sein Handy aufblinkte, rief er die Daten ab, die Bruel ihm wie versprochen sandte. Neben einer chronologischen Auflistung begangener Straftaten mit abschließenden Verurteilungen, einer entsprechenden Anzahl richterlicher Beschlüsse, der Adresse und einem Foto erhielt der Kommissar auch Angaben zur Person des Gesuchten: Bernard Jumas, offiziell arbeitsuchend, geboren am 08.05.1969 in Marseille, Waise, keine gespeicherten Informationen zu seinen Eltern, seit dem 08.04.2007 verheiratet, ein gemeldetes Kind.

Balleroy prägte sich das Gesicht des Mannes ein: rotblonde Haare, helle Haut, graugrüne Augen und der beißende Blick eines Burschen, der ohne jeden Zweifel durch und durch skrupellos war.

Dich muss ich finden, dachte der Kommissar, während er wie ein feindseliger Söldner in die Nordstadt eindrang. Bruel hatte ihm diesen sozialen Brennpunkt bereits eindrucksvoll beschrieben: Zwischen bleiernen Plattenbauten und Baracken aus Vorkriegszeiten tummeln sich dort entwurzelte Kriminelle, von der Gesellschaft Ausgestoßene und Jugendbanden. Ein gesetzloses Gebiet, in dem noch alles erlaubt zu sein scheint. Sogar, dass die Einwohner aus Nordafrika ihre Schafe auf der Straße und den Balkonen schlachten. Ein Becken, in dem die Haie der *Front National* nur allzu gern nach Stimmen derer jagen, die der Kriminalität und Gewalt in diesem Bezirk überdrüssig sind.

Balleroy starrte durch die Windschutzscheibe. Doch trotz allem Bemühen erkannte er die Umrisse der Plattenbauten nur vage durch die Regenmassen hindurch. Kein Mensch war zu sehen. Der zunehmende Sturm hatte die Bewohner in die Gebäude getrieben.

Das Navigationssystem führte den Polizisten zu einem Hochhaus mit schmalen Fenstern. Ein Turmbau, der den Sturmwinden trotzte. Balleroy stellte den Wagen unmittelbar davor ab, stieg aus und rannte durch den Regen auf die gläserne Eingangstür zu. Die Scheibe war aus dem Türrahmen gebrochen, sodass sich jeder Zutritt in das Gebäude verschaffen konnte. Der Kommissar überflog die Namensschilder und entdeckte, wonach er suchte. *B. und E. Jumas,* vierte Etage, Apartment 406. Er betrat das Haus und schnellte eine enge Treppe hinauf. Die Wände waren mit fantasielosen Graffiti beschmiert. Es roch muffig und feucht.

Im vierten Stockwerk gelangte er in einen schummrigen Korridor, von dem ein Dutzend Wohnungstüren abgingen. Balleroy suchte die mit der richtigen Nummer und sah sich um. Er war allein auf dem Flur. Vorsichtshalber zog er seinen Revolver und entsicherte ihn, bevor er anklopfte. Ihm war durchaus klar, wie deplatziert er in seinem Anzug an diesem Ort wirken musste. Welch gravierendes Misstrauen ihm deswegen tatsächlich entgegenschlug, sollte er sogleich erfahren.

Er nahm eine Bewegung hinter dem Türspion wahr. Jemand musterte ihn von der anderen Seite.

»Bernard Jumas? Sind Sie da?«, rief er verhalten.

Im nächsten Augenblick wurde die Tür ruckartig aufgerissen. Und noch bevor er reagieren konnte, blickte er in die kohlschwarze Mündung einer Beretta. Eine junge Frau mit verfilzten Haaren und einem von Pusteln übersäten Gesicht hielt sie in beiden Händen und zielte von unten herauf zwischen seine Augen.

Erneut eine Begegnung mit einer Frau. Diesmal war es ein noch intensiverer Kontakt.

»Wer schickt dich?«, zischte sie halb feindselig und halb ängstlich.

Balleroy wiederum drückte den Lauf seiner Waffe gegen ihre magere Brust, die unter einem ausgeleierten T-Shirt verschwand. Die Frau erweckte den Anschein, als sei sie erst vor ein paar Sekunden aufgestanden.

»Ich bin Polizist«, sagte Balleroy. »Sie sollten die Waffe senken, bevor ein Unglück geschieht.«

»Ein Bulle in einem derart extravaganten Outfit – das soll ich glauben? Dich schickt doch jemand, dem Bernard in die Quere gekommen ist.«

»Nein.«

»Deinen Ausweis! Aber vorsichtig!«

»Gut.« Er griff blind in die Innentasche seiner Jacke, während er seine Waffe mit der rechten Hand beharrlich gegen ihren Oberkörper presste. Dann zeigte er ihr den Ausweis, in der Hoffnung, dass sie die Beretta beiseite legte. Den Gefallen tat sie ihm nicht.

»Könnte gefälscht sein. Ein Trick.« Sie kräuselte die Stirn.

»Ist er nicht. Ich suche Bernard Jumas als möglichen Informanten in einem Mordfall.« Er ließ den Ausweis wieder verschwinden.

»Als Informanten? Bernard hat nichts verbrochen? Du willst mich verarschen.«

»Nein, will ich nicht.« Balleroy schüttelte den Kopf.

Im Hintergrund hörte er ein Kind wimmern. Die Lider der Frau zuckten nervös hin und her.

Er musste die Situation unbedingt unter Kontrolle bekommen. Die Frau war überreizt, vielleicht stand sie sogar unter Drogen. Das machte die Sache äußerst gefährlich.

»Ich werde jetzt meine Waffe wegstecken«, sagte er und zog den rechten Arm langsam zurück. »Sehen Sie?«

Die Frau legte den Kopf in den Nacken. »Ich traue dir aber noch immer nicht«, erwiderte sie.

»Mehr kann ich nicht tun, damit Sie mir glauben«, entgegnete Balleroy. »Ich will wirklich nur wissen, wo ich Ihren Mann finde! Er ist doch Ihr Mann?«

Sie nickte wortlos. Dann, nach einer Weile, in der sie ihn keine Sekunde aus den Augen gelassen hatte, sah sie ein, dass von ihm keine Bedrohung ausging. Mit Bedacht senkte sie die Pistole.

»Sagen Sie mir, wie oder wo ich ihn erreiche. Dann gehe ich wieder«, sagte der Kommissar und atmete innerlich auf.

Die Frau lachte hämisch. »Bernard ist ein schmarotzender Vogel. Fliegt von Nest zu Nest. Ich weiß nicht, wo er ist. Ich habe ihn schon seit mehreren Tagen nicht mehr gesehen.«

Einen ähnlichen Vergleich hatte Balleroy bereits von Sylwia Gorcyzka vernommen.

»Es ist enorm bedeutsam, dass ich ihn finde. Es könnte ihm durchaus Vorteile bringen, wenn er kooperiert und wichtige Informationen preisgibt.«

»Was geht mich das an?«

»Sie sind seine Frau.«

»Eine von vielen, Mann. Mich unterscheidet nur das Balg und eine verdammte, unnütze Hochzeitsurkunde von den anderen.«

Das Wimmern im Hintergrund verwandelte sich zu einem lauten Klagen. Ein Schrei vor Hunger. Das Kind war offensichtlich noch ein Säugling. Balleroy nahm sich vor, das Jugendamt zu informieren, sobald er hier raus war. Vermutlich würden die einen ähnlich herzlichen Empfang erhalten wie er – falls sich überhaupt jemand von der Behörde hierher bequemen würde.

»Wenn er sich bei Ihnen blicken lässt, richten Sie ihm aus, dass er sich bei uns melden soll. Nennen Sie ihm meinen Namen: Leo Balleroy. Ich werde keine Ruhe geben, bis ich mit ihm gesprochen habe.« Ohne sich zu verabschieden, wandte der Kommissar sich ab und ließ die Frau stehen.

»Versuchen Sie es im Hafenviertel, an der Passage de Lorette«, rief sie ihm plötzlich hinterher.

Er drehte sich um, aber sie entzog sich jedem weiteren Gespräch, indem sie die Tür lautstark zuknallte. Er würde kein Wort mehr aus ihr herausbringen.

Als Balleroy das Haus verließ, sinnierte er darüber, wie viele verkrachte Existenzen, Junkies, Alkoholsüchtige, miese Dealer und unbedeutende Zuhälter wohl in diesem Gebäude ein Dasein fernab der bürgerlichen Welt fristeten. Einer Welt wie Grimaud. Noch vor wenigen Wochen hätte man den Eindruck gewinnen können, dass am Himmel über dem heimeligen Dorf niemals dunkle Wolken aufziehen würden. Eine falsche Einschätzung, wie sich herausgestellt hatte.

Der Kommissar war nun zu einem Pendler zwischen den zwei Welten geworden, die durch einen unheilvollen Faden miteinander verknüpft worden waren. Diesem Faden musste er folgen, um festzustellen, wo sich sein Anfang und sein Ende befanden.

5

Die Auswirkung der schlaflosen Nacht war deutlich zu spüren. Clement fühlte sich kraftlos. Ursprünglich hatte er sich etwas zu Mittag kochen wollen, aber stattdessen hatte er lediglich Kaffee aufgesetzt und sich an seinen Küchentisch gehockt. Dort saß er jetzt schon seit einigen Stunden und schaute in das Unwetter hinaus. Regen peitschte mit einer monströsen Heftigkeit in die Landschaft, Blitze entluden sich am Himmel, und von Zeit zu Zeit ließen gewaltige Donnerschläge die Luft vibrieren.

Ein Untergangsszenario, passend zu seiner eigenen Gemütslage. Clement hatte gehofft, der Albtraum der vergangenen Nacht würde am Tag etwas gemildert. Doch das war ein frommer Wunsch geblieben. Er durchlebte ein Wechselbad der Gefühle, schwankte zwischen Hilflosigkeit und Zorn. Und er ahnte, dass seine Empfindungen ihn noch leiten würden, ohne dass er dagegen ankäme.

Seine Gedanken kreisten um die Waffentasche, die er samt Inhalt im Wohnzimmer liegen gelassen hatte.

Töten Sie ihn, ehe er mich tötet!

Camille hatte ihm das Mordwerkzeug dagelassen. Eine *Unique*-Pistole. Aber wie war sie in ihren Besitz gelangt?

Töten Sie ihn, ehe er mich tötet!

Ihre Aufforderung schmerzte ihn wie eine schallende Ohrfeige.

Töten Sie ihn, ehe er mich tötet!

Er sollte zur Polizei gehen.

Ein Wort zur Polizei und deine Mutter stirbt zuerst.

Leroches unmissverständliche Aussage. Und danach wäre Camille selbst dran.

Leere Drohungen? Clement dachte an Oceanes Leichnam in der Mühle und schüttelte den Kopf. Nein, Leroche wäre zu allem fähig, davon war auszugehen. Insbesondere dann, wenn er die Tochter des Weinbauern tatsächlich auf dem Gewissen hatte, wenn er seine eigene Haut retten müsste. Er würde jede Bedrohung aus dem Weg räumen. Jeden, der ihn belasten konnte.

Blieb nur noch Hugo. Clement könnte zumindest mit ihm sprechen und dadurch einen Teil seiner Last loswerden. Sein Freund würde ihm beistehen. Ihn unterstützen.

Aber er hatte Camille versprochen, niemanden einzuweihen. Sie hatte sich ihm anvertraut, weil sie glaubte, dass er sein Wort halten würde. Weil sie in ihm ihren Retter sah! In ihm, dem alten Burschen, der nicht einmal in der Lage gewesen war, seine eigene Familie zu retten.

Was hielt das Schicksal noch alles für ihn bereit?

Clement stand auf und quälte sich mit seinen geschundenen Knien die Treppe in das Dachgeschoss hinauf. Irgendetwas drängte ihn in den Raum, den er schon ewig nicht mehr aufgesucht hatte.

Romains Zimmer. Es lag verlassen da. Nichts war verändert. Weder Sophie noch Clement hatten etwas angerührt, nachdem ihr Sohn von einem Tag auf den anderen spurlos verschwunden war. Das Metallbett füllte den halben Raum. Gegenüber standen ein Schrank mit Schiebetüren und ein Regal, auf dem Dutzende Bücher Platz fanden. Etliche Romane stammten von Léo Malet. Romain hatte sie regelrecht verschlungen. Vor allem die Geschichten um den Privatdetektiv Nestor Burma hatten es ihm angetan. Zu seinem achtzehnten Geburtstag hatte Clement seinem Sohn eine Sonderausgabe des letzten Bandes *Blutbad in Boulogne* geschenkt, ein gebundenes Buch mit einem hochwertigen Schutzumschlag.

In der Mitte des Raumes blieb Clement stehen. Er hatte das Gefühl, sich in einem besonderen Museum aufzuhalten, das mit Erinnerungen angereichert war. Er begutachtete die feine Staubschicht, die all die Überbleibsel aus einer anderen, besseren Epoche bedeckte. Gegenstände wie den silbernen Füllfederhalter mit dem eingravierten Namen seines Sohnes, das in Leder gebundene Tagebuch, in das Romain erwähnenswerte Ereignisse notiert hatte, oder das Klassenfoto, auf dem er sich wie immer im Hintergrund hielt.

Clement kniff die Augen zusammen, während ihn die Vergangenheit marterte. Er entsann sich an den Eid, den er seinerzeit stillschweigend geleistet hatte: dass er nie wieder tatenlos zusehen würde, wenn ein Unglück nahte. Camilles geschundener Körper, ihre Verzagtheit, die in ihren Pupillen geschimmert hatte, und ihre Aussagen waren zweifelsohne unmissverständliche Anzeichen eines solchen Unglücks. Eines weiteren Unglücks.

Clement drückte die Handflächen gegen seine Schläfen, als wollte er die Gedanken ausschalten, die ihn übermannten. Ein unartikuliertes Stöhnen entwich seiner Kehle und verriet seine Unschlüssigkeit.

Was sollte er nur tun?

Was?

6

Der Mittwoch vor dem Totensamstag.

Zwei Männer auf der Suche. Zwei Männer verschiedenartiger Natur, angetrieben von unterschiedlichen Beweggründen, mit ungleicher Zielsetzung – und doch vereint in einer Geschichte, die einem Drama gleicht.

Der eine sucht den entscheidenden Ansatzpunkt, um endlich den nötigen Durchbruch bei seiner polizeilichen Ermittlung zu erzielen. Der andere sucht nach einem Ausweg aus seinem emotionalen Chaos, in das er ohne eigenes Verschulden geraten ist.

Balleroy wurde das Gefühl nicht los, immer tiefer im Nebel zu stochern. Er hatte mit François Treunchette, dem Bewährungshelfer von Bernard Jumas, gesprochen. Ein bleicher Sozialpädagoge mit buschigen Koteletten, aber lichtem Kopfhaar, welches er unter einem Filzhut versteckte. Treunchette beteuerte, dass er Jumas vergangenen Donnerstag zur verabredeten Zeit in seiner Wohnung in der Nordstadt angetroffen hatte. Der Bewährungshelfer beschrieb seinen Probanden als zuverlässigen Mann, der seinen Auflagen nachkam und sich redlich um einen Job bemühte. Balleroy glaubte ihm kein Wort. Treunchette gehörte unverkennbar zu der Gattung von Bewährungshelfern, deren Blick für die Realität schon längst durch die ständige Konfrontation mit Arglist, Heuchelei und Bestechungsversuchen getrübt war. Jedenfalls konnte der im Dienst der Justiz stehende Mann dem Kommissar nicht weiterhelfen. Der nächste verabredete Termin mit Jumas sei erst kommende Woche, meinte Treunchette mit einer unüberhörbaren Gleichgültigkeit.

So lange konnte der Kommissar nicht warten. Also fing er an, im Schmutz zu wühlen. Und zwar am äußersten Rand des Hafenviertels Panier, dem ältesten Stadtteil Marseilles, dessen Altbauten in jüngster Zeit renoviert und mit farbenprächtigen Anstrichen versehen worden waren. Die Besitzer der Immobilien hatten die früheren Bewohner mithilfe steigender Mieten aus ihren Quartieren verdrängt, um Platz für eine betuchtere Klientel zu schaffen. Die fand sich vor allem unter wohlhabenden Pariser Geschäftsleuten, welche es als schick empfanden, ein Domizil in der südlichen Metropole zu besitzen. Einstweilen prägten Ateliers, die Kunsthandwerk feilboten, und Boutiquen mit Designerklamotten das Bild dieser kleinen Insel innerhalb der Millionenstadt. Wenn man vom Montmartre Marseilles sprach, meinte man das Panier.

Nur die Passage de Lorette war von diesem Wandel unberührt geblieben. Zwischen graubraunen, hässlichen Häuserfassaden streunten hier noch herrenlose Hunde in einer von Urin und Meersalz getränkten Luft umher. Drittklassige Bars und Erotikshops lockten ein anonymes Publikum in diesen Randbezirk, der von der übrigen Umgebung wie abgeschottet war. Hehler, Mädchenhändler, Nutten, Freier. Ein Revier, in das Bernard Jumas gehörte und in dem Balleroy ihn aufspüren wollte. Der Polizist mietete eine winzige Kammer in einer verfallenen Pension an und drängte von dort aus in die Kneipen und Hinterzimmer der Bordelle. Er fragte nach Bernard Jumas und erhielt doch keine Antworten, geschweige denn Hinweise auf seinen Verbleib. Dennoch gab er nicht auf. Er musste den Fuchs aus seinem Bau locken. Und tatsächlich spürte er bereits die Unruhe, die er durch seine bloße Anwesenheit in dieser besonderen Zone des Hafenviertels auslöste. Hin und wieder fuhr er auch zum Laufhaus, in dem Grazyna Lewandowski gearbeitet hatte, oder überwachte das Gebäude, in dem Jumas' Frau mit ihrem gemeinsamen Kind wohnte.

Aber Jumas tauchte nicht auf. Und doch spürte Balleroy seine Gegenwart. Er ahnte, dass er dem vorbestraften Luden schon bald gegenüberstehen würde. Dann würde er hoffentlich die Antworten erhalten, nach denen er trachtete.

Während Balleroy seine Fangnetze in Marseille auswarf, litt Clement Saver immer stärker unter seiner anhaltenden Schlaflosigkeit. Die vergangenen beiden Nächte hatten sich endlos lang dahingezogen. Obwohl er müde gewesen war, hatte er wach in dem breiten Bett gelegen, in dem er sich seit Sophies Tod verloren fühlte. Er hatte in die Dunkelheit gestarrt und sich überlegt, welch höllische Pein ihn erwartete, wenn er gar nichts tun, keinerlei Reaktion auf Camilles Forderung zeigen würde. Wenn er den Dingen seinen Lauf ließe. Diese Überlegungen hatten sich immerzu wiederholt und ihn nicht zur Ruhe kommen lassen.

Tagsüber strebte Clement indes nach draußen, trotz der schier unerträglichen Hitze, die dem Unwetter gefolgt war. Er lief mit seinem Hund durch den Wald oder ackerte wie besessen und ebenso benebelt im Garten; in der Hoffnung, durch diese Aktivitäten in der folgenden Nacht endlich schlafen zu können. Das Ergebnis seiner Rastlosigkeit war hingegen ein anderes: eine zunehmende körperliche Entkräftung und das Gefühl einer wachsenden Lähmung sämtlicher Sinne, als stünde er unter dem Einfluss betäubender Drogen. Ein Zustand, der seine Entscheidungsfähigkeit beeinflusste.

Und während dieser ganzen Zeit wartete er auf Camille. Aber sie kam nicht mehr. Am Mittwochmittag fasste Clement seinen Mut zusammen und rief bei ihr an. Nach dreimaligem Läuten wurde abgehoben – von Anne Jeunet. Ihre Stimme klang freundlich.

Wie konnte es sein, dass ihr nicht auffiel, was ihr Verlobter ihrer eigenen Tochter antat? Ihr Verlobter, der vielleicht sogar Oceane Guilline vergewaltigt und getötet hatte. Vielleicht …

Anne erklärte ihm, dass Camille krank sei und ihr Zimmer derzeit kaum verließ.

Natürlich ist sie krank. Sie wird krank gemacht.

Clement fragte, was ihr denn fehle.

Vermutlich ein Virus. Sie fühlte sich schlapp und äße kaum noch etwas, sagte Anne. Es sei nur eine vorübergehende Sache.

Eine lapidare Erklärung. Am liebsten hätte Clement der Frau zugebrüllt, dass sie ihre eigene Tochter einem Ungeheuer auslieferte, welches einzig und allein seine widerlichen Gelüste befriedigte. Zu diesem Zweck diente ihm Camille.

Clement ließ ihr Genesungswünsche ausrichten und beendete das Gespräch. Und noch während er den Hörer in Händen hielt, fällte er instinktiv eine Entscheidung, die er nicht mehr aus seinem Kopf verbannen konnte. Er torkelte schlaftrunken und wie von einer fremden Macht getrieben ins Wohnzimmer und starrte auf den Tisch. Dorthin, wo die Waffentasche lag.

7

Donnerstag.

Balleroy hatte seinen Renault am Glockenturm stehen lassen, dem Fragment einer Kirche in der Nähe des Hafens. In diesen Tagen war er gern zu Fuß unterwegs, weil ihm das Gehen vorgaukelte, nicht einzurosten. Er erklomm mühevoll die berüchtigte Montée des Accoules ins Panier, das seine Bezeichnung als ›Dorf der Ziegen‹ seiner hügeligen Lage zu verdanken hatte.

Die heiße Nachmittagsluft in den Straßen brannte dem Kommissar auf der Haut. Er wollte sich in seiner Pension kurz frisch machen, bevor er wieder in ein Milieu eintauchen musste, das er zutiefst verabscheute. Den Mittag hatte er mit der ereignislos verlaufenden Überwachung der Wohnung von Jumas verbracht. Nun passierte er die Rue Poirier, ging am Préau des Accoules vorbei, dem ehemaligen Jesuitenkolleg, bis zur Rue de l' Évêché und von dort aus quer durch das Viertel zur Passage de Lorette. Seine Pension befand sich in einem schattigen, kahlen Hinterhof.

Kaum, dass er diesen betreten hatte, erkannte der Kommissar François Treunchette. Unbeweglich hockte der Bewährungshelfer auf dem untersten Absatz der Außentreppe, die hinauf zu den Zimmern der Herberge führte. Balleroy blieb verwundert vor ihm stehen.

»Was tun Sie denn hier, Treunchette? Gibt es etwa Neuigkeiten von Ihrem Schützling?«, fragte er mit unverhohlener Abneigung.

Erst jetzt regte sich der Mann und tippte mit dem Zeigefinger gegen die Krempe seines Filzhutes. »Welch überschwängliche Begrüßung. Ich freue mich auch, Sie zu sehen, Kommissar.« Er grinste unverschämt. »Es gibt tatsächlich Neuigkeiten von Jumas. Er will Sie sehen.«

»Sie haben ihn getroffen?«

»Er hat mich aufgesucht. Jumas ist ein bisschen nervös, weil Sie so viel Wind machen. Er möchte mit Ihnen reden, allein, unter vier Augen.«

»Wann?«

»Am Samstagmorgen. Dafür stellt er eine Bedingung: Sie sollen aufhören, nach ihm zu suchen.«

»Weshalb können wir uns nicht früher treffen? Die Zeit drängt.«

Treunchette stand auf und strich über seine Koteletten. »Jumas ist ein viel beschäftigter Mann. Vor Samstag wird es nicht funktionieren. Sie müssen sich eben noch ein Weilchen gedulden.«

»Bestimmt hat er sich auch schon einen Treffpunkt überlegt, oder?«

Der Bewährungshelfer nickte. »Sie sind sehr hellsichtig.«

»Wo treffen wir uns?«

»In einem leer stehenden Lagerhaus am Ende der Rue Urbain, direkt an einem der südlich gelegenen Docks. Jumas erwartet Sie am Samstagmorgen um zehn Uhr.«

»Sehen Sie ihn vorher noch einmal?«

Treunchette richtete sich auf. »Nein«, sagte er. »Deswegen kann ich ihm nichts von Ihnen ausrichten, Kommissar.«

»Schade«, murmelte Balleroy. Dann schritt er, ohne ein weiteres Wort zu verlieren, an dem Boten des Luden vorbei.

Das Telefon läutete. Hastig nahm er den Hörer in die Hand.

»Ja, hallo?«

Keine Antwort. Nur ein ersticktes Keuchen.

»Hallo? Bist du es, Camille?«

Seine eigene, schwache Stimme hallte wie ein dünnes Echo in seinem müden Kopf wider. Seit heute Morgen befand sich Clement in einem zermürbenden Zustand, halb wach, halb schlummernd. Seine Glieder waren schwer wie Blei, selbst die einfachsten Bewegungen raubten ihm Energie. Und immer dachte er an seinen Schwur, daran, dass er etwas unternehmen musste. Irgendetwas. Ihm war klar, dass seine Schlaflosigkeit eng mit seiner akuten Untätigkeit verbunden war. Mit seiner Angst, eventuell das Falsche zu machen, wenn er einfach auf sein Herz hören würde. Denn insgeheim hatte er längst entschieden, was zu tun war. Ohne sich dessen wirklich bewusst zu werden, hatte er sich bereits von den alternativen Lösungsmöglichkeiten verabschiedet.

Aber noch zauderte er. Noch.

»Camille? Sprich mit mir!«

Ein unterdrücktes Schluchzen, dann ihre Stimme: »Es wird immer schlimmer, Monsieur Saver, immer schlimmer.«

Sie war es. Camille. Clement schnappte nach Luft.

»Camille, wir …«

»Kommen Sie her! Jetzt! Ich bin allein. Nur Monique ist im Haus, in ihrer Wohnung.«

»Und Leroche? Und deine Mutter?«

»Sie sind fort. Für ein paar Stunden.«

Er biss sich auf die Lippen. »Woher hast du die Pistole?«

»Ich habe sie gestohlen.«

»Gestohlen?«

»Sie gehört Nicolas. Damit hat er mich bedroht, bevor er …« Sie brach ab.

»Ich habe mit deiner Mutter gesprochen. Sie hat gesagt, du seist krank.«

»Mir geht es schlecht.« Eine kurze Pause. Dann ihre Frage: »Kommen Sie her?«

»Ich komme, ja.«

Du sollst nicht töten!

Das fünfte Gebot kam ihm auf der Fahrt in den Sinn. Sophie, die auf eine spirituelle Weise sehr religiös gewesen war, hätte ihn in seiner jetzigen Lage an die Bedeutung dieses Gebotes erinnert.

Niemand darf etwas tun, wodurch menschliches Leben zerstört wird. Niemand darf Hass gegen seinen Nächsten im Herzen keimen lassen. Denn wer das Schwert nimmt, wird durch das Schwert umkommen.

Aber es gibt auch bestimmte Situationen, in denen das Töten keine Übertretung dieses Gebotes darstellt. Im Fall der Selbstverteidigung und zur Abwehr von Gefahr. Die Obrigkeit trägt das Schwert nicht umsonst; sie ist Gottes Dienerin, eine Rächerin, die den bestraft, der Böses tut.

Während einer ihrer früheren Kirchenbesuche, zu denen Sophie ihn stets gedrängt hatte, waren diese Sätze Bestandteile einer Predigt gewesen. Clement hatte sie vernommen und wieder vergessen. Doch jetzt bahnten sie sich erneut einen Weg in sein Bewusstsein.

War er die Obrigkeit, der Racheengel, der Leroche Einhalt gebieten musste? Durfte er in Anbetracht der Ausweglosigkeit, in der sich das wehrlose Mädchen befand, darüber nachdenken zu töten?

Er zuckte die Achseln. Im Laufe der letzten Jahre hatte er einen großen Teil seines ohnehin von Zweifeln geprägten Glaubens verloren. Einzig die Aussicht, Sophie in einem anderen Leben wiederzufinden, ließ ihn hoffen.

Hoffen, aber nicht mehr beten.

Minuten später stand er Camille gegenüber. Sie saß mit einem Hausanzug bekleidet auf der Kante ihres Himmelbettes. Mit blasser Gesichtshaut und dunklen Augenringen, als hätte sie sich schlecht geschminkt. Ein Häufchen Elend.

Bis auf die Haushälterin, die sich in ihrer Einliegerwohnung aufhielt, war niemand in der Villa, die Clement luxuriös und gleichermaßen steril vorkam. Ein exquisiter Kerker, in dem das Mädchen eingesperrt worden war.

Was folgte, war ein einstündiges, erschöpfendes Gespräch. Clement hörte Camille derart angestrengt zu, dass ihm jedes Gefühl für Raum und Zeit abhandenzukommen schien. Er vernahm grauenhafte Details ihrer Schändung und war schockiert über den Seelenstriptease, dem sich das Mädchen selbst aussetzte. Mit ruhiger, leiser Stimme berichtete sie ihm über ihre Empfindungen, während Leroche sie missbrauchte. Hin und wieder traute sich Clement, eine Frage zu stellen. Die meiste Zeit war er aber nur ein sprachloser Zuhörer.

Dann gingen sie in Leroches Büro. Camille beschrieb, was der Unternehmer ihr am vergangenen Sonntag alles erzählt und wie er sie anschließend mit der Pistole bedroht hatte.

»Er hat mich gezwungen, das Nachthemd auszuziehen. Dann musste ich mich nackt auf seinen Schreibtisch legen.«

Clement wollte nichts mehr hören. Es war einfach nicht mehr zu ertragen. »Du musst dich mir nicht weiter offenbaren, Camille.«

Sie ignorierte ihn. »Er hat mich auf den Rücken gedrückt und mir die Beine auseinandergehalten.«

»Sei doch bitte still!«

»Danach hat er die Pistole genommen und den Lauf an meinen Schenkeln hinabgleiten lassen. Der Stahl fühlte sich furchtbar kalt an.«

»Nein!«

»Ich war nicht mehr fähig, mich zu bewegen. Ich habe die Augen geschlossen und hörte sein Kichern. Es klang so, als würde er jeden Moment überschnappen, die Kontrolle verlieren.«

Clement ballte die Hände zu Fäusten. »Dieses Dreckschwein!«, flüsterte er.

»Als er den Lauf gegen meinen Unterleib presste, dachte ich, es wäre gleich vorbei. Für immer. Auch wenn es verrückt klingt, in diesem einen Augenblick war ich fest davon überzeugt, dass er schießen würde.« Sie schluckte. Aber sie weinte nicht. Fixierte Clement mit starrer Miene.

»Kannst du mir einen Schlüssel für die Villa besorgen?«, fragte er plötzlich. Es war wie ein Reflex, der einer unendlich großen Verbitterung entsprang.

»Ja.«

Clement trat dicht an sie heran. »Ich werde dich befreien! Verstehst du mich? Ich werde dich befreien!«

Befreien hörte sich gut an. Unkompliziert. Gewöhnlich. Es nahm seinem Entschluss die Dramatik, verharmloste Camilles Bitte. Dennoch tat es ihm fast körperlich weh, das Wort zu artikulieren.

Camille zögerte ebenfalls. Für keinen von beiden schien es leicht, das Unbegreifliche zu begreifen. Dann löste sie sich aus der Erstarrung, ging schnurstracks zu Leroches Schreibtisch und schaute auf den darauf liegenden Spiralkalender. Sie strich mit dem Zeigefinger darüber.

»Am Samstagmittag trifft sich Nicolas mit einem Vertreter des Regionalrates in Fréjus. Der Termin ist von zwölf bis halb sechs eingetragen.« Sie sah auf. »An diesem Tag fährt Mutter nach Nizza und besucht ihre Freundin.«

»Und Monique Puchon?«

»Ist wahrscheinlich im Haus.«

»Würdest du ... sie ablenken? Aus dem Haus locken?«

»Ja.«

»Könnte sonst noch jemand hier sein?«

»Nein.«

»Sicherlich existiert eine Alarmanlage, oder?«

»Ja«, nickte Camille. »Sie wird normalerweise über eine Zeitschaltuhr betrieben, ist aber in der Regel nur nachts eingeschaltet.«

»Gut«, antwortete Clement mit hängenden Schultern. Er schaute durch das Mädchen hindurch in den Garten und sog die schauerliche Stille ein, die sich auf einmal zwischen ihnen ausbreitete.

Er würde Camille befreien und diese Tat seinem eigenen Gewissen gegenüber als einen unvermeidbaren Akt von Notwehr rechtfertigen. Er würde nicht aus Rache handeln. Oder um der Gerechtigkeit zu genügen. Er hatte nichts anderes als die Erlösung der Unschuld im Sinn.

Am Samstag also, dachte er resigniert.

Übermorgen.

8

Nachdem Clement einen Schlüssel zu Leroches Villa erhalten hatte und gegangen war, verließ auch Camille das Haus. Sie schnappte sich ihr Fahrrad, das sie seit dem Tod ihrer Freundin nicht mehr benutzt hatte, und fuhr über die Hauptstraße aus dem Dorf hinaus.

Ihr war, als stünde ihr ganzer Körper in Flammen. Sie hatte den alten Mann vor Augen, ihren Freund, Tröster, Helfer. Seine eingefrorenen Gesichtszüge. Seine vor Müdigkeit geröteten Augen. Hohlwangiger als üblich war er ihr erschienen und ein wenig ungepflegt mit den grauen Bartstoppeln. Vermutlich würde sie ihn von jetzt an immer so vor sich sehen, sein vom Schrecken gezeichnetes Antlitz nie wieder loswerden.

Sie hatte befürchtet, dass er sie erneut zu überzeugen versuchen würde, die Polizei zu alarmieren. Aber so weit war es diesmal gar nicht erst gekommen. Wenn er es beabsichtigt hatte, war sein Plan im Keim erstickt worden. Von ihr. Von ihrer Darstellung.

Sie trat mit aller Wucht in die Pedalen, um die Fahrt zu beschleunigen. Vorbei an Feldern und Wiesen. Zielstrebig und verbissen. Camille drosselte das Tempo erst, als sie das Straßenschild sah.

Ihre Knie wurden weich vor Aufregung. Dann schwang sie sich vom Sattel und betrachtete das Schild, auf dem mehrere Städtenamen mit den entsprechenden Entfernungen in Kilometern angezeigt wurden. Sie interessierte sich nur für eine Stadt – für Nizza. Die Entfernung: neunzig Kilometer.

So groß war der Abstand, der sie von ihren Freunden trennte. Hinter dieser Strecke lag ihr Leben, ihr Zuhause.

Neunzig Kilometer, die endlich anfingen zu schwinden. Sie dachte mit Freude daran, wer und was sie dort erwartete. Und was sie in Grimaud zurücklassen würde, von welchen

Fesseln sie freikäme. Sie strich über jeden einzelnen Buchstaben der Stadt. Berührte noch die Neun, dann die Null.

Camille war dermaßen in Gedanken versunken, dass sie das schnurrende Motorengeräusch erst spät wahrnahm. Zu spät. Der Transporter hatte sich ihr schon bis auf ein paar Meter genähert.

Sie fuhr herum. Ihr Herz pochte wie wild, als sie den vom Rost entstellten Wagen und den Fahrer hinter der verdreckten Windschutzscheibe erkannte.

Er hielt direkt neben ihr am Straßenrand an.

9

Er wurde von einer unglaublichen, sexuellen Besessenheit gelenkt. Sie zwang ihn dazu, die sich seit Tagen in seinem Kopfkino abspielenden Filmausschnitte in unerträglicher Häufigkeit anzusehen. Camille agierte als alleinige Darstellerin in diesen Szenen. Er betrachtete sie als ein ihm ausgeliefertes Ding, in verschiedenen Situationen, an diversen Orten. Er nahm sie. Quälte sie.

Üble Fantastereien, durch und durch böse. Er war unfähig, sich diesen Bildern zu entziehen. Stattdessen fuhr er ziellos durch die Gegend. Befriedigte sich selbst, ohne Befriedigung zu erlangen.

Tagsüber funktionierte er zwar noch einigermaßen, doch er sehnte ständig die Nacht herbei, um sich vor seinen Mitmenschen zu verschließen und sein wahres Ich zu entblößen. Sein wahres Ich.

Er schluckte. Berührte mit der Spitze des Füllfederhalters den weißen Zettel, der vor ihm lag.

Er musste eine folgenschwere Entscheidung treffen. Das war ihm während eines seiner Tagträume klar geworden, in dem Camille seine pervertierte Leidenschaft mit einem heftigen Kuss erwidert hatte. Diese unerwartete Zärtlichkeit hatte ihn der Handhabe beraubt, Camille als Objekt zu sehen. Er hatte sie als das wahrgenommen, was sie in Wirklichkeit war: ein Mensch, ein vierzehnjähriges Mädchen! Seitdem wünschte er sich nichts mehr, als seiner ihm eigenen Abartigkeit zu entkommen. Infolgedessen musste er sich nun festlegen, wie es weitergehen sollte.

Mit ihm.

Mit Camille.

Mit seiner grausamen Veranlagung.

Teil VI

Totensamstag

1

Balleroy schlich wachsam durch das geräumte Lagerhaus, das zur Insolvenzmasse eines aufgelösten Fischereibetriebes gehörte. Der Dienstrevolver im Holster unter seinem Jackett fühlte sich ungemein beruhigend an. Insbesondere deshalb, weil Balleroy auf sich allein gestellt war. Er hatte weder Martin noch Bruel über sein mögliches Treffen mit Bernard Jumas informiert, denn er befürchtete, dass eine breit angelegte polizeiliche Aktion den Gesuchten in die Flucht jagen könnte. Ihm war klar, dass er sich zu einem späteren Zeitpunkt für seinen Alleingang rechtfertigen musste, aber das war ihm aufgrund des aktuellen Ermittlungsstandes relativ egal. Er wollte endlich den entscheidenden Schritt vorankommen. Darum vertraute er einzig seiner Intuition.

Wie ein Labyrinth taten sich zahlreiche Gänge vor ihm auf. Hinter massiven Eisentüren verbargen sich leer stehende Vorratskammern, aus denen es abscheulich nach vergammeltem Fisch stank, als er hineinspähte. Er wollte sich vergewissern, dass sich niemand in den Räumen aufhielt und er in keinen Hinterhalt geriet. Um sich mit der Örtlichkeit vertraut zu machen, hatte er sich bereits gestern schon einmal hier umgesehen. Eine Stahltreppe führte sieben Stufen hinab zu einer weiteren Tür. Balleroy zwang sich, noch einmal ruhig und tief durchzuatmen. Dann drückte er die Klinke nach unten.

Er fand sich in einer Halle wieder, in deren Zentrum eine eindrucksvolle Säule den Boden mit der Decke verband. An ihr lehnte ein Mann in einer verwaschenen Jacke, deren Kapuze sein Gesicht abdunkelte. Balleroy wurde sofort gewahr, wen er hier antraf, und hielt abrupt inne. Sowohl die Jacke als auch die Körperhaltung verrieten den Schläger, der ihn in der Gasse niedergestreckt hatte.

»Bernard Jumas?« Die Stimme des Kommissars klang in der öden Weite des düsteren Raumes nach.

Der Mann nickte und zog die Kapuze vom Kopf. Balleroy fragte sich, ob er irgendwo eine Schusswaffe bei sich trug.

»Wir kennen uns bereits, Kommissar«, grinste Jumas herausfordernd.

»Wir kennen uns«, bestätigte Balleroy.

»Sind Sie allein?«

»Das bin ich. So wie Sie es gefordert haben.«

»Sie legen mich nicht rein?«

»Nein, das tue ich nicht.«

Jumas blickte Balleroy mit unverhohlener Skepsis an. »Also gut, Sie haben mich gesucht«, meinte er schließlich. »Hier bin ich!«

Balleroy ging langsam auf ihn zu. »Warum sind Sie vor mir geflüchtet, Jumas?«

»Sie kennen sicherlich mein Vorstrafenregister, Kommissar, meinen Ruf, meine polizeiliche Akte.«

»Ich bin im Bilde, ja.«

»Ich habe Grazyna sehr nahegestanden. Als ich von ihrem Tod hörte, habe ich keine Sekunde gezögert, bin zum Bordell geeilt und habe mich unter die Menschenmenge gemischt. Ich wollte erfahren, was passiert war. Das war im Nachhinein betrachtet ein Fehler. Als Sie vor dem Haus auf mich zukamen, bin ich in Panik geraten. War eine verfluchte Kurzschlussreaktion.« Jumas schnaubte missfällig. »Ein Resultat meiner Erfahrung. Schließlich weiß ich hinreichend, wie die Dinge bei euch ablaufen. Ihr hättet herausgefunden, dass ich mit Grazyna befreundet war, und die Falle wäre im selben Augenblick zugeschnappt. Es wäre euch bestimmt recht gewesen, schnell einen Verdächtigen zu präsentieren. Ich hätte nur zu gut in euer Konzept gepasst. Denn eins steht doch fest: Habt ihr einen erst einmal an den Eiern gepackt, drückt ihr so lange zu, bis man nicht mehr laufen kann. Egal, ob man schuldig oder unschuldig ist. Ich bin unschuldig, aber Sie, Kommissar, haben ja keine Ruhe gegeben und mit Ihren Erkundigungen eine enorme Unruhe in mein Umfeld gebracht.«

»Klingt wie eine schlechte Ausrede«, sagte Balleroy und blieb drei, vier Schritte vor Jumas stehen.

Der Mann hatte äußerst grobe Züge und auffällig wulstige Lippen. Seine Gewalttätigkeit war in seinen kalten Augen abzulesen.

»Ich schwöre es. Ich habe nichts mit dem Mord zu tun! Sie müssen mir glauben!« Er wurde hektisch. »Mich sperrt ihr garantiert nicht noch einmal in euer beschissenes Gefängnis. Mich nicht!«

»Nein? Sie haben sich gegen einen Polizisten aufgelehnt, schlimmer noch, Sie haben ihn niedergeschlagen. Widerstand gegen die Staatsgewalt ist kein Kavaliersdelikt, Jumas! Vor allem dann nicht, wenn man noch unter Bewährung steht.«

»Sie sind bestimmt nicht gekommen, um über diesen Fauxpas mit mir zu sprechen, Kommissar. Oder irre ich mich? Sagen Sie, was Sie wollen.«

»Ich schlage Ihnen einen Handel vor, Jumas.«

»Einen Handel?«

»Ja. Sie erzählen mir, was ich wissen will, und im Gegenzug vergesse ich den heimtückischen Angriff in der Gasse. Einverstanden?«

»Kommt drauf an.«

»Worauf?«

»Auf Ihre Fragen.«

»Die beschränken sich auf Grazyna Lewandowski. Die Frau, die Sie beschützen sollten und nicht konnten. Mir geht es einzig und allein darum, ihren Mörder zu finden.«

»Ich – ein Beschützer? Ein Zuhälter? Nein, ich war nur ein Freund von ihr«, antwortete Jumas mit unbewegter Miene.

»Natürlich, ich vergaß. Aber sicherlich kannten Sie sie gut genug, um mir etwas über ihre Gewohnheiten und ihre Kunden zu berichten.«

Jumas kratzte sich über die Wangen. »Könnte schon sein.«

»Also gilt unser Handel?«

»Unser Handel gilt, ja.«

Balleroy spürte ein Kribbeln im Nacken. »Hatte Grazyna Stammkunden? Hat sie mit einem Terminkalender gearbeitet?«

»Wie sie ihre Termine festgehalten hat, weiß ich nicht, aber sie hatte definitiv einen sehr großen Kundenkreis. Viele Freier kamen immer wieder zu ihr. Sie war beliebt, weil sie Dinge gemacht hat, vor denen sich viele ihrer Kolleginnen scheuten.«

»Was für Dinge?«

»Gegen einen Aufpreis konnte man sie ohne Gummi vögeln. Auch ungeschützter Oralverkehr war möglich. War alles eine Frage der Entlohnung.«

Balleroy verzog sein Gesicht. »Für einen Freund wissen Sie aber gut Bescheid.«

Jumas grinste schief. »Ich war eben ein guter Freund. Bei mir waren ihre Geheimnisse bestens aufgehoben.«

»Dann können Sie mir gewiss auch sagen, ob einer ihrer Freier Rollenspiele bevorzugt hat.«

»Von der Sorte gab es drei oder vier Exemplare. Notgeile Typen, die vor allem darauf abfuhren, sich von ihr fesseln und demütigen zu lassen, während sie eine Uniform trug. Einer von ihnen verlangte sogar, intim untersucht zu werden, wobei sie die Kluft einer Krankenschwester tragen musste. Echt krank, was? Wollen Sie weitere Details hören?«

Balleroy antwortete nicht, sondern trat näher an ihn heran. »Hat sie jemals erwähnt, dass sie sich für einen speziellen Kunden in einen Teenager verwandeln musste?«

Jumas presste die Lippen zusammen. Seine Augen funkelten kurz auf. »Wie sah sie aus, als man sie fand? Etwa wie ein junges Mädchen? Trug sie einen kurzen Rock? Waren ihre Haare zu Zöpfen gebunden? Hatte sie sich Sommersprossen auf die Wangen und die Nase gemalt?«

Balleroy nickte stumm.

Jumas pfiff durch die Zähne. »Es gab tatsächlich jemanden, der sie regelmäßig besuchte und sie aufforderte, sich wie ein minderjähriges Mädchen zu kleiden, zu schminken und zu verhalten. Ein seltsamer Kerl, hat Grazyna einmal gesagt. Er würde sie gar nicht richtig wahrnehmen, mache immerzu einen geistesabwesenden Eindruck und rede kaum mit ihr. Sie hat es nie zugegeben, aber ich glaube, der Bursche war ihr nicht geheuer. Ich habe ihr angeboten, ihn unter die Lupe zu nehmen, doch das lehnte sie ab.«

Der Kommissar erbebte innerlich. »Kennen Sie seinen Namen?«

»Wir haben nie über Namen gesprochen. Wozu auch? Kaum ein Freier hat Grazyna seinen wahren Namen genannt.«

»Hat sie den Kunden beschrieben? Oder haben Sie ihn selbst einmal zu Gesicht bekommen?«

Jumas schüttelte den Kopf. »Ich habe ihn weder gesehen noch hat Grazyna ihn mir jemals beschrieben. Ich kenne weder sein Alter noch seinen Familienstand.« Er tippte sich gegen die Lippen und hielt kurz inne. »Dennoch kann ich Ihnen ein paar Dinge über ihn verraten.«

»Raus mit der Sprache!«

»Er hat gut gezahlt, über Tarif sozusagen. Ja, Grazyna verdiente verdammt gut an ihm, an dem Pädophilen aus Grimaud, wie sie ihn scherzhaft nannte.« Jumas griente. »Er hat ihr sogar wiederholt kleine Aufmerksamkeiten mitgebracht. Bedankte sich auf diese Weise dafür, dass Grazyna auf seine abnormen Wünsche einging. Es schien fast so, als seien sie ihm selbst unangenehm.«

Der Pädophile aus Grimaud. Der Mörder stammte also doch aus dem Dorf. Balleroy fiel es schwer, seine Ungeduld zu zügeln. »Kleine Aufmerksamkeiten? Welcher Art?«

Jumas lachte auf. »Blumen, er brachte ihr oftmals Blumen mit. Und Geschenke, aus Holz geschnitzt. Ein Kruzifix und eine kleine Figur.«

»Eine Figur?« Der Polizist runzelte die Stirn.

»Die Heilige Jungfrau von Orléans.« Jumas' Lachen verwandelte sich in ein heiseres Glucksen. »Ein echt zynisches Präsent, was? Schenkt ihr dieser Kerl doch tatsächlich ein Modell von der Frau, die die Unverdorbenheit schlechthin verkörpert.«

Balleroy begriff zwar die Zusammenhänge noch nicht, aber er hatte plötzlich das Gefühl, einen leuchtenden Silberstreif am Horizont zu sehen.

»Wie lange ist das jetzt schon her?«

Jumas überlegte. »Ungefähr sieben, acht Wochen.«

»Was wissen Sie noch über ihn?«

Jumas drehte die Handflächen nach vorn. »Nichts mehr.«

»Denken Sie scharf nach!«

»Das war es, Kommissar. Ich habe Ihnen alle Informationen mitgeteilt.«

»Geben Sie sich Mühe!«

»Sie müssen mir glauben! Mehr hat mir Grazyna nicht erzählt.«

Balleroy musterte Jumas eindringlich. Gab es einen Anlass, am Wahrheitsgehalt seiner Aussage zu zweifeln? Der Polizist sah keinen Grund, weshalb ihm der Mann etwas vorenthalten sollte. Jumas hatte sich an ihre Vereinbarung gehalten.

»Nun gut, dann sind wir jetzt fertig«, meinte Balleroy entschieden.

»Wir sind fertig?«

»Ja.«

»Und Sie vergessen meine Attacke?«

»Ja, mein Wort gilt!«

»Danke. Und noch etwas: Ob Sie es glauben oder nicht, ich hoffe wirklich, Sie schnappen den Kerl, der Grazyna auf dem Gewissen hat.«

Balleroy bedachte Jumas mit einem ernsten Blick. Dann wandte er sich ab und meinte: »Ich glaube, Ihre Antworten haben die Festung zum Wanken gebracht, in der sich Grazynas Mörder versteckt hält.«

2

Clement hatte sein Leben gelebt. Camille hatte ihres noch vor sich. Deswegen war es richtig, dass er ein Opfer brachte.

Eine tröstliche Vorstellung und ein Wegweiser, der es ihm erträglich machte, die Funktion der *Unique*-Pistole zu testen. Clement stand in seinem Wohnzimmer und hielt die ungeladene Waffe in beiden Händen. Entsicherte sie. Nahm die leere Blumenvase auf dem Wohnzimmertisch ins Visier. Ertastete mit dem Zeigefinger den Abzug.

Dann drückte er ab.

Klack. Ein nüchternes, kaltes Geräusch.

Klack. Seine Hand wackelte extrem.

Klack. Klack. Klack. Drei weitere, törichte Versuche.

Ein Gefühl von Ungehaltenheit breitete sich in ihm aus. Es resultierte aus seiner grundsätzlichen Ansicht, dass niemand das Recht haben sollte, einen anderen Menschen zum Morden zu verleiten. Camille hatte ihn genau dazu aufgefordert, aber ihr wies Clement keinerlei Schuld zu. Leroche hatte die nahende Katastrophe heraufbeschworen.

Clement spürte, dass er an einem fatalen Wendepunkt stand. Als sei sein freier Wille längst abhandengekommen.

Er zog das mit zehn Kugeln gefüllte Magazin aus der Tasche und schob es in das Griffstück der Pistole. Danach sicherte er die Waffe und legte sie vorsichtig auf den Wohnzimmertisch.

Der Hund lag der Länge nach auf der Couch und bedachte ihn mit einem starren Blick. Clement fragte sich, ob auch er den Wandel spürte, der letztlich auch seine eigene Zukunft betreffen würde. Wenn Camille ihn anrief, würde Clement sie bitten, sich um den Rüden zu kümmern. Sie hatten noch am vergangenen Donnerstag verabredet, dass sie sich meldete, sobald Nicolas und ihre Mutter das Anwesen verlassen hatten.

Seitdem hatte sich Clements innere Unruhe noch verstärkt. Er war häufig in Bewegung gewesen und ziellos durch die nahe Umgebung gewandert. Durch die Felder und den Pinienwald. Bei Tag und bei Nacht. Mit seinem Hund. Ohne seinen Hund. Mit von Gedanken vollgestopftem Schädel. Oder wie in Trance, ohne nachzudenken.

Jetzt schaute er auf die Uhr. Es war schon kurz vor elf. Nicht mehr lange und das Telefon würde klingeln.

Ihm war heiß. Seit heute Morgen fühlte er sich fiebrig. Er ging in die Küche, trank ein Glas Saft und begab sich anschließend ins Badezimmer. Dort nahm er ein Handtuch, hielt es unter laufendes Wasser und legte es sich auf den Nacken. Die Feuchtigkeit tat ihm gut. Erfrischte seine Haut.

Er erblickte sein Spiegelbild und zeigte die gleiche Reaktion wie an jedem Morgen in dieser Woche, wenn er einer weiteren schlaflosen Nacht entfloh und ins Bad ging, um sich zu waschen: Er erschrak. Denn er sah fürchterlich aus. Nicht wie ein alter Mann, sondern wie ein steinalter Mann. Die geschwollenen Tränensäcke unter seinen glanzlosen Augen besaßen fast schon die Farbe von Kohlestücken, seine Wangen wirkten eingefallener denn je, und der graue Bartflaum zog sich in unregelmäßiger Dichte über sein Gesicht. In den letzten Tagen hatte er schlichtweg kein Verlangen gespürt, sich zu rasieren. Er schloss gequält die Augen.

In diesem Moment spürte er seine Einsamkeit wie einen Keulenschlag in der Magengrube. Er erinnerte sich plötzlich an eine glücklichere Zeit und hatte auf einmal eine wundervolle Szene vor Augen. Seine schöne Frau öffnete die Tür der Duschkabine und trat auf die Badematte, nackt, mit einem leicht gerundeten Bauch, während Clement vor dem Spiegel stand und sich rasierte. Sie befand sich in der neunzehnten Woche, mitten in der Schwangerschaft, an der Clement voller Faszination teilnahm. Für ihn und Sophie war ein aufregendes Kapitel aufgeschlagen worden. Zu wissen, dass er Leben gezeugt hatte, das nun in seiner Frau gedieh, versetzte ihn in einen euphorischen Zustand.

»Er bewegt sich«, presste Sophie fassungslos hervor. »Unglaublich! Ich spüre ihn. Wie einen kleinen zappelnden Fisch.«

Freudestrahlend stellte sie sich neben Clement und legte seine freie Hand zwischen ihren Unterleib und den Bauchnabel.

»Er?« Clement sah sie lachend an.

»Ich bin sicher, unser Kind wird ein Junge.«

»Ich spüre nichts.«

»Doch, hier.« Sie führte seine Hand und er konnte ihre Begeisterung sogleich nachvollziehen. Die Wellenschläge berührten sein Herz. Sie stammten tatsächlich von seinem Sohn, denn Sophie sollte recht behalten und einen Jungen gebären.

Nach Romains Geburt war nichts mehr wie zuvor. Der Junge stellte das Leben im Hause Saver völlig auf den Kopf. Clement war vernarrt in ihn. Der Polizist fand es himmlisch, für seine Familie zu sorgen, Verantwortung zu tragen. Und er erfreute sich an alltäglichen Banalitäten: mit dem Kinderwagen durchs Dorf zu gehen, das Schulterklopfen und die einhellige Meinung aller, ihr Junge sei ein prächtiger, hübscher Bursche. Romain wuchs heran, und Clement empfand es weiterhin wie ein unbezahlbares Geschenk, an jedem einzelnen Lebensabschnitt seines Sohnes teilhaben zu dürfen. Hätte er es gekonnt, hätte er sein Glück in Flaschen abgefüllt und einen Vorrat davon angelegt. Schließlich wusste er, dass kein Glück auf Erden von unbegrenzter Dauer war. Doch er vergrub die Furcht vor einer möglichen Veränderung in den entferntesten Schichten seines Unterbewusstseins. Er wollte partout keine Trübung seiner Freude zulassen.

Sein Fall war entsprechend tief, und die Tage, die ihn einholten, dunkler, als er es sich jemals hätte vorstellen können.

Viel dunkler.

Das Telefon schrillte. Clement schlug die Augen auf und ließ die Vergangenheit augenblicklich los.

Nun war es also so weit. Sein Schicksal würde ihn mit offenen Armen empfangen.

Bevor er aus dem Badezimmer eilte, und zwar so schnell, wie es ihm die Arthrose in den Knien erlaubte, flüsterte er leise: »Verzeih mir, Sophie! Verzeih mir alles!«

3

Monique Puchons Alltag war schon immer von Fadheit geprägt gewesen. Als viertes und ungewolltes Kind einer einheimischen Arbeiterfamilie war sie es vom ersten Atemzug an gewohnt, ihre eigenen Bedürfnisse hinten anzustellen, da sie in der Regel sowieso kaum Beachtung fanden. Zudem hatten Begriffe wie Gehorsamkeit und Respekt für sie eine unzweifelhafte Bedeutung, weil sie als schwächstes Glied in der Kette ihrer Sippschaft der letzte Befehlsempfänger war und somit jeglichem Aufbegehren beraubt wurde. Sie akzeptierte diesen Zustand über Jahre hinweg mit erstaunlicher Gleichmütigkeit.

Sie war noch Schülerin, als sie anfing, in der einzigen Drogerie Grimauds zu jobben. Für einen kläglichen Lohn, von dem sie selbst nur ein geringes Taschengeld behalten durfte. Der weitaus größere Anteil floss in die Familienkasse. In ihrer knapp bemessenen Freizeit half sie ihrer Mutter im Haushalt. Ihre Geschwister verließen nach und nach das verdrießlich stimmende Elternhaus, bis nur noch Monique übrig blieb, der es auch im Erwachsenenalter nicht in den Sinn kam auszuziehen und ein eigenes Leben zu führen. Weshalb auch? Sie hatte kaum Freunde, keine Liaison wie ihre Schwestern und ihr Bruder und verspürte trotz der fehlenden Zuwendung ihren Eltern gegenüber eine nachhaltige Verpflichtung. Die Dorfbewohner nahmen sie als fleißige, aber verschlossene junge Frau wahr, die zusätzlich noch damit begann, an ihrem einzigen freien Tag in der Woche die Kinder einer wohlhabenden Familie zu betreuen. Ihr Vater begrüßte diesen zweiten Job, bedeutete er doch eine weitere Einnahmequelle. Monique hingegen erhielt endlich eine für sie ungewohnte Anerkennung – nämlich von den Kindern, denen sie mit offenem Herzen begegnete.

Ihr eigener Kinderwunsch blieb unerfüllt. Zu dessen Verwirklichung hätte sie einen Mann benötigt. Sie war zwar nicht sonderlich hübsch, andererseits aber auch nicht hässlich. Nur achtete sie nicht auf ihr Äußeres. Sie schminkte sich nicht und verbarg durch unvorteilhafte Kleidung ihre Weiblichkeit. Doch selbst das war nicht der Grund für das Fehlen möglicher Aspiranten. Es lag einzig an ihrer Unzugänglichkeit, die jedermann abschreckte.

Und so verblühte ihre ereignislose Jugend. Im Laufe der Zeit breitete sich schließlich doch eine latente Unzufriedenheit in ihr aus. Sie wurde verdrossener, strebte nach Veränderungen. Als sie erfuhr, dass der begüterte Unternehmer Nicolas Leroche eine Haushälterin suchte, offenbarte sich ihr plötzlich die Möglichkeit, der elterlichen Obhut zu entkommen und ihrem reizlosen Leben frischen Schwung zu geben. Dennoch kostete es sie eine ungeheure Überwindung, sich zu bewerben.

Leroche führte ein längeres Gespräch mit ihr. Er wollte sehr persönliche Dinge von ihr wissen. Seine Fragen empfand sie als berechtigt, schließlich würde er eine fremde Frau unter seinem Dach arbeiten und wohnen lassen. Monique wiederum konnte den gut aussehenden Mann mit dem Blick eines Wolfes kaum ansehen. Sie war verstockt, wie immer, und befürchtete schon, dass ihr Auftreten ein Hinderungsgrund für den Unternehmer war, ihr den Posten zu geben.

Doch es kam anders. Leroche stellte sie ein. Monique kam es nicht in den Sinn, seine Entscheidung zu hinterfragen. Als sie mit fünfunddreißig Jahren aus dem elterlichen Haus in die Souterrainwohnung der Villa zog, wäre sie fast von Panikattacken überrollt worden. Sie konnte es selbst nicht fassen, dass sie im Begriff war, sich tatsächlich von ihren Eltern abzunabeln. Ihre Arbeit umfasste alle anfallenden Tätigkeiten im Haushalt des Unternehmers, vom Waschen und Bügeln der Kleidung bis hin zum Zubereiten sämtlicher Mahlzeiten, ebenso gehörten das Reinigen der Böden und Bäder sowie die Pflege des wertvollen Mobiliars zu ihrem Aufgabenbereich. Monique war rege und zuverlässig wie eh und je und sie war trotz der Eintönigkeit der Arbeiten glücklich. Das lag nicht zuletzt daran, dass Leroche ihr seine Dankbarkeit zeigte, indem er ihr ein stattliches Gehalt zahlte und das Gefühl vermittelte, ihre Anwesenheit im Haus zu schätzen.

Doch Moniques Freude an der neuen Tätigkeit währte nur so lange, bis die andere Frau auf der Bildfläche erschien und in die Villa einzog. Denn Anne Jeunet, die aus einer ähnlichen Gesellschaftsschicht wie sie selbst stammte, behandelte sie oftmals unfreundlich und scheuchte sie herum wie eine Dienstmagd. Monique wurde an frühere Zeiten erinnert, von denen sie gehofft hatte, dass sie längst hinter ihr lagen. Dennoch machte sie gute Miene zum bösen Spiel und verbarg ihre Abneigung gegenüber der Verlobten des Unternehmers.

Anne Jeunet hatte eine Tochter mitgebracht. Ein außergewöhnlich schönes Geschöpf mit einem unergründlichen Charakter, wie es Monique erschien. Die Anmut des Mädchens war sowohl von Reife geprägt als auch von kindlichem Charme, wobei sich dieser jedoch zu oft in Camilles Ernsthaftigkeit verlor. Am Esstisch war sie oft sehr schweigsam und ihre Blicke schweiften ins Nirgendwo ab, besonders seit dem Tod ihrer besten Freundin. Monique mochte das Mädchen, das sie selbst – im Gegensatz zu ihrer Mutter – sehr höflich und respektvoll behandelte. Gerne hätte sich Monique intensiver auf sie eingelassen, aber es bestand eine Distanz zwischen ihnen, die nicht zuletzt durch das Verhalten der Mutter Monique gegenüber hervorgerufen wurde. Ein Verhalten, das Camille natürlich nicht entging und Hindernisse schuf.

Deshalb wunderte sich Monique an jenem Samstagmorgen, dass Camille an ihre Wohnungstür klopfte und sie fragte, ob sie Lust habe, mit ihr an den Strand von Cavalaire zu fahren.

»Nur du und ich?«, fragte Monique überrascht.

»Ja, nur wir beide«, sagte Camille. »Nicolas und Mutter sind fort. Und ich würde gerne nach Cavalaire fahren. Ich war nicht mehr dort, seit …«

Monique nickte verständnisvoll und blinzelte ihr zu. Sie wusste genau, wo die Mädchen vor vier Wochen gewesen waren, bevor Oceane ihrem Mörder begegnete.

»Warum fragst du mich? Weshalb fährst du nicht mit einer Freundin dorthin? Oder mit Monsieur Saver und seinem Hund?«

Camille machte ein betretenes Gesicht. »Monsieur Saver hat bereits etwas vor und hier im Dorf habe ich keine Freundin mehr. Das wissen Sie doch genau, Monique!«

»Ich habe noch Arbeit, Camille, ich muss noch die Hemden von Monsieur Leroche bügeln und …«

»Ach bitte, Monique! Heute ist Samstag. Gönnen Sie sich auch mal eine Pause. Fahren Sie mit mir nach Cavalaire! Ihre Arbeit können Sie doch noch danach erledigen.«

Mit ihrem Anliegen schien es Camille sehr ernst zu sein. Ihre Augen blickten erwartungsvoll. Ein bisschen Abwechslung wäre wirklich schön, dachte Monique. Und wer weiß, vielleicht würde sich Camille nach einem gemeinsam verbrachten Tag etwas öffnen.

»Einverstanden, du hast mich überzeugt! Ich packe nur noch meine Badesachen und etwas zum Essen und Trinken ein.«

Camille klatschte beschwingt in die Hände. »Toll, Monique, ich freue mich«, jubelte sie und nahm ihre Tasche vom Boden auf, die sie zuvor neben der Tür abgelegt hatte. »Ich habe meine Klamotten schon dabei.«

»Gut, und ich verspreche dir, mich zu beeilen. Aber bevor wir gehen, müssen wir noch die Alarmanlage einschalten. Schließlich ist niemand mehr im Haus, wenn wir fort sind.«

»Das erledige ich, während Sie Ihre Tasche packen«, erklärte Camille und stürmte davon.

Monique blieb lächelnd zurück und sah dem Mädchen noch einen Moment lang hinterher. Voller Vorfreude auf einen entspannten Tag und ohne auch nur im Entferntesten zu ahnen, welche Bedeutung ihre Zusage hatte.

4

Balleroy ließ den Motor seines Renault immer wieder aufheulen, wenn er wegen eines langsameren Fahrzeugs vor ihm abbremsen und anschließend wieder beschleunigen musste. Er fuhr schnell, obwohl ihm das Sonnenlicht in die Augen stach. Er klappte die Blende oberhalb der Windschutzscheibe herunter, ohne ein nennenswertes Resultat zu erzielen, und raste unbeirrt weiter.

Nachdem er sich in der Asservatenkammer des Polizeipräsidiums in Marseille vergewissert hatte, dass weder eine Figur von Jeanne d'Arc noch ein Holzkruzifix in der Wohnung der Polin gefunden worden waren, hatte er sich hinter sein Lenkrad geklemmt und auf den Weg nach Grimaud gemacht. Jetzt wusste er, wonach der Mörder gesucht und was er vom Tatort mitgenommen hatte: Geschenke. Indizien, die Balleroy zu ihm führen konnten. Beziehungsweise unweigerlich zu ihm führen mussten.

Der Kommissar besaß nun verschiedene Möglichkeiten: Er konnte mithilfe der Zentrale in Toulon und einem erweiterten Mitarbeiterstab herausfinden, wer in der Region geschnitzte Figuren von der Heiligen Jungfrau verkaufte. Mit etwas Glück würden sie Personenbeschreibungen oder sogar Namen von männlichen Kunden erhalten – Namen von potenziellen Verdächtigen. Und wenn sie auf diese Weise nicht vorankamen, konnten sie immer noch einen Speicheltest in Grimaud durchführen, da der Täter den neuesten Erkenntnissen nach doch aus dem Dorf stammte.

Aber als Allerersten würde Balleroy sich in dem Geschenkladen am Marktplatz erkundigen. Eine unkomplizierte und wenig zeitraubende Maßnahme. Er war fast täglich auf seinem Weg vom oder zum Hotel *La Boulangerie* an dem Geschäft vorbeigekommen. Er hatte es kaum beachtet, lediglich mit flüchtigen Blicken wahrgenommen. Ein gewöhnlicher

Laden für Touristen. Der Ort war voller Touristen, ein Strom, der erst im Herbst wieder abebben würde. Ein Strom, der in diesem Jahr allerdings dünner war als in den Vorjahren, wie Nuret ihm bescheinigte. Eine Folge des Verbrechens, das hier stattgefunden hatte? Wahrscheinlich. Trotz allem waren es immer noch genügend Touristen. Sie kauften Ansichtskarten, Strandartikel, Vasen, Wandschmuck und manchmal auch Schnitzereien. Erinnerungsstücke für das eigene Heim, besondere Mitbringsel für die Lieben zu Hause. Der, den Balleroy suchte, hatte anderes im Sinn gehabt. Hatte kleine Aufmerksamkeiten für außergewöhnliche Liebesdienste erworben, für bizarre Praktiken. Zum Beispiel die Figur einer auserwählten Jungfrau. Es war der blanke Hohn, dass der mordende Triebtäter seinem späteren Opfer, einer Prostituierten, ausgerechnet ein solches Geschenk darbrachte. Genauso paradox wie das Kruzifix. Wo hatte er die Sachen gekauft? In dem Geschäft am Marktplatz? Möglich war es. In der Auslage standen geschnitzte Artikel, glaubte Balleroy sich erinnern zu können. Er hatte die Gegenstände vor Augen: Holzornamente, exotisch wirkende Skulpturen und Masken.

Was noch?

Er brachte es in Erfahrung, als er kurz nach zwölf vor dem Geschäft anhielt. Neben Waren aus Glas und Keramik standen Holzartikel unterschiedlicher Art in der Auslage. Aber er konnte keinerlei religiöse Utensilien entdecken. Außerdem war das Geschäft bis um fünfzehn Uhr geschlossen. Ein Schild mit den Öffnungs- und Pausenzeiten zeigte ihm nur allzu deutlich, dass er sich wieder einmal gedulden musste.

5

Im Haus war es still. Friedlich. Clement fand einen verlassenen Ort vor, zumindest bei seinem Eintreten.

Die Alarmanlage war nicht eingeschaltet. Das war Camilles Verdienst, genauso wie die Tatsache, dass die Haushälterin fort war und ihn nicht überraschen konnte.

Er drehte sich um die eigene Achse, sah sich andächtig um. Die Waffentasche hing schwer um seine Schulter, bei jeder Bewegung schwang sie mit. Schließlich blieb er reglos stehen, minutenlang. Der feudale Eingangsbereich mit dem gesprenkelten Granitboden und der von Palmen umringten Sofaecke ähnelte einem menschenleeren Hotelfoyer. Fehlte nur noch eine Rezeption. Aber Clement befand sich in keinem Hotel. Er war in ein fremdes Gebäude eingedrungen und durfte eigentlich gar nicht hier sein.

Er setzte sich wieder in Bewegung, ging ins Treppenhaus und folgte dem vergoldeten Handlauf nach unten. Auch wenn es ihm schwerfiel, verzichtete er darauf, das Licht einzuschalten, weil er der Geräuschlosigkeit doch nicht ausnahmslos traute.

Besitztum, schoss es ihm durch den Kopf. Leroches Existenz besteht aus dem Streben nach Besitz. Er besitzt ein außergewöhnliches Anwesen, eine aufregende Verlobte, ist auf der ganzen Linie erfolgreich und bleibt dennoch unersättlich. Greift nach dem Unerlaubten, das er nicht besitzen darf.

Clement schüttelte sich angewidert. Dann gelangte er an sein Ziel. Die Bürotür war unverschlossen. Er trat behutsam ein, als fürchtete er sich vor einer bösen Überraschung hinter der Tür. Doch seine Furcht war unbegründet. Es war niemand im Zimmer. Er ging zu Leroches Schreibtisch, auf dem sich ein Spiralkalender befand, legte die Tasche darauf ab und öffnete sie. Er zog die geladene Pistole heraus, Leroches Pistole. Die Innenfläche seiner Hand war feucht, um ein Haar wäre ihm die Waffe entglitten. Er legte sie vorsichtig neben die Tasche. Die Luft im Raum war stickig und abgestanden. Er schritt zu der Terrassentür und kippte sie. Dann setzte er sich auf Leroches Sessel.

Es würden noch Stunden vergehen, ehe der Unternehmer käme. Gleichwohl war es sinnvoll, dass Clement bereits hier eingedrungen war. Das Büro war Leroches heiliger Bereich, den nur er, sein Buchhalter und seine Sekretärin unaufgefordert betreten durften, und die beiden würden am Samstag nicht auftauchen. Selbst wenn Anne Jeunet nun wider Erwarten früher und vor ihrem Verlobten aus Nizza zurückkäme, würden sich ihr und Clements Weg nicht kreuzen. Hier unten bliebe er unentdeckt, weil Anne die Anweisungen des Unternehmers befolgte und sich von dem Arbeitszimmer fernhielt, wie Camille ihm versichert hatte. Gleiches galt für die Haushälterin. Deswegen war Clement schon so früh hierhergekommen. Außerdem hätte er es zu Hause ohnehin kaum noch ausgehalten.

Er hob den Kopf, als er eine Bewegung aus den Augenwinkeln heraus wahrnahm. Die Vorhänge flatterten leicht, ein Windzug war durch den Spalt der gekippten Terrassentür gezogen und hatte sich in ihnen verfangen. Clement ließ seinen Blick weiterschweifen, betrachtete den Garten mit dem großzügigen Pool, den Palmen und der sattgrünen Wiese, durch die sich Pfade aus hellen Kieseln schlängelten. Das gesamte Areal strahlte eine besondere Eleganz aus. Es war ein schöner Flecken Erde.

Clement seufzte. Hier, auf Leroches Anwesen, würde er alles hinter sich lassen. Alles. Dieses Wissen schnürte ihm die Kehle zu. Das Blut pochte in seinen Schläfen.

Und das Warten begann.

Das Lauschen.

Das Warten.

6

Der Strand von Cavalaire war brechend voll, wie vor vier Wochen. Menschen reihten sich dicht nebeneinander. Französische und ausländische Urlauber sowie Ortsansässige, die das Wochenende für einen Ausflug ans Meer nutzten. Familien mit Kindern, sonnenhungrige Pärchen, Jugendliche. Unter ihnen befanden sich nun auch Monique Puchon und Camille Jeunet, die sich einen Platz nah am Wasser suchten, das türkisfarben schimmerte. Winzige Wellen glitten gleichmäßig an die Küste, ein Pulk halbstarker Jungs schwamm hinaus aufs offene Meer, über dem ein Schwarm kreischender Möwen eine lange Bahn zog. Ein älteres Ehepaar watete stumm am Ufer entlang, vorbei an zwei kleinen Mädchen, die versuchten, eine Sandburg zu bauen.

Gewöhnliche Bilder an einem gewöhnlichen Sommertag am Strand.

Sie waren in Moniques Panda hierher gefahren, ohne Klimaanlage, nur mit geöffneten Fenstern und einem laut scheppernden Radio, aus dem *Sunshine* von Superbus dröhnte. Camilles Haar hatte geräuschvoll im Fahrtwind geflattert.

»Stell du den Sender ein«, hatte Monique zuvor gesagt. »Wir hören, was du hören möchtest.«

»Ehrlich?«

»Ja, klar.«

Camille hatte an dem antiquierten Regler gedreht, bis sie die passende Musik gefunden hatte. Sie hatte sich bemüht, fröhlich und sorglos zu wirken, doch gedanklich war sie woanders. Sie hatte das Gefühl, als wäre sie gar nicht hier, würde nur träumen.

Monique hatte ununterbrochen geredet, eine Belanglosigkeit war der nächsten gefolgt. Es war der krampfhafte Versuch einer lockeren Konversation, das Bemühen, über das Wetter, die warmen Nächte und ihr gemeinsames Glück, im paradiesischen Südfrankreich leben zu dürfen, zu persönlicheren Themen zu gelangen. Camille hatte die an und für sich zurückhaltende Haushälterin noch nie zuvor so aufgewühlt erlebt. Sie dachte automatisch an ein Eis, das in der Sonne zu schmelzen beginnt, und lächelte instinktiv, wenn auch gequält.

Sie mussten eine Weile suchen, bis sie einen geeigneten Platz fanden, an dem sie ihre Handtücher auslegen konnten. Monique zog sich bis auf den bunten, unmodernen Badeanzug aus, der ihren flachen Bauch und ihre wohlgeformten Brüste eher kaschierte als betonte.

»Meinst du, deine Mutter wäre verstimmt, wenn sie wüsste, das wir beide zusammen unterwegs sind?«, fragte sie.

»Verstimmt? Wieso?« Camille zog ihre sorgsam gezupften Augenbrauen in die Höhe.

»Na ja, weil ich annehme, dass sie mich nicht sonderlich mag«, antwortete Monique ehrlich.

»Das glaube ich nicht.«

»Nein?«

»Nein.«

»Mir vermittelt sie das Gefühl, dass sie mich ablehnt.«

»Das tut sie nicht, sie lehnt Sie nicht ab. Sie mag fleißige Menschen, bis vor Kurzem musste sie selbst noch mehrere Stunden am Tag arbeiten.« Camille stockte. »Mama ist eigentlich viel liebenswürdiger, als sie es in den letzten Monaten gezeigt hat.«

»Eigentlich?«

»Nicolas, die Villa, der Reichtum – das alles verändert sie. Sie wirkt kälter, manchmal sogar ein bisschen herzlos, das gebe ich zu.«

»Kälter? Herzlos?«

Camille nickte. »Nicolas tut ihr nicht gut.«

»Das ist deine Meinung?« Monique war überrascht.

»Ja«, sagte Camille und zog die Shorts und das ärmellose T-Shirt aus. Darunter trug sie einen schwarzen Bikini.

»Und dir? Wie gefällt es dir bei uns?«, fragte Monique und biss sich im selben Moment auf die Zunge. ›Bei uns‹, wie sich das anhörte! Als hätte sie ihren Teil dazu beigetragen, dass Anne Jeunet und ihre Tochter in die Villa eingezogen waren. Als würde sie zu Leroche gehören! Aber das tat sie nicht, sie war nur eine angestellte Arbeitskraft.

Camille zögerte die Antwort hinaus. Sie spähte über das Meer hinweg, dessen Wellen im Sonnenlicht herrlich glitzerten. In der Ferne trieb ein Segelboot. Wie von der Wirklichkeit entrückt, sinnierte Camille, bevor sie an den alten Mann dachte. Wenn er sein Versprechen hielt, und es gab keinen Grund, daran zu zweifeln, war er längst in Nicolas' Büro. Auf ihr Geheiß hin.

»Gefällt es dir?«, wiederholte Monique ihre Frage.

»Wem würde es nicht gefallen?«, antwortete Camille ausweichend und mit Bedacht. Sie blinzelte. »Oceane fand es auch schön bei uns in der Villa. Sie war gern dort.«

»Das war sie, ja«, erwiderte Monique, die spürte, dass das Gespräch in eine komplett andere Richtung abzurutschen drohte, als sie es beabsichtigt hatte. Sie legte eine Hand auf Camilles Schulter und zählte lautlos bis zehn. »Wollen wir ins Meer gehen?«, fragte sie schließlich zaghaft.

Camille schaute sie an und lächelte matt. »Dafür sind wir hergekommen, nicht wahr?«

»Genau.« Monique zeigte auf das Wasser. »Wer als Erster drin ist, einverstanden?«

»Einverstanden.«

Camille spurtete los und Monique folgte ihr, blieb ihr dicht auf den Fersen. Sie liefen über den feinen Sand ins Meer und vermittelten den Eindruck von Leichtigkeit.

Es war ein falscher Eindruck.

7

»Ob wir Figuren von der heiligen Jeanne d' Arc verkaufen? Und Kruzifixe aus Holz?«

Christophe Cercès' Stimme klang kräftig, auch wenn ihm anzumerken war, wie sehr ihn die Frage des Kommissars irritierte. Ein kontrollierter Typ, geschäftsmäßig, strebsam, so schätzte ihn Balleroy auf den ersten Blick ein.

Der Kommissar nickte. »Oder in der Vergangenheit verkauft haben«, fügte er hinzu.

Balleroy hatte sich gar nicht vorzustellen brauchen, als er das Geschäft betrat. Im Dorf kannte ihn inzwischen fast jedermann. Das galt auch für die junge, stämmige Verkäuferin hinter dem Tresen, die ihm sofort nach seinem Eintreten klarmachte, das sie nur eine Aushilfskraft sei. Der Laden gehöre Christophe Cercès, an ihn solle sich der Kommissar wenden, da sie ihm seine Fragen bestimmt nicht beantworten könne, hatte sie voller Überzeugung erklärt. Der Chef käme allerdings erst um kurz nach fünf in den Laden. Balleroy hatte nur genickt und es dennoch versucht. Ob sie in den letzten Wochen oder Monaten Schnitzereien mit religiösen Motiven verkauft hätten, genauer gesagt Figuren der Jungfrau von Orléans und Holzkruzifixe. Die junge Frau hatte Balleroy verwundert angesehen und erklärt, dass sie es nicht mit Sicherheit sagen könne. Zumindest konnte sie sich nicht daran erinnern, aber ausschließen wollte sie es auch nicht. Immerhin würden sie ab und zu sogar von Hand gefertigte Einzelstücke verkaufen. Es wäre wirklich besser, wenn der Kommissar auf Cercès warten und mit ihm reden würde.

Das hatte er vor, auch wenn seine Hoffnung schwand, an diesem Ort die Antworten zu erhalten, die er sich wünschte.

Zwei Stunden später war er dem Geschäftsinhaber in dessen Büro gefolgt. Es war ein zweckdienlicher, fensterloser Raum mit je einem Stuhl vor und hinter einem schmucklosen Tisch, der wiederum vor einer breiten Wand mit einem bemerkenswerten Poster stand. Es zeigte eine gigantische Bergspitze, an der sich ein Kletterer festgekrallt hatte. Am unteren Bildrand stand in geschwungener Schrift: *Manche Menschen träumen von großen Taten, andere sind wach und führen sie durch.*

Balleroy hatte stumm genickt, als wollte er das Gelesene bestätigen. Dann war er ohne Umschweife zur Sache gekommen und hatte die Frage wiederholt, die er zuvor der Verkäuferin gestellt hatte.

Cercès schüttelte den Kopf. »Nein, wir verkaufen keinerlei religiöse Artikel. Warum ist das wichtig für Sie?«

»Das darf ich Ihnen nicht sagen, das müssen Sie verstehen.« Balleroy konnte nur mit Mühe seine Enttäuschung verbergen.

»Klar, ich verstehe.«

Der Kommissar überlegte. Ihm spukte noch ein anderer Gedanke im Kopf herum. Ein anderer Ansatz. Die Verkäuferin hatte ihn darauf gebracht.

»Woher beziehen Sie eigentlich Ihre Holzwaren?«

»Ich habe verschiedene Lieferanten. Der überwiegende Teil stammt aus unserer Region, manchmal importiere ich aber auch billige Ware aus dem Ausland. Egal, woher ich sie erhalte, ich kaufe fast ausschließlich Fabrikware ein. Artikel aus der Serienherstellung sind im Einkaufspreis halt wesentlich günstiger als die Produkte, die von den kleineren Holzschnitzereien hergestellt werden.«

»Ihre Verkäuferin sagte allerdings, dass Sie hin und wieder auch Einzelstücke anbieten.«

Cercès lehnte sich zurück und trommelte mit den Fingern auf die Tischplatte. Er kniff die Augen zusammen. »In Ausnahmefällen, ja. Aber nur wenn es sich um Stücke handelt, für die ich nicht zu viel bezahlen muss und die ich mit einer entsprechenden Marge weiterverkaufen kann. Besondere Exemplare, günstige Unikate.«

»Von wem beziehen Sie diese besonderen Exemplare?«

»Bringe ich mit meiner Antwort jemanden in Schwierigkeiten?«

»Sie bringen sich selbst in Schwierigkeiten, wenn Sie mir nicht antworten«, erwiderte Balleroy. Seine Stimme gewann an Schärfe und er versuchte, tief durchzuatmen.

Cercès war offensichtlich beunruhigt. Er hob den Kopf. »Wir leben in einem kleinen Dorf. Wenn sich herumspricht, dass ich jemanden …«

»Die Einzelstücke stammen also aus dem Dorf?« Balleroy hatte auf eine solche Antwort gehofft. Und nun, als er sie bekam, bildete er sich auf einmal ein zu spüren, dass die Erde unter seinen Füßen bebte. Die Luft schien ihm aus den Lungen zu entweichen. Er musste sich zusammenreißen, um die Fassung zu bewahren. Was für eine Information! Eine Information, die er so dringend benötigt hatte. Jetzt musste er noch den Namen des Mannes erfahren, der Cercès mit den Unikaten versorgte.

»Ja, aus dem Dorf.« Cercès wich Balleroys Blick aus.

»Wer beliefert Sie damit?«

Cercès sank in seinem Stuhl zusammen und kniff die Lippen fest aufeinander. Er schwieg, als befürchtete er, mit seiner Aussage einen guten Freund zu denunzieren.

Balleroy schnellte empor, beugte sich über den Tisch. Er stand kurz davor, die Kontrolle zu verlieren, den Geschäftsinhaber am Kragen zu packen und ihm die Antwort aus dem Leib zu prügeln.

»Himmel! Sagen Sie es schon! Von wem erhalten Sie diese besonderen Stücke? Von wem? Reden Sie, Mann!«

Cercès rieb sich über den Hinterkopf und zögerte immer noch. Blieb weitere, endlose Sekunden stumm sitzen. Dann rückte er endlich mit der Sprache heraus.

Die Erde unter Balleroys Füßen bebte nicht mehr – sie riss in alle Richtungen auf.

Minuten später trat Balleroy aus dem Laden und klopfte sich mit einer nervösen Bewegung einen Staubfleck von der Jacke. Hier draußen, im Schein der Sonne, hatte er das Gefühl, als hätte ihn plötzlich das noch fahle Licht der Erkenntnis geküsst.

Er ging zu seinem Wagen. Während er die Tür öffnete, klingelte sein Handy. Er nahm es aus seiner Jackentasche und blickte auf das Display. Es war Nuret.

»Wo sind Sie, Kommissar?«, fragte der Dorfpolizist hastig. Er klang aufgeregt.

»Wieder in Grimaud«, antwortete Balleroy knapp.

»Das trifft sich gut. Sehr gut sogar. Es gibt Neuigkeiten. Sie sollten zu mir kommen, auf die Wache.«

»Es gibt Neuigkeiten?«

»Ja. Bitte kommen Sie. Ich glaube, es ist wichtig.«

»Ich bin schon so gut wie unterwegs«, sagte Balleroy und verschwieg bewusst den letzten Teil des Satzes.

Ich bin schon so gut wie unterwegs, denn ich hatte ohnehin vor, Sie aufzusuchen, Nuret.

»Ich bin nicht allein.«

»Wer ist bei Ihnen?«

»Roger Doise, der Buchhalter von Nicolas Leroche, und eine Frau, Ines Cercès.«

»Ines Cercès? Ist sie mit Christophe Cercès verwandt?« Balleroy war verwirrt.

»Sie ist seine Schwester.«

»Was wollen die beiden? Worüber wollen sie sprechen?«

»Das weiß ich nicht. Noch nicht. Sie wollen insbesondere mit Ihnen reden. Doise sagte, es sei dringend. Sie hätten ihn bei Ihrer Befragung auf etwas aufmerksam gemacht.«

Balleroy runzelte die Stirn. Er hoffte eindringlich, dass die Informationen, die er von Christophe Cercès erhalten hatte, nicht doch noch durch weitere Aussagen verwässert wurden. Im Gegenteil, weitere Aufschlüsse sollten, ja, durften seinen Verdacht in Bezug auf den nun eingeschränkten Täterkreis höchstens erhärten, bestätigen.

»Ich bin gleich bei Ihnen, Nuret. In weniger als fünf Minuten.« Balleroy unterbrach die Verbindung, steckte das Handy in die Jackentasche zurück und stieg in seinen Wagen.

Was für ein Tag, dachte er. Was für ein verrückter Tag!

8

Clement hatte furchtbaren Durst, sein Mund war vollkommen ausgetrocknet. Das war nicht besonders verwunderlich. Er hatte einfach vergessen, sich etwas zum Trinken mitzunehmen. Nur an das Notwendigste hatte er gedacht, an die Waffentasche.

Er ging zu der Minibar und hatte Glück: Der Schlüssel steckte im Schloss. Er fand neben diversen alkoholischen Getränken auch zwei Flaschen Wasser, zog eine heraus, schraubte den Verschluss ab und trank gierig. Er machte sich erst gar nicht die Mühe, eins der Gläser von dem Tablett zu nehmen, das auf der Minibar stand. Einmal verschluckte er sich und musste husten. Dann nahm er einen letzten Schluck, stellte die Flasche zurück, schloss die Minibar wieder ab und atmete tief durch. Schon seit geraumer Zeit hatte er den schwachen Geruch eines herben Parfüms in der Nase. Es handelte sich um ein Männerparfüm. Um *sein* Parfüm, *seine* Duftmarke. Bestimmt. Aber Clement witterte noch ein anderes, süßliches Aroma. Obschon er es nicht einordnen konnte, bildete er sich ein, dass es den Raum auf eine abstruse Weise prägte. Es roch nach dem, was hier geschehen und gesagt worden war. Zweifelsohne war das eine waghalsige Interpretation, aber sie passte zu Clements beeinträchtigter Denkfähigkeit.

Seit Stunden hielt er sich nun schon innerhalb dieser vier Wände auf. Seit Stunden redete er sich ein, dass sein Vorhaben gerechtfertigt war. Seit Stunden schlich er quer durch das Zimmer, blickte immer wieder in den Garten hinaus, öffnete Schubläden, den Schrein und die Stahlschränke, blätterte durch Aktenordner und staunte über die Steinsammlung des Unternehmers, die ihn an einen kleinen Jungen erinnerte, der seine ersten selbst gebastelten Spielzeugmodelle aufbewahrt. Seit Stunden vernahm er Geräusche. Wenn man still ist, hört man viele Geräusche. Und Clement war still, horchte dem knarrenden Türscharnier im Erdgeschoss zu, dem Wind, der in regelmäßigen Abständen durch die gekippte Terrassentür in den Raum zog, dem Ticken der Wanduhr, die über der Minibar hing.

Seit Stunden.

Wie lange musste er noch ausharren?

Er schaute zum wiederholten Mal auf die Wanduhr. Viertel nach fünf. Der Nachmittag neigte sich seinem Ende zu.

Clement nahm die Waffentasche und die Pistole an sich. Er wusste, dass es noch zu früh war. Dennoch begab er sich bereits in sein Versteck hinter dem Schrein, der zwischen der Fensterfront und der Terrassentür stand. Er wollte gewappnet sein, falls Nicolas früher von seinem Treffen zurückkehrte.

War er gewappnet? Vorbereitet?

Er war es.

Er war es nicht.

Er war es.

9

Philippe Nuret kauerte, vom Monitor seines Computers halb verdeckt, hinter seinem Schreibtisch und sah Balleroy erwartungsvoll an, als dieser das Hinterzimmer der kleinen Polizeistation betrat. Dem Kommissar entging nicht, dass Nurets Mundwinkel nervös zuckten.

»Da sind Sie ja«, sagte der Dorfpolizist mit belegter Stimme. Er wirkte unruhig. Oder bildete Balleroy sich das nur ein?

»Wie Sie es wünschten«, erwiderte der Kommissar knapp.

Vor der linken Wand des Raumes saßen der Buchhalter, Roger Doise, und die Frau, Ines Cercès. Beide verharrten einen Moment lang in unentschlossenem Schweigen, bevor der Mann aufstand und Balleroy die Hand reichte.

»Danke, dass Sie so rasch gekommen sind«, begrüßte er den Kommissar. »Und das, obwohl wir unser Erscheinen nicht angekündigt haben.«

Balleroy sah ihn aufmerksam an. »Mein Kollege meinte, es sei wichtig.«

»Das ist es. Darf ich vorstellen: Ines Cercès.« Doise drehte sich um und blinzelte der Frau zu, als wollte er ihr Mut einflößen. »Das ist Monsieur Balleroy, der Beamte, der versucht, das abscheuliche Verbrechen an Yves' Tochter aufzuklären. Mit ihm werden wir reden, Ines, über alles, so wie wir es verabredet haben. Er muss es erfahren.«

Die Frau sah den Kommissar aus scheuen, unruhigen Augen an. Sie saß steif da, nach vorn gebeugt und mit gefalteten Händen. Ihre starre Miene drückte Besorgnis aus. Sie machte erst gar keine Anstalten, den Stress, unter dem sie augenscheinlich stand, zu verbergen. Wie alt mochte sie sein? Mitte dreißig? Oder doch schon vierzig? Sie war schmal, hatte eine blasse Haut und klare Gesichtszüge unter einer dichten, dunklen Haarmähne.

»Ja, Roger, wie wir es verabredet haben«, sagte sie in einem beißenden Ton, der überhaupt nicht zu ihrer Erscheinung passen wollte.

Balleroy zog sich den letzten freien Stuhl aus der Ecke heran und nahm Platz. Auch Doise setzte sich wieder hin. Er wirkte ganz anders als bei ihrem ersten Aufeinandertreffen in der Kneipe in Port Grimaud, viel wacher und interessierter.

»Was muss ich erfahren?«, fragte Balleroy nach. Er schaute die beiden abwechselnd an. »Über was wollen Sie mit mir reden?«

Der Buchhalter räusperte sich, senkte den Blick. Dann fing er an zu sprechen.

»Wir waren einmal ein Paar, Ines und ich. Vor vielen, vielen Jahren. Damals gab es Gerede, weil Ines erst achtzehn und ich deutlich älter war. Ihre Familie wehrte sich von Anfang an gegen diese Verbindung, vor allem ihr Vater. Er hielt mich für einen Schmarotzer, der es nur darauf abgesehen habe, sich in ein gemachtes Nest zu setzen. Mit seinen Behauptungen vergiftete er unser Umfeld, sogar Ines' Bruder begann, gegen unsere Beziehung zu intrigieren. Bald behauptete ihre gesamte Verwandtschaft, dass ich Ines zu Dingen zwingen würde, zu denen sie gar nicht bereit sei. Sie brachten das halbe Dorf gegen mich auf. Ich hatte das Gefühl, dass sich alle gegen uns verschworen. Entweder wurden wir geächtet oder gemieden, doch dieser Umstand schweißte uns nur noch enger zusammen. Wir trafen uns immer öfter an Orten außerhalb Grimauds, umgingen die verfluchten Klippen, die sich uns in den Weg stellten. Jedenfalls erschien es mir so. Ich muss zugeben, dass ich die Heimlichkeiten sogar ein bisschen genoss, sie brachten etwas Verruchtes, Romantisches in mein Leben. Es war eine verbotene Liebe, die ich mit Ines teilte und die nur uns gehörte. Bis sie sich eines Tages von mir abwandte.«

Balleroy beobachtete, wie die Frau eine Hand auf Doises Schulter legte. Er konnte sich noch keinen Reim darauf machen, wohin die Ausführungen des Buchhalters führen würden, allerdings beschlich ihn bereits eine leise Vorahnung. Er wollte und musste weiter zuhören, weil er den Eindruck gewann, dass Doises Geschichte tatsächlich noch einen entscheidenden Hinweis liefern konnte.

»Tagelang versuchte ich, Kontakt zu ihr aufzunehmen«, fuhr der Buchhalter fort. »Aber ihr Vater jagte mich weg, wenn ich an ihrer Haustür klopfte oder auf der anderen Straßenseite auf sie wartete, den Blick auf ihr Fenster im zweiten Stock gerichtet. Die Rollläden waren heruntergelassen, als wollte sich Ines von der Welt abschotten. Ich war ratlos und durcheinander. Was hatte ich falsch gemacht? Weshalb stieß sie mich auf einmal zurück? Mein Glück war in tausend Scherben zerbrochen, ohne dass ich begriff, warum es überhaupt zu Boden gefallen war. Dennoch gab ich nicht auf, rief sie Dutzende Male an. Doch wenn ich sie erreichte, brach sie die Verbindung sofort ab. Die Tage wurden zu Wochen, die Wochen zu Monaten, ohne dass ich sie zu Gesicht bekam. Und dann hörte ich, dass Ines gar nicht mehr in Grimaud lebte. Sie sei fortgegangen und zu Verwandten nach Straßburg gezogen. Ihr Bruder richtete es mir aus. Er forderte, ich solle mich ab sofort aus ihrem Leben heraushalten, Ines wolle mich nicht mehr sehen. Zum Beweis übergab er mir einen Brief von ihr. Er richtete sich an mich. Es war ihre Handschrift, zweifellos. In dem Brief teilte sie mir mit, dass sich etwas verändert habe, etwas, das es ihr unmöglich machte, mich weiterhin zu treffen. Wenn ich sie noch liebte, solle ich ihr diesen einen Gefallen tun und nicht nach ihr suchen. Das Beste wäre ohnehin, ich würde sie vergessen. Sie trage ein dunkles Geheimnis mit sich herum, eins von der Sorte, an dem Menschen zerbrechen könnten. Ihre Worte unterstrichen ihre Angst, daran zugrunde zu gehen. Es würde nicht mit ihrer Familie zusammenhängen, auch nicht mit dem Druck, der auf unserer Beziehung lastete. Mehr könne und wolle sie mir nicht verraten. Sie bat um Verständnis, auch wenn sie sich vorstellen konnte, wie schwierig es für mich war.«

Balleroy horchte auf. »Und, weiter?«

»Ich fühlte mich wie vor den Kopf geschlagen, zermarterte mir das Hirn, warum sie aus meinem Leben geflohen war. Dass sie mir nicht vertraute, deprimierte mich sehr, ließ mich schwächeln. Letztlich war es der ausschlaggebende Grund dafür, weshalb ich ihre Bitte erfüllte.« Schweißtropfen standen auf Doises Stirn. »Als Sie, Kommissar, mich in der Kneipe befragten, ob mir jemals etwas über sexuelle Gewalttätigkeiten, die sich möglicherweise in Grimaud abgespielt haben könnten, zu Ohren gekommen sei, tauchte diese ganze Episode wieder vor mir auf, dieses dunkle Geheimnis, das Ines erwähnt hatte. Dieses dunkle Geheimnis, das ihrer eigenen Aussage nach nicht mit ihrer Familie in Zusammenhang stand und das sie so plötzlich von hier vertrieben hatte.«

»Ich habe einen vagen Verdacht in Ihnen ausgelöst? Ist es das, was Sie mir sagen wollen?«, fragte Balleroy.

Der Buchhalter nickte. »Einen sehr vagen Verdacht, in der Tat. Denkbar, dass er mich schon immer umgeben hat und ich ihn nur verdrängt habe. Aber vielleicht haben Sie mich auch erst zu ihm gelenkt. Ich bin mir nicht sicher. Auf alle Fälle löste unser Treffen etwas in mir aus, Kommissar. Nach all den Jahren fing ich an, nach Ines zu suchen. Nach all der verlorenen Zeit. Es hat ein wenig gedauert, aber schließlich habe ich sie gefunden.«

»Und ihr das dunkle Geheimnis entlockt?« Es war Nuret, der die Frage stellte.

Doises Miene verfinsterte sich. »Es war ein schwieriges Wiedersehen, es hat an alten, längst vernarbten Wunden gekratzt«, sagte er, Nuret ignorierend.

»Das hat es«, pflichtete ihm die Frau bei.

Balleroy schaute sie an. Ihr Gesicht hatte einen Unheil verkündenden Ausdruck angenommen.

»Sie haben es ihm gesagt«, stellte der Kommissar fest, den Blick stur auf sie gerichtet. »Monsieur Doise hat Ihnen von dem grauenhaften Mord an dem Mädchen erzählt. Er hat Sie absichtlich mit diesem Verbrechen konfrontiert und Sie konkret auf seinen Verdacht angesprochen. Und Sie verrieten ihm endlich, warum Sie sich einst von ihm abgewandt und Grimaud verlassen hatten.«

Ines Cercès nickte. Sie verkrampfte. »Es gab einen triftigen Grund für mein Verhalten.«

Balleroy empfand eine seltsame Zärtlichkeit für die Frau. Er stellte zunächst keine weitere Frage, ließ ihr Zeit.

»Ich habe mich geschämt«, sprach sie weiter. »Für etwas, das mir zugestoßen war und das ich überhaupt nicht gewollt hatte. Aber ich habe es nicht verhindern können, weil ich zu mutlos war, vor Angst wie gelähmt. Vielleicht fühlte ich mich deshalb sogar ... schuldig. Mein Gott! Ich konnte doch nichts dafür! Ständig fragte ich mich, wieso es mir passiert war. Was hatte ich nur getan? Hatte ich es etwa provoziert? Wenn ja, wodurch?« Sie schüttelte den Kopf und legte ihre Hände vor das Gesicht. Ein gewaltiges Schluchzen ließ ihre Schultern erbeben. »Ich habe eine entsetzliche Scham verspürt. Ich fühlte mich schmutzig, unrein. Deswegen konnte ich jahrelang mit niemandem darüber sprechen. Mit niemandem! Dabei habe ich den Menschen verletzt, den ich am allermeisten liebte. Roger tat mir so leid, aber ich konnte nicht anders handeln. Mir blieb keine Wahl.«

»Was ist Ihnen zugestoßen? Was konnten Sie nicht verhindern?«, fragte Balleroy sanft, der die Antwort längst kannte. Er musste sie trotzdem aus ihrem Mund hören, und das, obwohl jeder im Raum erfasste, wie schmerzhaft es für Ines Cercès war, in diesen finsteren Erinnerungen zu graben.

Sie nahm die Hände vom Gesicht und schaute einen nach dem anderen an, bis ihr Blick an Balleroy hängen blieb.

»Ich bin vergewaltigt worden, Kommissar. Von einem Mann, der seine Macht auf widerlichste Weise missbraucht hat«, sagte sie leise, als schämte sie sich noch immer.

10

»Wie sind Sie hier hereingekommen? Was haben Sie in meinem Haus verloren?«, fragte Leroche voller Bestürzung. Dann hielt er für den Bruchteil einer Sekunde inne, bevor er eine Oktave tiefer hinzufügte: »Und was hat die Pistole zu bedeuten?«

Die Summe der einzelnen Silben, Wörter, Fragen, die über Leroches Lippen drangen, schlug Clement peitschend entgegen. Gleichzeitig legte sich ein schweres Band um seine Kehle und drohte, ihm die Luft abzuschnüren.

Er hatte es getan. Er war aus seinem Versteck hervorgekommen und fünf, sechs Schritte vor dem Unternehmer stehen geblieben, der sich gerade ein Glas Cognac einschenken wollte. Clements unvermitteltes Erscheinen brachte Leroche sichtlich aus der Fassung. Aber noch mehr schockierte ihn wohl die Waffe, die Clement fest umklammerte und auf ihn gerichtet hielt. Auf sein Gesicht. Ein Gesicht, in dem sich die Augen weiteten und dessen verzerrte Mimik zum Ausdruck brachte, dass Leroche überhaupt nicht realisierte, was gerade mit ihm geschah.

»Ich werde es beenden«, stieß Clement schwer atmend hervor. Eine schwache Erläuterung, doch zu mehr war er in diesem Augenblick nicht fähig. Er war auch nicht in der Lage, den Abzug zu betätigen. Die Situation überforderte ihn. Was er geplant hatte und sich nun anschließen musste, war eine Aneinanderreihung von Sequenzen, die in einem konsequenten Schlussakt münden sollten. Wie in einem nervenaufreibenden Film. Ein guter Vergleich.

»Was wollen Sie beenden? Was?« Leroche fand seine Stimme wieder, aber seine übliche Selbstsicherheit war zunächst verflogen. Er hatte Angst.

Clement hörte es. Er sah es. Leroches vibrierender Unterton und seine unruhigen Pupillen verrieten es allzu deutlich: Der Typ fürchtete sich, vermutlich zum ersten Mal in seinem Leben.

»Sie sadistisches Schwein!«, entfuhr es Clement. »Sie wissen genau, was ich meine!«

»Wovon reden Sie?«

Wollte Clement etwa zulassen, dass sich Leroche verteidigte? Der Unternehmer würde alles leugnen. Er würde sich selbst von jedem Vorwurf freisprechen und Clement manipulieren, wie er es mit anderen Menschen tat. Er war ein Meister seines Fachs. Clement musste einen Schlussstrich ziehen, und zwar jetzt. Jede Sekunde, die er verstreichen ließ, würde es ihm nur schwerer machen. Schweigend krümmte er den Zeigefinger um den Abzug.

»Sind Sie wahnsinnig? Legen Sie die Pistole beiseite, bevor ein Unglück geschieht! Lassen Sie uns miteinander reden wie vernünftige Menschen! Nur Sie und ich«, schrie Leroche. »Was Sie vorhaben, ist doch verrückt! Es gibt doch gar keinen Grund für Ihre Wut!«

Wut? War es nur das, was Leroche von seinem Gesicht ablesen konnte? Clement hielt inne, ließ die Schultern hängen und die Waffe sinken.

Er durfte nicht aus Wut handeln, sondern aus Notwehr. Um zu schützen. Um zu verhindern.

»Na also, Sie werden ja doch noch vernünftig«, sagte Leroche zuversichtlicher und bewegte sich vorwärts.

»Bleiben Sie stehen!«, brüllte Clement und hob die Waffe erneut an, zielte auf Leroches Oberkörper. Er durfte den Mann nicht an sich heranlassen.

»Schon gut, ist ja schon gut.« Der Unternehmer hob beschwichtigend die Hände und beherzigte die Anweisung.

Clement blickte ihn an und erkannte, was Leroche in diesem Moment durch den Kopf spukte: Jeder kann eine Pistole in den Händen halten, jeder! Doch auf einen Menschen zu schießen, erfordert eine ungemeine Skrupellosigkeit. Bist du so skrupellos, alter Mann? Gewalttätig genug? Nein, das bist du nicht!

Er glaubt, dass ich zu schwach bin. Dass er mir entkommt. Dass er weitermachen kann wie bisher, dachte Clement.

»Wollen Sie es mir nicht sagen?«, fragte Leroche mit fester Stimme.

»Was?«

»Weshalb Sie mich bedrohen.«

Clement schwieg. Mittlerweile badete er in Schweiß, der nur trocknen würde, wenn er sein Ziel erreichte.

Er bildete sich ein, dass Leroche näher an ihn herankam. Erhielt der Unternehmer eine Chance, sich aus seiner prekären Lage zu befreien, weil Clement zu unentschlossen war? Wie einst bei seinem Sohn?

Leroche legte grinsend den Kopf in den Nacken.

Grinsend? War seine Angst schon wieder verglüht? Verhöhnte er Clement etwa? Und verhöhnte er Camille, während er sie schändete?

Er hat mich gezwungen, das Nachthemd auszuziehen. Dann musste ich mich nackt auf seinen Schreibtisch legen.

Camilles Stimme, dicht an Clements Ohr.

Er hat mich auf den Rücken gedrückt und mir die Beine auseinandergehalten.

»Geben Sie mir die Waffe. Sie dürfen nicht schießen. Sie werden nicht schießen«, sagte Leroche kühn. In seinen Augen glitzerte tatsächlich wieder dieser für ihn so typische Hochmut.

Danach hat er die Pistole genommen und den Lauf an meinen Schenkeln hinabgleiten lassen.

»Die Waffe, legen Sie endlich die Waffe beiseite!«

Leroche bewegte sich ruckartig wie ein Pantomime und streckte Clement den rechten Arm entgegen. Er würde ihn gleich berühren und den Lauf der Pistole in eine andere Richtung lenken.

Der Stahl fühlte sich furchtbar kalt an.

»Ich muss es beenden«, schrie Clement aus Leibeskräften, als er das Mädchen auf dem Schreibtisch liegen sah, hilflos, eine leichte, erniedrigte Beute. Das Bild zuckte durch sein Gehirn, als berührte ein elektrisches Kabel seinen Kopf.

Tu es! Beende es! Jetzt oder nie!

Und Clement tat es.

Er drückte den Abzug der *Unique*-Pistole. Was folgte, war eine Detonation, deren einzigartiger Klang einem fürchterlichen Hammerschlag glich.

Clement schoss nicht aus Überzeugung, sondern aus Notwehr. Um zu schützen. Um zu verhindern.

Leroche riss es augenblicklich von den Beinen. Er stürzte zu Boden und blieb auf dem Rücken liegen. Ein Röcheln drang über seine Lippen und er bedachte Clement mit einem ungläubigen, gebrochenen Blick, während er ihm die Arme Hilfe suchend entgegenstreckte. Um das dunkle Loch in seiner linken Brust färbte sich das blaue Polohemd rot. Ein Klecks, der sich rasend schnell ausbreitete und Clement an aufgehende Rosenblüten erinnerte.

Camille sah Clement Saver in einiger Entfernung und großer Eile das Trottoir hinunterhumpeln, als sie den ersten Fuß aus Moniques Panda setzte. Der alte Mann bewegte sich auf seinen silbernen Peugeot zu, den er im unteren Drittel der Straße geparkt hatte.

Das Mädchen und die Haushälterin waren gerade erst von ihrem Ausflug heimgekehrt. Monique hatte angehalten und war aus dem Wagen gestiegen, um die Badetaschen aus dem Kofferraum zu holen, ohne den Alten oder die offen stehende Haustür der Villa zu bemerken. Die Haushälterin hatte irgendwann und für Camilles Geschmack viel zu früh darauf gedrängt aufzubrechen. Wegen der ungebügelten Hemden des Hausherrn, die noch auf sie warteten. Wegen ihres unermüdlichen Drangs, ihre Pflichten zu erfüllen. Mit einigem verbalem Geschick hatte Camille die Rückfahrt hinauszögern können, allerdings nur bis zu einem bestimmten Punkt, an dem Monique ihren Willen schließlich durchgesetzt hatte.

Jetzt wusste Camille, dass sie den Strand von Cavalaire nicht zu früh verlassen hatten. Denn egal, was geschehen war, es war bereits geschehen.

11

»Hätte ich es wissen müssen? Oder hätte ich es zumindest ahnen können?«, fragte Nuret.

Er saß neben Balleroy auf dem Beifahrersitz und stierte durch die Windschutzscheibe. Von Ungeduld erfasst, fuhren sie ein paar Stundenkilometer zu schnell durch den Ortskern, zielgerichtet und im Bewusstsein, die Identität des Doppelmörders endlich aufgedeckt zu haben. Die Aussagen ließen kaum noch einen Zweifel zu, die Botschaften waren eindeutig.

»Nein, hätten Sie nicht. Fangen Sie jetzt bloß nicht an, sich in unsinnigen Selbstvorwürfen zu verstricken«, antwortete der Kommissar entschieden.

»Er hat mir das Schnitzen beigebracht. Und nicht nur das. Ich habe ihm eine Menge zu verdanken. Er ist ein Freund, ein guter Freund. Mein Gott, dass ausgerechnet er das Mädchen getötet haben soll! Ausgerechnet er!« Nuret blies die Backen auf. »Vielleicht täuschen wir uns ja auch. Vielleicht gibt es plausible Erklärungen, die ihn entlasten.«

»Denken Sie an Ines Cercès. Denken Sie an das, was ich heute alles erfahren habe. Auch wenn es Ihnen schwerfällt, an seine Schuld zu glauben, sprechen doch alle Hinweise dafür und gegen ihn«, sagte Balleroy.

»Er hatte immer ein Schnitzmesser und einen Holzklotz im Wagen, daran entsinne ich mich. Dazu lagen in seinem Kofferraum stets ein paar unfertige Werke, nach Herstellungsgrad sortiert, in einer Kiste. Sobald er die Gelegenheit dazu hatte, bearbeitete er sie. Eine beruhigende Tätigkeit, die ihm hilft, seine seelische Balance zu halten, hat er mir einmal erklärt.«

»Es scheint, dass der Sinn dieser Worte nun eine schwerwiegendere Bedeutung erfährt, als Sie es sich jemals hätten vorstellen können«, ergänzte Balleroy bitter und warf Nuret einen raschen Seitenblick zu. Er bemerkte die gespannte Haut über dessen Wangenknochen, seine Handflächen, die er aneinanderrieb.

Nuret seufzte, verzog die Lippen. »Er besitzt ein außergewöhnliches, ja, ein phänomenales Geschick und kann einzigartige Modelle anfertigen, makellose Glanzstücke.«

»Manchmal ist es schwierig, die Wahrheit zu akzeptieren. Sie kann äußerst unbequem sein.«

Nuret nickte. Er ließ die Hände sinken. »Als Cercès Ihnen die Namen der beiden Schnitzer verriet, denen er hin und wieder Einzelstücke abkauft, kam Ihnen da nicht in den Sinn, dass möglicherweise auch ich ...« Er stockte.

»Dass Sie über Oceane Guilline hergefallen sind und ihr anschließend die Kehle aufgeschlitzt haben?«

Nuret nickte abermals.

»Nein.«

»Wieso nicht?«

»Nennen Sie es Intuition, Menschenkenntnis, Erfahrung, wie auch immer«, erklärte Balleroy. Er log wissentlich. Denn er war sich seiner Sache zunächst überhaupt nicht sicher gewesen, nachdem er den Souvenirladen verlassen hatte. Erst die Aussage von Ines Cercès hatte ihm klargemacht, wer von den Schnitzern der gesuchte Mörder war. Aber was würde es bringen, wenn er Nuret reinen Wein einschenkte? Er würde den Dorfpolizisten nur verunsichern. Er würde dessen Konzentration stören. Das wäre nicht gut, denn es war denkbar, dass er Nurets Hilfe noch einmal benötigte. Immerhin hatten sie eine abschließende, gemeinsame Aufgabe vor der Brust. Eine Festnahme, nach der sich Balleroy von Beginn seiner Ermittlungen an gesehnt hatte.

Deswegen schwindelte er.

Sie gelangten an eine Kreuzung, der letzten vor ihrem Ziel. Einen Straßenzug weiter hielten sie an, genau vor dem Haus. Gemeinsam starrten sie die Fassade an. Sie warf einen großen Schatten, der Balleroys Renault berührte.

»Es ist so weit«, sagte der Kommissar emotionslos.

Nuret blieb stumm sitzen, unbeweglich, wie eine handgeschnitzte Holzfigur.

Balleroy spürte, dass der Polizist noch einmal durchatmen, sich sammeln musste. Vermutlich war es doch keine gute Idee gewesen, ihn mitzunehmen.

»Sie müssen mich nicht begleiten, Nuret«, meinte er nach einer Weile verständnisvoll.

»Ich will aber mitkommen. Das bin ich ihm schuldig. Und das bin ich der Familie Guilline schuldig«, erklärte der Beamte der Police Municipale nachdrücklich.

»Wie Sie meinen«, antwortete Balleroy. »Dann sollten wir es nun hinter uns bringen.«

Sie stiegen aus. Aber sie waren nicht darauf vorbereitet, was sie innerhalb der Hausmauern erwartete.

Es war der Leichnam des Mannes, den sie als Mörder von Oceane Guilline und Grazyna Lewandowski identifiziert hatten.

TEIL VII

Die Wahrheit, gefangen in einem einzigen Augenblick

1

Balleroy nickte Nuret zu. Dann klingelte er Sturm.

Vergebens. Niemand öffnete. Niemand rührte sich. Als Nächstes trommelte der Kommissar wuchtig mit der Faust gegen den morschen Türrahmen. Balleroy war zuversichtlich, dass er nötigenfalls auch gewaltsam in das Gebäude eindringen konnte.

»Polizei! Machen Sie auf! Sofort!«, forderte er mit dröhnender Stimme.

Sie hörten auf Geräusche, Schritte, die sich der Tür von innen näherten. Umsonst. Kein Laut drang zu ihnen.

»Brechen wir sie auf!«, sagte Balleroy entschlossen.

»Ohne richterlichen Beschluss?« Nuret blickte ihn verdutzt an.

»Periculum in mora!«

»Was meinen Sie damit?«

»Bei Gefahr im Verzug benötigen wir keinen Beschluss.«

»Bei Gefahr im Verzug? Ich bin mir nicht sicher, ob …«

»Ich trage die Verantwortung, Nuret. Und ich verplempere keine Zeit damit, mir eine Genehmigung zu besorgen, für die ich eine ganze Litanei von Argumenten herunterrasseln muss, wenn ich die Möglichkeit besitze, den Fall hier und jetzt abzuschließen. Deswegen handeln wir direkt.«

»Einverstanden«, nickte der Dorfpolizist. »Sie bestimmen, was zu tun ist.«

»Genau, ich bestimme, was zu tun ist. Nur ich«, wiederholte Balleroy. Dann dachte er daran, dass Nuret als Angehöriger der Police Municipale keine Waffe trug. Sollte er ihm verbieten, mit in das Haus einzudringen? Er war sich nicht sicher. »Es wäre vielleicht besser, wenn Sie im Wagen blieben.«

Nuret zog die Augenbrauen in die Höhe. »Ich kenne das Haus. Dort drinnen könnte ich Ihnen helfen, im Wagen nicht.«

Balleroy überlegte. Womöglich war es riskant, Nuret mitzunehmen, aber durfte er es ihm verwehren? Er entschied sich dagegen. »Sie bleiben dicht hinter mir. Ganz dicht, verstanden?«

»Ja, verstanden.«

Balleroy zückte seinen Revolver, entsicherte ihn, nahm Anlauf und warf sich mit seinem gesamten Gewicht gegen die Haustür, die sogleich aus den Angeln flog. Er spürte seinen Pulsschlag, als ihn die Dunkelheit des Flurs auffing. Ein stechender Geruch strömte ihm entgegen. Ihn beschlich ein mulmiges Gefühl. Er richtete die Waffe aus und bewegte sich vorwärts. In seinem Nacken spürte er Nurets Atem.

Sie durchsuchten das Erdgeschoss, dann gingen sie hinauf in den ersten Stock. Hier oben schien sich der Geruch zu verlieren. Die beiden Polizisten schlichen von Raum zu Raum. Die Zimmer waren aufgeräumt. Aber niemand war da.

»Bleibt nur noch der Keller«, flüsterte Nuret. »Dort unten befindet sich sein Werkraum.«

»Sehen wir nach«, erwiderte Balleroy und ging erneut voraus. Wieder im Erdgeschoss angekommen, öffnete er vorsichtig die Kellertür. An der Wand gegenüber befand sich ein Lichtschalter. Er streckte seine freie Hand aus und betätigte ihn. Der Gang wurde explosionsartig von Helligkeit durchflutet.

Balleroy stieg die Treppe hinab, Stufe für Stufe, höchst konzentriert. Nuret folgte ihm.

Im Keller erstreckte sich ein Korridor mit jeweils zwei Türen auf jeder Seite. Hier unten war der Geruch wieder intensiver. Es roch nach Kot, Urin und Fäulnis.

»Es ist der letzte Raum auf der rechten Seite«, wisperte Nuret kaum hörbar.

Balleroy ging zielstrebig durch den Gang, bereit, auf jede Attacke sofort zu reagieren. Nuret klebte regelrecht an ihm fest.

Vermutlich bereut er es schon längst, mitgekommen zu sein, dachte Balleroy.

Sie blieben vor dem Werkraum stehen. Vorsichtig drückte der Kommissar die Klinke herunter und schob mit der Mündung seines Revolvers die Tür auf.

Sie traten ein. An der Decke flackerten die Neonröhren wild und unkontrolliert auf, das blendende Licht zuckte durch den Raum, in dem ein starrer Körper von der Decke hing.

Ein gespenstischer Anblick.

»Das gibt's doch nicht! Das darf doch nicht wahr sein«, murmelte Nuret verstört.

Balleroy sagte nichts. Er sicherte den Revolver und steckte ihn weg. Erst danach trat er näher an den Leichnam heran.

Diesmal folgte Nuret ihm nicht. Der Dorfpolizist verharrte auf der Stelle und hielt sich die Nase zu. Der Gestank, den der Tote verströmte, war unerträglich. Nuret wusste, dass die Muskulatur eines Menschen nach Eintritt des Todes erschlafft und es dadurch zu Kot- und Harnaustritt kommen kann.

Sein Freund, sein Schnitzmeister, der mutmaßliche Sexualmörder, hatte sich buchstäblich vollgeschissen, vollgepisst.

Nuret konnte nicht umhin, Balleroy zu bewundern, der höchstens einen halben Schritt von dem Toten entfernt stehen blieb und ihn eingehend betrachtete. Das aufgedunsene Gesicht des Leichnams war von bläulichen Totenflecken übersät. Die Augen glänzten unnatürlich und die Zunge ragte zwischen den Lippen heraus. Die Totenstarre schien sich auf den ersten Blick bereits vollständig ausgebildet zu haben, Auflösungserscheinungen waren noch nicht feststellbar. Am furchterregendsten aber war der Anblick des Stricks, der eine tiefe Furche in die Kehle des Mannes gegraben hatte.

Der Kommissar schaute zu dem massiven Querbalken hinauf, an dem das Seil befestigt war, dann wieder unter den leblosen Körper. Dort lag ein umgekippter Stuhl auf dem Boden.

»Zwei oder drei Tage«, sagte er leise.

»Was?«

»Er hängt hier seit zwei, höchstens drei Tagen.«

»Das erkennen Sie?«

»Ja.«

Nuret hustete. Er hielt weder den Anblick noch den Geruch aus und wandte sich ab, um aus dem Raum zu stürmen. Dabei entdeckte er das weiße Papierstück auf der Werkbank. In akkurater Handschrift stand darauf geschrieben:

Es ist leichter, mit der Schuld zu sterben, als mit der Schuld zu leben.

»Sehen Sie nur«, krächzte Nuret und winkte Balleroy heran.

Der Kommissar stellte sich neben ihn, las die Worte auf dem Zettel und nickte. »Ich rufe Toulon an. Sie sollen ein Team herschicken.«

Noch bevor er sein Mobiltelefon zücken konnte, klingelte Nurets Handy. Der Dorfpolizist nahm es aus der Gürteltasche und blickte auf das Display.

»Meine Rufumleitung«, erklärte er und presste das Handy ans Ohr. »Hallo?«

Er hörte dem Anrufer konzentriert zu, mit zusammengepressten Lippen. Plötzlich wurde er kalkweiß im Gesicht.

Balleroy stutzte und sah ihn fragend an.

»Beruhigen Sie sich, Madame. Und fassen Sie nichts an. Hören Sie? Fassen Sie nichts an«, befahl Nuret streng. »Ja, ich kümmere mich darum, versprochen. Bleiben Sie, wo Sie sind. Wir kommen zu Ihnen.« Er beendete das Gespräch und schaute den Kommissar mit unverhohlenem Entsetzen an.

»Was ist los, Nuret? Was ist passiert?«

»Sie müssen wohl zwei Teams anfordern.«

»Wie bitte?«

Nuret deutete mit dem Kinn auf sein Handy. »Das war Monique Puchon, die Haushälterin von Leroche. Sie hat den Unternehmer gefunden. Er liegt in seinem Büro, leblos, mit blutdurchtränktem Hemd.«

2

Clement beobachtete eine Forelle, die direkt unter ihm in faszinierender Bewegungslosigkeit verharrte, als wäre sie mit offenen Augen eingeschlafen. Ihr Körper war fleckenlos und schimmerte in einem gleichmäßigen, silbernen Farbton nahe der Oberfläche des klaren Wassers, das schnell daherfloss, die Steine am Boden wusch und das Farnkraut am Ufer wuchern ließ.

Ein beruhigendes Bild. Nur Clement vermochte es nicht zu beruhigen. Seine Finger lagen auf dem Geländer der baufälligen Brücke und zuckten. Er dachte daran, dass es hier angefangen hatte. Mit einem Sturz. Und seiner Bereitschaft zu helfen.

Hatte es ihn deshalb an diesen Ort getrieben?

Möglich war es.

Aber wie war er hierhergekommen? Wie war der Hund hierhergekommen?

Er konnte sich nicht entsinnen. Er wusste nur noch, dass er Leroches Polohemd angehoben und ihm eine Hand auf die warme, blutende Brust gelegt hatte. Es war kein Herzschlag mehr spürbar gewesen.

Danach verlor sich die Zeit, verflüchtigte sich die Wirklichkeit. Jedenfalls für Clement.

Obschon er zutiefst davon überzeugt war, die Essenz des Bösen erkannt und ausgelöscht zu haben, fühlte er sich keineswegs befreit. Das Gegenteil war der Fall: Er fühlte sich in seiner Tat gefangen. Gefangen und schuldig.

Er streckte instinktiv die Arme in die Höhe und ballte die Hände zu Fäusten, als wollte er gegen eine unsichtbare Kraft ankämpfen. Mit einem Mal löste sich ein hoher, durchdringender Schrei aus seiner Kehle und schreckte den Hund auf, der bis dahin zusammengerollt und mit halb geschlossenen Augen neben ihm auf der Brücke gelegen hatte.

Das Bellen des Tieres verschmolz mit seinem Gebrüll. Was entstand, war eine dissonante, schauerliche Kakofonie.

3

Moniques Augen waren groß wie die Abendsonne. Sie leuchteten glutrot, als würden sie gleich in Flammen aufgehen.

»Muss ich noch bleiben?«, fragte sie den Kommissar mit brüchiger Stimme. »Ich habe noch Arbeit. Ich muss noch die Hemden von Monsieur Leroche bügeln. Das ist wichtig. Das ist mein Job, verstehen Sie?« Mit hochgezogenen Schultern stand sie da, kaute wie besessen an ihren Fingernägeln und starrte durch den Raum, ohne einen festen Punkt zu fixieren.

Balleroy stellte sich vor sie und legte ihr beide Hände auf die Schultern. Kleine Schweißtropfen säumten ihre Stirn. Die Frau war der extremen Situation nicht gewachsen, sie stand unter Schock.

»Nein, Sie müssen nicht länger bleiben«, antwortete Balleroy einfühlsam und schaute zu dem Notarzt hinüber, der neben dem reglosen Körper Leroches kniete und den er alarmiert hatte, bevor er selbst hierher gefahren war. Der Mann beendete soeben eine Reihe vergeblicher Wiederbelebungsversuche, entfernte die Elektroden von der Leiche und packte sie in seinen Koffer.

»Exitus«, erklärte er sachlich und erwiderte Balleroys Blick.

»Würden Sie sich um Madame Puchon kümmern? Sie benötigt Hilfe«, entgegnete der Kommissar und schob die Frau sanft auf den Arzt zu.

Dieser hatte sich aufgerichtet und legte spontan einen Arm um sie. »Selbstverständlich. Kommen Sie, Madame. Sie brauchen Ruhe. Draußen werde ich Ihnen etwas geben, das Ihnen hilft.« Er nahm seinen Koffer auf.

»Das will ich nicht. Auf keinen Fall. Ich muss doch noch die Hemden bügeln! Das ist meine Arbeit, mein Job!«, sträubte sich die Haushälterin.

»Später. Das hat Zeit. Glauben Sie mir«, erwiderte der Arzt und führte sie aus dem Zimmer.

Dann wandte sich Balleroy Camille zu, die angespannt auf einem der Schreibtischstühle saß. Sie konnte ihren Blick partout nicht von dem Toten und der unmittelbar neben ihm liegenden Pistole wenden. Der zweite Leichnam an diesem Tag. Nuret war zurückgeblieben, um die Kollegen aus Toulon im Haus des Triebtäters zu empfangen, der sich selbst gerichtet hat.

»Es tut mir leid«, sagte Balleroy, Camilles Blick folgend. »Auch wir sollten das Zimmer jetzt verlassen. Gleich treffen die Beamten von der Spurensicherung ein.«

»Mutter wird es umwerfen«, flüsterte das Mädchen.

Sie klang einigermaßen gefasst. Gott sei Dank.

Balleroy nickte. »Das wird es, ja. Wo ist sie überhaupt?«

»In Nizza, bei einer Freundin. Sie wird sicherlich bald kommen.« Camille schlang die Arme um den eigenen Körper, als wäre ihr kalt. »Die Wunde in seiner Brust – ist das eine Schusswunde?«

»Es sieht so aus, ja.«

»Dann wurde er also erschossen.«

»Die Vermutung liegt nahe.«

Endlich schaute das Mädchen auf. Mit ihren ungewöhnlich dunklen Augen sah sie Balleroy an und er empfand plötzlich ein seltsames Unbehagen, das er sich nicht erklären konnte.

»Möchtest du mir vielleicht ein paar Fragen beantworten?« Der Kommissaar bemühte sich, möglichst unaufdringlich zu klingen. Wenn er etwas erreichen wollte, durfte er das Mädchen nicht bedrängen.

Camille schwieg lange. Schließlich nickte sie zustimmend. »Fragen Sie, bitte.«

Er fing an. Hörte ihr zu. Machte sich Notizen. Vergaß, dass sie das Büro eigentlich verlassen sollten.

Und sie erzählte ihm von ihrem Ausflug mit Monique. Von ihrer Heimkehr. Von ihrem grausigen Fund.

Dann begann sie zu weinen.

Beginnt die Seele eines Menschen tatsächlich zu verderben, wenn sich schändliche Gedanken in seinen Kopf einschleichen? Wenn niederträchtige Wünsche plötzlich das eigene Tun bestimmen?

Und was geschieht mit einer verdorbenen Seele? Ist sie rettungslos verloren? Für immer?

Camille empfand die ganze Situation als vollkommen unwirklich. Sie beantwortete die Fragen des Kommissars zwar recht ausführlich, doch in ihrem tiefsten Inneren war sie mit einer ganz anderen Frage beschäftigt. Sie dachte angestrengt darüber nach, wann sie begonnen hatte, bewusst zu handeln. Jetzt, da es vollbracht war, kehrte sie gedanklich zu ihrer längst verblassten Aussage zurück, dass Nicolas ihr wehtat. Das entsprach keiner reinen Lüge, sondern nur einer verzerrten Darstellung der Realität. Er hatte ihr wehgetan, von Anfang an. Er hatte sie bestohlen, ihr das Leben in Nizza und die Freunde dort geraubt. Khadya, Jerome, Valery. Und was noch schlimmer gewesen war: Er hatte ihre Mutter in Beschlag genommen. Mutter, die Camille seit dem Tag ihrer Ankunft in Grimaud vernachlässigt hatte, als wäre die Liebe zu ihrer Tochter mit dem eigenen, neuen Glück abgekühlt.

Camille hasste den Mann, der für ihre Verluste verantwortlich war. Aber mit Oceane an ihrer Seite hatte sie noch die Hoffnung gehegt, ihren Kummer überwinden und in Grimaud Fuß fassen zu können. Als ihre Freundin jedoch getötet wurde, kam ihr diese Zuversicht abhanden. Sie schöpfte erst wieder Hoffnung, als sie Monsieur Saver kennenlernte. Der alte Mann war seit ihrem ersten Aufeinandertreffen für sie da. Camille mochte ihn und er mochte sie. Sie spürte schon nach kurzer Zeit, dass sie sein Vertrauen gewinnen konnte, und nahm ihn Stück für Stück für sich ein. Ihre Nähe tat ihm gut, das fühlte sie. Und dann, nach ihrem gemeinsamen Besuch in Nizza, brachte sie den Fels ins Rollen. Instinktiv und ohne zu diesem Zeitpunkt schon ahnen zu können, wo und wie kraftvoll er aufschlagen würde. Sie setzte einen von Heimtücke geprägten Prozess in Gang, weil sie erkannte, welche Fügung es war, den Alten getroffen zu haben. Geprägt von einer fatalen Vergangenheit, offenbarte er sich als perfekter Gehilfe. Als perfektes Opfer. Und Camille fasste einen Plan, der sie selbst vergiftete, dem sie sich allerdings nicht mehr entziehen konnte. Es war ein Plan, den Romain Saver beinahe gefährdet hätte. Die Begegnung mit ihm hatte Camille erschreckt, aber sie hatte erneut die richtigen Worte gefunden. Wieder waren die Lügen leicht über ihre Lippen geflossen. Wieder konnte sie überzeugen.

Und Nicolas? Auch er war ein perfektes Opfer gewesen. Sein habsüchtiger Charakter verbunden mit seinem rücksichtslosen Auftreten hatte Camilles Version vom Missbrauch erst die notwendige Glaubwürdigkeit verliehen.

Nun hatte sein Leben ein Ende gefunden. Niedergestreckt von der eigenen Waffe lag er auf dem Boden, vor ihren Füßen. Es war ein weiterer Wink des Schicksals gewesen, dass er die Pistole aus seinem Schrank genommen und gezeigt hatte. Hätte er es nicht getan, hätte Camille eine andere Lösung suchen und finden müssen. Aber Nicolas' hämische Darbietung hatte die Dinge vereinfacht. Sogar sehr.

Camille wischte sich über das Gesicht und ließ ihre Tränen versiegen. Es waren unechte Tränen. Insgeheim fühlte sie sich erlöst, denn sie war davon überzeugt, dass sie ihr früheres Leben nun zurückerhalten würde. Nizza erwartete sie. Wohin sollte Mutter sonst schon gehen? Ihr würde gar keine andere Wahl bleiben.

Camille durfte es dem Kommissar nicht zeigen, aber sie freute sich. Auf ihre Heimat. Auf ihre Freunde. Und vor allem darauf, ihre Mutter mit niemandem mehr teilen zu müssen.

Wenn die Seele eines einzelnen Menschen unrettbar und für immer verloren ist, wovor sollte sich dieser Mensch überhaupt noch fürchten? Wenn er erst einmal einen Pakt mit der Niederträchtigkeit eingegangen ist, sollte er dann nicht auch noch in allerletzter Konsequenz den Rest des Weges beschreiten? Bis er zu seinem Ende gelangt? Mit dem sicheren Wissen, dass er nur auf diese Art den Beweis für seine Gleichgültigkeit gegenüber der eigenen Verdorbenheit erbringen kann? Überzeugt davon, dass er von keiner menschlichen Instanz belangt werden kann?

Balleroy klappte sein Notizbuch zu, in der festen Annahme, alles Wissenswerte vernommen zu haben. Ob ein Zusammenhang zwischen dem Freitod des Triebtäters und dem Mord an Nicolas Leroche existierte, konnte er nur aufgrund von Camilles Aussage bislang noch nicht abschätzen.

Er war ein wenig ratlos. Und erschöpft.

»Da gibt es noch etwas, Kommissar, das ich Ihnen sagen muss«, sagte Camille plötzlich. Auf ihren Wangen glänzten noch Spuren ihrer Tränen.

Er stutzte. »Was denn?«

Die Haltung des Mädchens veränderte sich. Sie senkte die Schultern und den Kopf, als fiele es ihr schwer auszusprechen, was ihr auf der Zunge lag.

»Es ist nicht einfach«, sagte sie.

»Was ist nicht einfach?«

»Es zu sagen.«

»Wenn es wichtig ist, musst du es tun.«

»Ich habe ihn gesehen.«

»Wen hast du gesehen? Und wobei?«

»Ich habe den Mann gesehen, der aus dem Haus stürmte, nachdem Monique das Auto abgestellt hatte. Sie war gerade dabei, die Badetaschen aus dem Kofferraum zu nehmen, deswegen hat sie ihn nicht entdeckt. Aber ich habe ihn bemerkt. Er lief aus der Villa, die Straße hinunter bis zu seinem Wagen.«

»Wer ist dieser Mann, Camille? Von wem redest du?«

Camille wich dem Blick des Kommissars aus und starrte in eine Ecke des Büros, als suchte sie dort Halt. »Von Monsieur Saver«, sagte sie leise.

Dem Kommissar verschlug es für einen Moment die Sprache. »Warum hast du mir das nicht schon früher gesagt?«, fragte er beklommen. »Wolltest du es verschweigen?«

Sie zuckte mit den Schultern. »Er ist doch ein Freund. Ein guter Freund.«

Balleroy starrte sie an. »Und du bist sicher, dass er es war?«

Sie nickte.

»Hundertprozentig sicher?«

»Ja.« Sie erwiderte seinen Blick. »Aber weshalb sollte er Nicolas erschossen haben? Das ergibt doch keinen Sinn«, flüsterte sie, eingebettet in die Erkenntnis, dass sie mit ihrer Denunziation den endgültigen Beweis für ihre Gleichgültigkeit gegenüber der eigenen Verdorbenheit erbracht hatte.

4

Romain verharrte schweigend vor der Grabplatte, die ihm inzwischen so vertraut war. Er kannte jede Wölbung der Buchstaben und Zahlen. Er wusste um die vom jährlichen Herbstregen leicht ausgewaschene Maserung an den Rändern des grauen Granitblocks, um den erdigen Friedhofsgeruch, der sich mit dem Duft nach frischen Blumen paarte, die auf den gepflegten Gräbern ringsherum blühten. Romain war jeden Tag hierhergekommen, seit er in einem der Nachbardörfer vom Tod seiner Mutter erfahren hatte. Grimaud selbst hatte er seit seiner Ankunft im Département Var weitestgehend gemieden, weil er seine Anonymität vorerst nicht aufgeben wollte.

Romain Saver, ein kleinmütiger Rückkehrer, der nach vielen Jahren seiner Ideologie und seinem Freund Michel Fouquet den Rücken gekehrt hatte. Ein kleinmütiger Rückkehrer, der zu der Einsicht gelangt war, dass er sein Leben ein zweites Mal ändern musste. Die stetig wachsende Ignoranz gegenüber Andersdenkenden innerhalb ihrer Gruppe, zu der Fouquet ihn einst geführt hatte und die in zunehmendem Maße zu einer Fraktion mit terroristischen Strukturen avancierte, hatten ihn im Laufe der Zeit an der Richtigkeit seiner Einstellung und der gewalttätigen Aktionen ihrer Einheit zweifeln lassen. Irgendwann war er zu der Erkenntnis gelangt, dass jede extreme Ansicht zwangsläufig in eine falsche Richtung führen musste.

Es dauerte lange, bis sich Romain endgültig von seinen politischen Anschauungen und von Fouquet befreite. Er dachte wieder regelmäßiger an zu Hause. An seine Mutter, seinen Vater. Menschen, die er verletzt hatte. Menschen, denen er viel bedeutete und die ihn nicht behandelt hatten wie ein Werkzeug, das es einzusetzen galt, um eigennützige Ziele zu realisieren. Eines Tages fasste Romain sich ein Herz und machte sich auf, um gutzumachen, was vielleicht nicht mehr gutzumachen war. Um einen Teil alter Wärme zurückzuerhalten. Er kehrte heim in die Provence. Und dort erfuhr er vom Tod seiner Mutter. Erkannte, wie abgeschieden sein Vater lebte. Und begriff, was er seinen Eltern angetan hatte. Am liebsten wäre er wieder fortgefahren, aber er blieb und fing an, seinen Vater zu beobachten. Aus sicherer Distanz. Mit der Angst im Nacken, dass Vater ihn inzwischen verachten und verstoßen würde, wenn er ihm gegenüberträte.

Romain war feige und nicht fähig, sich seiner Schuld zu stellen. Stattdessen versuchte er, über das Mädchen zu erfahren, was Vater über ihn dachte. Um zu wissen, ob er ihm, seinem einzigen Kind, verzeihen konnte. Am vergangenen Donnerstag folgte Romain der Kleinen. Sie fuhr mit ihrem Fahrrad bis zu einem Straßenschild außerhalb des Dorfes. Dort verharrte sie, verträumt, geistesabwesend. Erst als er sich ihr näherte, starrte sie ihn erschrocken an. Er stoppte den VW Transporter neben ihr, stellte den Motor ab und stieg aus, in stiller Erwartung.

»Du brauchst dich nicht zu fürchten«, sagte er und bemühte sich um einen beruhigenden Ton, als er bemerkte, dass sie davonfahren wollte. »Ich bin Romain Saver, der Sohn von Clement Saver.«

Das Mädchen musterte ihn fast feindselig.

»Es bedeutet mir sehr viel, dass ich mit dir reden kann«, ergänzte er und blieb in einiger Entfernung von ihr stehen. Er wollte sie nicht verängstigen. Insbesondere deshalb nicht, weil sie nach dem schlimmen Verbrechen im Dorf sicherlich mit einer gehörigen Portion Argwohn und Vorsicht ausgestattet war.

»Ich rede nicht mit Fremden«, erwiderte sie.

»Bitte, es geht um meinen Vater«, blickte er sie flehend an. »Du bist doch mit ihm befreundet. Ich habe euch zusammen gesehen.«

Sie überlegte, bevor sie antwortete. »Ja, wir sind befreundet.«

»Du musst mir sagen, ob er über mich gesprochen hat. Hat er mich je erwähnt?«

Sie zögerte von Neuem, als benötigte sie eine Pause, um ihre Gedanken zu sammeln. Dann meinte sie: »Er hat Sie erwähnt, ja.«

»Und, was hat er gesagt? Bitte antworte mir. Was hat Vater über mich gesagt?«, fragte er ungeduldig.

Das Mädchen blickte zu ihren Füßen. Romain meinte zu sehen, dass ihre Augen funkelten.

»Dass Sie nicht da waren, als Ihre Mutter starb. Dass er ganz allein mit seiner sterbenden Frau war.«

Romain schluckte. Ihre Worte schmerzten ihn. »Und, was noch? Sicherlich hat er noch etwas anderes über mich gesagt. Du darfst es mir nicht vorenthalten.«

Die Kleine schaute ihn vorwurfsvoll an. »Wollen Sie es wirklich wissen?«

»Ja.« Er biss die Zähne zusammen.

»Er hat gesagt, dass Sie wie ein verblendeter Idiot fortgelaufen und verschwunden sind. Dass er Sie danach verzweifelt, aber ohne Erfolg gesucht hat.« Sie hob ihr Kinn und setzte eine verächtliche Miene auf. »Und er hat betont, dass er Ihnen niemals vergeben wird. Niemals. Weil Sie nicht bei Ihrer Mutter waren, als sie Sie am dringendsten benötigte. Dafür hasst er Sie von ganzem Herzen«, erklärte sie frostig. »Er hasst Sie! Verstehen Sie mich? Er hasst Sie! Er will Sie nicht sehen. Er will Sie niemals wiedersehen!«

Romain stand zunächst nur da, hypnotisiert von ihren Äußerungen, die schlimmer waren als Hammerschläge in seinem Gesicht. Er wollte etwas erwidern, sich rechtfertigen, das Gespräch fortsetzen, doch er konnte es nicht. Seine Befürchtungen hatten sich offenkundig bewahrheitet. Er benötigte etliche Atemzüge, bis er seine Apathie überwand. Dann taumelte er um seinen Wagen herum und kletterte auf den Fahrersitz.

Nun wusste er: Er konnte seinen Fehler nicht mehr gutmachen.

Nie mehr.

Die nächsten zwei Tage blieb er in der Gegend, aber nur, weil er noch nicht in der Lage war, sich zu lösen und erneut wegzugehen. Obwohl er es tun musste.

Jetzt, am Samstagabend, war es endlich so weit. Er würde aufbrechen, einer ungewissen Zukunft entgegenfahren. Er hatte sich entschieden, nach Westen zu reisen. Dorthin, wo ihn keiner kannte und er versuchen musste, die Vergangenheit ruhen zu lassen und ein neues Leben zu beginnen.

Mit den Fingerspitzen berührte er die kalte Grabplatte seiner Mutter, strich über die Buchstaben ihres Namens und verabschiedete sich von ihr.

Dieses Mal würde er nicht zurückkehren.

5

War das Glück?

Laurents kultiviertes Restaurant in einem kostspieligen Etuikleid mit tiefem Ausschnitt und Gehschlitz verlassen und dabei die teils begeisterten, teils neidischen Blicke ihrer Freundin Catherine im Rücken spüren zu können? Zu wissen, wohin sie mittlerweile gehörte? In welcher Gesellschaftsschicht sie sich eingefunden hatte, seit sie von hier fortgegangen war?

Ein süffisantes Lächeln umspielte Anne Jeunets Lippen. Das war Glück! Ihr persönliches Glück!

Sie hatte einen kleinen Schwips, weil aus dem einen Gläschen Schampus letzten Endes doch ein paar mehr geworden waren. Es hatte Spaß gemacht, mit Catherine abseits des Tresens in einer Nische zu sitzen und ihr von Nicolas vorzuschwärmen, wie sie es schon unzählige Male, zumeist am Telefon, getan hatte. Sie ließ keine Einzelheiten aus, auch nicht die delikaten, die schmutzigen. Anne gewährte ihrer Freundin einen Blick durchs Schlüsselloch. Sie gluckten und kicherten wie zwei alberne Mädchen, deren Schwarm gerade die Schulcafeteria betreten hatte. Erst nach einer Weile registrierte Anne, wie einseitig ihre Plauderei war, dass sie nur von sich und ihrer neuen Welt erzählte. Aber war das etwa verwerflich? Nein. Es verdeutlichte nur, wie interessant ihre neue Welt war. Catherine zeigte Verständnis.

Auf halbem Weg zum Parkplatz hielt Anne inne und drehte sich noch einmal um. Hinter dem gläsernen Eingang des Restaurants standen Laurent und Catherine und drückten sich die Nasen an der Scheibe platt. Anne winkte ihnen beschwingt zu, dann strebte sie weiter auf Nicolas' Lamborghini zu. Wie sehr sie diesen Mittag genossen hatte! Und wie sehr sie es nun auskostete, die Fahrertür des Sportwagens mit dem Funkschlüssel zu öffnen, sich hinter das Lenkrad zu klemmen, den 560 PS starken Motor aufheulen zu lassen und schwungvoll aus der Parklücke zu gleiten. Mit der Gewissheit, beobachtet zu werden.

Sie spürte eine tiefe Dankbarkeit dem Mann gegenüber, der ihr das Leben in jener neuen, wunderbaren Welt überhaupt erst ermöglichte. Anne nahm sich fest vor, ihre Dankbarkeit noch an diesem großartigen Abend zum Ausdruck zu bringen. Auf die eine Weise, die sie so vorzüglich beherrschte.

6

Balleroy ging mit langsamen Schritten auf die Gestalt zu, die in Gedanken vertieft und mit gesenktem Kopf auf der Holzbrücke stand wie ein geächteter Sünder. Entweder bemerkte Saver ihn nicht oder er schenkte ihm absichtlich keine Aufmerksamkeit. Neben dem alten Mann lag der Hund, der den Kommissar seit seinem Eintreffen misstrauisch musterte.

Balleroy war nicht wohl in seiner Haut, auch wenn er dem Anschein nach kurz vor der Erledigung seiner Aufgabe in Grimaud stand. Einer Aufgabe, die zu seinem Job gehörte, für den er sich vor langer Zeit in der Annahme entschieden hatte, die Welt ein kleines Stück sicherer machen zu können. Bisweilen glaubte er sogar noch immer daran.

Heute nicht. Heute war es anders. All seine Anstrengungen waren umsonst gewesen. Der Mörder von Oceane Guilline und Grazyna Lewandowski hatte sich umgebracht, war seiner Festnahme und einer juristischen Bestrafung zuvorgekommen. Er war durch Balleroys Fangnetz geschlüpft und hatte sich seinen Fragen entzogen, was den Kommissar verstimmte. Aber es war noch schlimmer gekommen. Ein weiteres Verbrechen war geschehen, ein weiterer Mord, den Balleroy nicht verhindern konnte. Er hatte das Gefühl, trotz seiner erfolgreichen Ermittlungen in Grimaud und Marseille nur Bruchstücke des gesamten Geschehens erfasst zu haben, das ansonsten noch einem unvollendeten Puzzle glich. Natürlich kam es vor, dass er am Ende einer Ermittlung noch kein vollständiges Bild vor Augen hatte oder einige Fragen offenblieben. Dennoch war das Motiv zumindest so weit erkennbar, dass Balleroy den jeweiligen Fall mit einer gewissen Befriedigung abschließen konnte. An diesem Abend allerdings wies das Bild noch zu viele Lücken auf.

Als der Kommissar die Brücke betrat, drehte Saver seinen Kopf und sah ihn an.

»Sie kommen schneller, als ich dachte«, sagte der alte Mann sichtlich erstaunt.

Im rötlichen Licht der Abendsonne erkannte Balleroy, wie ungesund und verbraucht Saver aussah, als wäre er seit ihrer letzten Begegnung um Jahre gealtert. Und der Polizist bemerkte noch etwas anderes: eine unbeschreibliche Bitternis, die Savers Augen eintrübte.

Der alte Mann wandte sich wieder ab.

»Sie wissen, weshalb ich zu Ihnen gekommen bin?«, fragte Balleroy. Er trat näher und legte seine Unterarme auf das Brückengeländer. Sein Blick folgte dem Savers, hinunter auf das fließende Wasser des Bachs.

»Sie kommen sogar viel schneller, als ich dachte«, wiederholte der alte Mann nachdenklich.

Balleroy schaute ihn erneut an. Er vergaß drei, vier Sekunden lang, Luft zu holen, während er im Geiste die eine entscheidende Frage formulierte, die er schon jetzt, am Anfang ihres Gesprächs stellen musste.

»Monsieur Saver, haben Sie Nicolas Leroche getötet?«

Die Welt stand plötzlich still. Nur das Rauschen des Wassers war zu hören und füllte die Distanz zwischen den beiden Männern aus.

»Das habe ich. Ich musste es tun«, antwortete Saver mit ruhiger Stimme.

Die Vermutung des Mädchens bestätigte sich. Balleroy hatte sich im Laufe der Jahre schon häufig gewünscht, an einem anderen Ort zu sein als an dem, an dem er sich in Wirklichkeit befand, und mit einer anderen Person zu reden als mit der, mit der er augenblicklich sprach. So war es auch jetzt wieder. Sein Unbehagen nahm zu.

»Sie mussten es tun?«, fragte er.

»Ich musste es tun.«

»Wieso?«

»Glauben Sie mir, er hatte es verdient.«

Balleroy nahm die Arme vom Geländer. Er senkte die Stimme. »Ich werde Sie jetzt festnehmen, Monsieur Saver, und ich werde Sie über Ihre Rechte aufklären. Sie können schweigen oder …«

Saver winkte ab. »Um Gottes willen, ersparen Sie uns den letzten Teil, Kommissar. Ich kenne meine Rechte.«

Balleroy seufzte. Dann nahm er den Faden wieder auf, den er zuvor fallen gelassen hatte. »Wieso hatte er es verdient? Warum musste Leroche sterben?«

»Er war ein schlechter Mensch, Kommissar, ein sehr schlechter Mensch. Mehr kann und will ich Ihnen nicht sagen. Ich habe ein Versprechen gegeben, und ich weiß nicht recht, ob Leroches Tod mich davon entpflichtet.«

»Ein Versprechen?«

»Ein Versprechen.«

»Wem galt es?«

Der Kommissar erntete nur ein Achselzucken.

»Steht Ihre Zusicherung mit dem Mord an Oceane Guilline in Zusammenhang?«, hakte er nach.

»Denkbar wäre es.«

»Wir haben ihren Mörder gefunden«, sagte Balleroy postwendend. Er wollte den alten Mann aus der Reserve locken.

Es gelang. Savers müde Augen wandten sich ihm zu. »Sie haben ihn gefunden?«

»Ja. Es gibt kaum noch Zweifel. Die Beweislage ist eindeutig. Allerdings sind wir zu spät gekommen. Er hat sich erhängt. Aber zuvor hat er noch eine letzte, bekennende Botschaft niedergeschrieben.«

»Was für eine Botschaft?«

»Es ist leichter, mit der Schuld zu sterben, als mit der Schuld zu leben. Er hat diesen einen Satz auf einem Zettel notiert, den wir in seinem Werkraum fanden.«

Saver wirkte plötzlich gequält. »In seinem Werkraum?«

Ahnte er es nun? War er im Begriff zu verstehen?

»Dort entdeckten wir auch seine Leiche. Die Leiche Ihres Freundes«, sagte Balleroy.

»Meines Freundes?«

»Ja.«

»Hugo?«, krächzte Saver heiser.

Balleroy nickte.

Etwas in Clement Saver schien zu zerbrechen. Er sah den Kommissar mit Tränen in den Augen an. Gleichzeitig erstarrten seine von Betroffenheit entstellten Gesichtszüge.

»Das kann nicht sein. Das darf nicht sein«, murmelte er vor sich hin.

»Es tut mir leid«, erwiderte Balleroy. Er meinte es ehrlich.

»Sie müssen sich irren.«

Balleroy schüttelte den Kopf.

Saver taumelte. Er griff nach dem Geländer, umschloss es krampfhaft mit beiden Händen. »Dennoch hatte es Leroche verdient. Glauben Sie mir, er hatte es verdient. Auch er hat sich an einem Mädchen vergangen. Er hatte es verdient!«

»An welchem Mädchen hat er sich vergangen?«

»An Camille. Er hat sie missbraucht. Ich habe es für sie getan. Ich habe ihn für sie erschossen. Nur für sie. Es musste sein. Glauben Sie mir, es musste sein.«

Seine Stimme erstarb.

Balleroys Augen blitzten voller Verwunderung auf. Zugleich keimte ein leiser Verdacht in ihm auf. Er spürte, dass sich die Wahrheit allmählich vor ihm zu entblättern begann.

»Camille hat vorhin neben Leroches Leichnam gesessen und geweint. Ich hatte den Eindruck, als weinte sie um ihn. Und sie war es auch, die beobachtet hat, wie Sie aus der Villa flüchteten, Monsieur Saver. Verstehen Sie, was ich damit ausdrücken will? Camille hat mich zu Ihnen geführt. Deshalb bin ich früher hierhergekommen, als Sie es erwartet hatten.«

Clement Saver geriet erneut ins Schwanken.

Sie bewegten sich schleppend auf Balleroys Renault zu. Entgegen Balleroys Hoffnung war der alte Mann jäh verstummt. Trotz mehrfacher Aufforderung hatte er kein einziges Wort mehr gesagt. Als er zu stürzen drohte, hatte der Kommissar ihn unter den Achseln gepackt und auf den Beinen gehalten.

Es machte keinen Sinn mehr, das Gespräch auf der Brücke fortzusetzen. Balleroy würde den Mann ins Präsidium nach Toulon bringen, wo er ihn von der Außenwelt abgeschottet verhören musste.

Sie hatten das Fahrzeug fast schon erreicht, als sich der Kommissar um die eigene Achse drehte und den Rüden ansah, der ihnen in einigem Abstand folgte.

»Was ist mit dem Hund?«, fragte er.

Saver zuckte unberührt die Schultern, bevor er seine Stimme wiederfand und in emotionslosem Tonfall antwortete: »Er ist ein Streuner, der es gewohnt ist, allein zurechtzukommen. Lassen Sie ihn einfach gehen.«

»Wirklich?«

»Glauben Sie mir.«

Balleroy stutzte, dann wandte er sich wieder von dem Tier ab. Die beiden Männer setzten ihren Weg fort.

7

Es gibt Momente, in denen der eigene Herzschlag bis unter die Schädeldecke dröhnt. Momente, in denen der eigene Atem wie eine Meereswoge durch die Gehörgänge rauscht. Plötzlich ist man in der Lage, jede Hülle abzuschälen, die jedes noch so kleine Detail verbirgt, das einen umgibt.

Es sind Momente des reinen Erkennens.

Clements Gefühle wirbelten durcheinander. Seine Fähigkeit, in klaren Strukturen denken zu können, verwischte.

Balleroy startete den Motor. Sie fuhren los.

Clement kauerte auf dem Beifahrersitz, direkt neben dem Kommissar, und fragte sich stillschweigend, weshalb der Polizist ihm wohl keine Handschellen angelegt hatte. Er war doch ein Verbrecher. Ein Mann, der einem anderen das Leben geraubt hat, ist ein Verbrecher, ein Mörder, sinnierte er. Und einen Mörder sichert man mit Handschellen, oder etwa nicht? Clement spürte einen stechenden Schmerz in seiner linken Brust.

Er wollte doch nur schützen, verhindern, nicht tatenlos zusehen. Er keuchte. In seinen Augen loderte der Wahnsinn, der ihn bis hierher begleitet hatte.

Sie verließen den engen Zufahrtsweg und bogen auf die Landstraße in Richtung Grimaud und Toulon ab. Am Rand seines Gesichtsfeldes nahm Clement noch einmal das rote Ziegeldach seines Hauses, die Bäume des Pinienwaldes und die Farbenpracht des sich weiter im Süden abzeichnenden Lavendelfeldes wahr. Es war ein stummer Abschied. Von seinem Leben. Von seiner Vergangenheit. Und von seinen Werten.

Er fühlte sich verloren. Einsamer als jemals zuvor. Resigniert kauerte er sich in seinem Sitz zusammen, bis er plötzlich das Mädchen erblickte. Reglos stand sie dort, in der Ferne, am Straßenrand.

»Camille«, formten seine Lippen lautlos. Er fixierte sie, ohne das emotionale Chaos unterdrücken zu können, das ihre Erscheinung in ihm auslöste.

Balleroy drosselte die Geschwindigkeit, als sie sich ihr näherten. Sie lief nicht fort. Sie hatte auf Clement gewartet. Der Kommissar zögerte. Scheinbar überlegte er anzuhalten und sie zu fragen, was sie hier zu suchen hatte. Er tat es nicht. Sie fuhren im Schritttempo an ihr vorüber.

Ihr starres, schönes Gesicht erschien Clement auf einmal wie eine Maske, hinter der sich etwas Hässliches verbarg.

Er begegnete ihrem Blick. Sie sahen einander an. Es dauerte nicht länger, als ein Vogel für einen Flügelschlag benötigt, aber es reichte dennoch aus, um Clement das ganze Ausmaß der Wahrheit erkennen zu lassen. Wie damals, als Dr. Garnier ihn angestarrt, ihm zugeblinzelt und ihm die Botschaft über Sophies bevorstehenden Tod auf diese spezielle Art übermittelt hatte. Clements letzte Zweifel zerfielen in einer alles vernichtenden Leere. Er registrierte noch, wie Camille sich von seinem Blick löste, sah noch zu, wie sie in das hinter ihr liegende Lavendelfeld hineinlief. Ein stürmisches Mädchen, das erleichtert und unschuldig wirkte.

Clement konnte dieses trügerische Bild nicht länger ertragen. Er schloss die Augen und gab sich einer verlockenden Dunkelheit hin, von der er hoffte, dass sie ihn nie wieder freigeben würde.

Psychodrama am Laacher See

Frank Bresching

Das verlorene Leben

ISBN 978-3-89425-342-4

»Packend, verunsichernd, oszillierend, immer nähergehend und durch und durch bedrohlich. So hat man die Eifel im deutschen Kriminalroman noch nicht erlebt, und deshalb ist ›Das verlorene Leben‹ ein neues Kapitel Genre- und Regionalliteratur: Sehr gut geschrieben, formal versiert, figurenpsychologisch stimmig und mit einer gewitzten Schlusswendung versehen. Kompliment, das ist Genreliteratur auf hohem Niveau.« Ulrich Noller, Deutsche Welle

»Unglaublich fesselnd. Auch wenn der Leser den Täter schon vorzeitig in der richtigen Ecke suchen sollte – der Spannung tut dies keinen Abbruch.« Susanne Gabriel, Associated Press

»Es ist ein beachtliches Debüt, was der Koblenzer Autor Frank Bresching mit seinem Psychothriller ›Das verlorene Leben‹ vorlegt.«
Volker Albers, Hamburger Abendblatt

»Breschings Einstand beim Krimiverlag Grafit dürfte nun die Basis für weitere Spannungsromane sein und Bresching vom Insider-Tipp in die erste Reihe der bekannten Autoren aufsteigen.«
Amir Shaheen, Stadtmagazin Mönchengladbach

»Der angenehm zu lesende Roman beginnt als Psychodrama und wandelt sich in seinem Verlauf bis zum überraschenden Ende zu einem Psychothriller. Die fesselnde Lektüre wird gerne empfohlen.«
ekz-Informationsdienst

»Ein intelligenter Kriminalroman, spannend bis zum Schluss und mit einem überraschenden Finale!« Günter Keil, Radio Gong 96,3

»Der Kreativität beim Morden ist keine Grenze gesetzt. ... Das liest sich gut; Geschichten in der Geschichte geben allem eine überraschende Wendung.«
Offenbach Post